# 夏目漱石論

*hasumi shigehiko*
蓮實重彦

講談社文芸文庫

à Chadou

# 目次

# 夏目漱石論

# 序章　読むことと不意撃ち

## 漱石をやりすごすこと

漱石をそしらぬ顔でやりすごすこと。誰もが夏目漱石として知っている何やら仔細ありげな人影のかたわらを、まるで、そんな男の記憶などきれいさっぱりどこかに置き忘れてきたといわんばかりに振舞いながら、そっとすりぬけること。何よりむつかしいのは、その記憶喪失の演技をいかにもさりげなく演じきってみせることだ。顔色ひとつ変えてはならない。無理に記憶をおし殺そうとするそぶりが透けてみえてもいけない。ただ、そしらぬ顔でやりすごすのだ。それには、首をすくめてその影の通過をじっと待つ。肝腎なのは、漱石と呼ばれる人影との遭遇をひたすら回避することである。人影との出逢いなど、いずれは愚にもつかないメロドラマ、郷愁が捏造する虚構の抒情劇にすぎない。だが、やみくもに遭遇を避けていればそれでよいというわけのものでもない。漱石と呼ばれる人影のかたわらをそっとすりぬけようとするのには、それなりの理由がそなわっている。それは、ほかでもない。その漱石とやらに不意撃ちをくらわせてやるためだ。漱石を不意撃ちすること。それも、ほどよく湿った感傷の風土を離れ、人影が妙に薄れる曖昧な領域で不意撃ちすること。だが、なぜ不意撃ちが必要なのか。誰もが夏目漱石として知っている何やら仔細ありげな人影から、自分が漱石であった記憶を奪ってやらねばならぬからである。人影は、いかにもそれらしく夏目漱石などと呼ばれてしまう自分にいいかげんうんざりしている。そう呼ばれるたびに自身の姿があまたの人影からくっきりときわだち、あらためていくつもの視線を惹きつけてしまうさまに苛立ち、できればそんな名前、そんな顔を放棄してみたいとさえ思う。ところがなかなかそうはいかない。このとりあえずの名前でしかない夏目漱石を背負った人影に瞳を向けることが当然の義務だとでもいいたげに、誰もが、善意の微笑さえ浮べているからだ。人影は、この善意の微笑にまといつかれてほとんど窒息しかかっている。しかも、それを裏切る術を人影は知らない。だから、その顔も、その声も、いかにも漱石ふうに装いながら、息苦しさを寡黙に耐えつつ人影はあたりを彷徨するほかはないのだ。だからみんなが、つい声をかけて呼びとめたくなるのもしごくもっともなはなしというべきではないか。しかし、いまは、遭遇への誘惑をたって、こちらの存在をひたすら希薄に漂わせておこう。そして、漱石たる自分に息をつまらせている人影から、抒情にたわみきった記憶を無理にも奪いとってやる必要があるのだ。顔もなく、声もなく、過去をも失った無名の「作家」として、その人影を解放してやらねばならない。漱石を不意撃ちしてその記憶を奪い、現在という言葉の海に向って解き放ってやること。そして、言葉の波に洗われて、その人影がとことん脱色される瞬間を待つこと。さらには、書く人としてあったが故にかろうじて漱石と呼ばれうるその人影に、匿名の、そして匿名であればこそ可能な変容を実現せしめ、あたりに理不尽な暴力を波及しうる意味と記号の戯れを、「文学」と呼ばれる言葉の磁場の核心に回復してやらねばならぬのだ。そのためにも、ひとまず、漱石をそ知らぬ顔でやり過ごさねばならない。だが、それは何より厄介な仕事である。

　誰もが夏目漱石として知っている一つの人影が、いま、それもずっと以前から、いかにも漱石にふさわしい相貌をまとって「文学」の磁場に姿をみせている。しかも多くのものが、いかにもそれらしい漱石の人影にすっかり犯されてしまっている。だから、その、いかにもそれらしい相貌に無感動でいることはこの上なく困難なのだが、その困難をこそ克服しなければならない。それには、善意の微笑への誘惑をたって、記憶喪失の演技をどこまでもさりげなく演じきらねばなるまい。失うべき記憶などあらかじめ持ちあわせてはおらぬといった風情を気取れれば申しぶんあるまいが、それがいささか難儀だというのであれば、ただこちらの存在を希薄に漂わせて、その人影の通過を待っていることだ。存在が薄まれば薄まるほど不意撃ちには好都合だし、漱石の記憶から解放される人影の、「作家」としての蘇生もまた容易となろう。記憶喪失の演技者は、自分であることを忘れた匿名の「作家」とともに言葉の海へと漂いでる。現在であることしか知らぬ言葉たちのたゆたい。その運動に身をまかせて言葉の波をかいくぐる「作家」の身振りは、いつしか演技者のそれと重なりあってゆくだろう。二つの匿名の運動が、波間に一つの事件をかたちづくる。漱石を読むとはその事件に与えられた仮の名前であるにすぎない。それは、もはや漱石にも属してはいないし、読むものにも属することもない非人称の運動である。夏目漱石とも、われわれ読むものの体験とも異質の領域で、漱石を読むことが、何ものにも類似することのない匿名の事件として実践され、成就されるのだ。この事件を、「解読」と呼ぶことも、「批評」と名付けることもできようが、それはいずれもとりあえずのものにすぎない。なぜなら、そんな事件は、いま、どこにも起ってはいないからである。それは一つのきわめて生なましい欲望というか、実現すれすれの限界点に漂う夢であろう。その欲望、その夢にむけて、まず、こちらの存在をひたすら希薄なものとし、記憶喪失の演技を演じきってみせねばならない。誰もが夏目漱石として記憶している何やら仔細ありげな人影を、漱石とは認めずにやり過すこと。だが、繰りかえすまでもなく、それは容易な仕事ではない。

## 文学という名の悪しき記憶

何より愚かしいのは、こちらの存在を妙に濃密なものに仕立てあげ、鮮明な輪郭のもとにきわだたせ、黙っていればそのまま通り過ぎる人影に向って、しめしあわせたわけでもないいくつもの符牒をなげかけてみたりすることだ。これは、容易なばかりではなく、いかにも愚かしい仕事というべきであろう。というのも、距離も深さも欠いた現在としてある言葉の環境のしかるべき一点に読むものの確かな視座を構想することは、抽象のみが思考に許す偽の展望なしには不可能だからだし、また、その抽象的な画面の上にしかるべく人影を据えてみることも、言葉の現在をいったん忘れる身振りなしにはありえないからだ。しかし、漱石を読むとは、そして何も漱石に限らず「文学」における読むという体験は、ながらくこうしたものと信じられてきた。読む意識の濃密さと読まれる人影の鮮明さとの遭遇。しかもその遭遇は、一つのいかにもそれらしい符牒をめぐる微笑として演じられる。いかにもそれらしい符牒を選ぶこと、そして、その符牒に応じていかにも漱石めいた相貌をまとう人影の輪郭をことさらきわだたせること。そうした便利な符牒で充満した記憶の場を「文学」だと思いこんでいる連中は、記憶に犯された自分の貧しさをむしろ誇ろうとでもするかのように、希薄さを回避して濃密な遭遇を固執しようとする。たしかにそれで相手が振り向きそうな符牒は氾濫しているし、思わずそれを口にしたくなるようなもっともらしい配置ぶりを示してもいる。だが、それこそ「文学」と呼ばれる悪しき記憶に汚染し、思考と感性の「制度」に身にゆだねることではないか。遭遇という名の愚かしい存在証明。かくしてあたりには、おびただしい数の「私」の漱石像が境を接してひしめきあうことになる。しかも困ったことには、漱石と人が呼ぶ人影がその数ある漱石像にいくぶんか似てしまい、誰もがおのれの漱石像に多少とも満足してしまうという点であろう。実際、森田草平の言葉によれば、門弟として漱石家の周辺に集い寄ったものたちは、誰もが、「自分が一番先生から愛され、信頼されていると思っていたに相違」なく、また「漱石という人は、自分の許へ来るものには、誰にでもそういう感じを抱かせるような一種の魅力——人格の温みを持った人であった」というし、荒正人の指摘をまつまでもなく、そこにはある種の同性愛じみた雰囲気がかもされていたことも容易に推察されはしよう。だが、幾人かの生きた証人が伝え、あるいは資料から推測しうるそうした逸話的事実の領域を離れてみても、人影はなお万遍のない微笑をあたりになげかけている。というより、伝記的な諸々の挿話を超えて「作品」としての漱石が視界にその孤独な人影を浮上させるや否や、この微笑はますますもっともらしく濃密さと鮮明さとの遭遇を組織してまわるのだ。だからこの現象を、たんに漱石の問題としてではなく、「文学」の問題としてうけとめねばなるまいと思う。「文学」と呼ばれる「制度」にあって、人影は、むしろ好んでしかるべき符牒との遭遇を演じてしまうものなのだ。遭遇とは、「文学」の退屈な日常であるにすぎない。だからこそ、人は遭遇と呼ばれる虚構の儀式に、きまって程よく満足してしまう。しかしそれは、誰もが漱石として記憶しているはずの人影が、人が漱石として知っているものに似ているという、ただもううんざりするほかはない同語反復的な日常の確認でしかないのだ。

たとえば試みに、ふと「則天去私」などとつぶやいてみるがよい。そんな符牒にはうんざりしているはずの者に向ってさえ、人影はいかにもそれらしく身仕度を整えてくれるだろう。あるいは、「自己本位」などと口にしてみてもよい。人影は、おぼろげながらそんな顔つきをしてみせもするだろう。さらには「低徊趣味」でも「東洋的余裕」でもかまうまい、誰にでもできる単純な遊戯なのだから、それぞれの審美観や文学的感性、あるいは時代意識に応じて恰好な符牒を選びとり、人影めがけて投げかけてみるがよい。相手は、そのつどそれにふさわしく表情を変えてくれるだろう。その変容ぶりに苛立ったり、共感したり、それを否定したりするのは各人の自由だ。そんなとき、「文学」は、人影にこの変容と類似を許す無限の可能性にみちた地平線であるかにみえる。だが、その無限の可能性とやらが意外に単調な表情におさまりかえってしまう事実に、人は程なく気づくだろう。たとえばそこには、小宮豊隆の漱石もあれば、森田草平の漱石もある。その二つの漱石はいささか葛藤めいた関係を演じはするが、しかし人影がまとう二つの表情は、別の方向に視線を注いでいながらも、そんな漱石もあればこんな漱石もあろうと納得しうる程度に、どことなく似かよっているのだ。人影がはらみ持つこの変容と類似の資質、人を単調な日常にしか導くことをしないこの資質の顕現ぶりを、われわれは「神話」、それも「文学」的な「神話」と呼ぶことにしよう。誰もが夏目漱石として知っている何やら仔細ありげな人影との遭遇を希求する欲望が、その「神話」をますます強固なものとするだろう。「神話」は、不自由を自由と錯覚させることで蔓延する悪しき記憶の罠だ。不幸を幸福と錯覚させることで生きのびる悪しき記憶の織物である。ところで「文学」は、どこまでも幸福ないとなみでなければならぬ。「神話」から自由になること。その幸福ないとなみを、人はいかにして実現するか。繰りかえすが、それは容易な仕事ではない。

## 神話とその破壊

「神話」を破壊すること。誰もが一度ぐらいは思いついたこともあろうこの身振りは、幸福への欲望に支えられているかに見えて、実は無自覚な不幸への意志に統御されている。というのも、「神話」の破壊とは、それじたいが「文学」的「神話」の一挿話にすぎず、新たな「神話」の構築と同時的にしか実現されえぬ宿命を担っているからにほかならぬ。その事実は『夏目漱石』から『漱石とその時代』をへて『漱石とアーサー王伝説』へといたる江藤淳の歩みによって痛ましく立証されている。漱石を「則天去私」の小宮豊隆的風土から解放した限りにおいて「神話」破壊を遂行しえた江藤氏は、その破壊の仕草がことのほか念入りなものであったが故に、結局のところは破壊の対象たる風土と同質の圏域へと自分を閉じこめることになってしまったのだ。閉じこめたというからにはそこにはそれなりの首尾一貫性が維持されていたわけだが、いわば存在を垂直に貫く自己抹殺の倫理に対して、水平に存在を捉える他者への倫理意識を強調する江藤氏が選びとることになろう符牒は、単調さへの傾斜をとめどもなく滑り落ちてゆくほかはない。実際、それがたどりつくさきは目に見えている。明治という「時代」であり、異性としての「女」である。江藤氏が人影めがけて投げかける符牒の二極構造が、小宮豊隆風の垂直な自己絶対化の意識のもとに漱石を読む姿勢より遥かに魅力的であることは率直に認めようではないか。端的にいって、その方が面白いのだ。つまり、漱石として誰もが知っている人影は人懐っこくこちらの合図に返答を送っているかにみえるのである。だが、問題は、そのとき人影がまとう妙に馴れなれしい表情だ。相手は、「女」という符牒にふさわしく身仕度を整えるぐらいの才覚は充分そなえているのである。だから、人影が笑うおぼろげな微笑を「文学」の幸福と錯覚してはならないはずなのだが、江藤氏は思わず錯覚することの不幸を選び、小宮豊隆と同じ風土に身を据えてしまう。痛ましいのはその点だ。なるほど、「罪」という符牒をちらつかせれば、人影は何かを悔いているかのごとき後姿を見せはしよう。それを肯定の合図だと信ずれば、新たな「神話」が悪しき「文学」的記憶とともに織りあげられてしまう。はたせるかな、アーサー王伝説と呼ばれる悪しき記憶の罠にはまり、そうか、やはり「罪」であったのかと胸をはずませる。「罪」は「死」と響応しあうと記憶の罠はせきたてる。実は、その程度の悪しき記憶の織物など涼しい顔でつむぎあげてみせるのが「文学」という名の「制度」なのだが、「文学」の幸福と不幸をとり違えたものはほとんど垂直にその罠にはまってしまうだろう。あとはもう、すべてが夢のように順調に運ぶ。貴人を葬送する挽歌としての『薤露行』の背後に、人影が蒙った不幸な体験を透かせてみることが、「文学」の幸福であるかに思われる。事実、人影もそれでよいとうなずいているではないか。となれば、思いきって「嫂」とささやいてみるか。するとどうだろう。人影は何やら憂い顔で「登世、登世」とつぶやき返しているではないか。そうか、やはり「嫂」であったのか、「登世」であったのかと、江藤氏は満足げに微笑む。かくして「文学」の幸福をめぐる錯覚は完璧なものとなるといった次第だ。

こうして「文学」と折合いをつけたかと錯覚する江藤氏の姿勢には、何やら教訓的なものが含まれている。というのも、無自覚な不幸として「神話」の構築に加担したその身振りは、それがあまりに独善的で客観性を欠き、ほとんど荒唐無稽でとても信じることはできないからというより、黙って聞いている限りは、いかにもそれらしい物語が念入りに語られているので、むしろ「文学」的日常のあの絶対的な単調さに酷似してしまうことになるからだ。そんなふうにことが運べば、事実、どんなにすばらしいことであろうかと、つい誰もが思う。「嫂」という符牒が「登世」というつぶやきで肯定されるのであれば、それはそれで結構な話ではないか。批評家江藤氏が、小説家漱石として知られている人影と遭遇したと確信しうるなら、まことに感動的な結末ではないか。いかにも「文学」にふさわしい退屈な日常は、それなりに人の心を鎮めてもくれよう。何しろ、不幸を幸福と錯覚するほど快適な「文学」的体験はまたとないのだから、できることなら、漱石と呼ばれるその人影がもっと馴れなれしく微笑みかけてくれるならどんなにかすばらしいかと、思わず江藤氏に共感したい誘惑にかられもする。にもかかわらず、われわれは不幸と幸福とのとりちがえを自分に禁じなければならない。なぜなら、そこに姿をみせるのは、いささか念入りな筆づかいで描かれてはいても、あれやこれやの漱石像にどことなく似かよった人影でしかないからだ。ほどよく似ていながらまた多少は異ってもいるあまたの肖像画の脇に、いま一つ新たな肖像画が生誕したというにすぎないのだ。「文学」が「文学」に似てしまうことは、漱石が漱石に似てしまうことにおとらず醜悪な事態だ。その醜悪な事態を「文学」的日常としてうけいれ、「神話」の増殖を許してしまうと、何ものにも類似することのない匿名の事件として成就さるべき漱石を読むことは遂に実現することがないだろう。そんな事態に陥るのを避ける意味からも、漱石をそ知らぬ顔でやり過さねばならぬ。こちらの存在をどこまでも希薄にして、間違ってもころあいの符牒などを拾いあげたりしないことだ。そして、それが決して容易な仕事でないことは、もはや繰りかえすまでもあるまい。

## 希薄なる遭遇へ向けて

漱石を不意撃ちすること。それには、まずいかにもそれらしい漱石の人影との遭遇を回避しなければならない。遭遇を回避するには、二重の意味で記憶から自由になる必要がある。漱石がいかなる人影におさまるかを忘れること。そして漱石が自分自身を忘れるにふさわしい状況を整えてやること。その二重の記憶喪失によって、人は「文学」という「神話」をどうしても思い出せないまでに存在を希薄化する。だから、問題は、「神話」の破壊といった身振りとはあくまで無縁の試みを実践することにある。「神話」は、あらゆる破壊の身振りをかいくぐり、感性と思考とを犯す不断の日常として「文学」たりつづけている。それは誰もが汚染する否定しがたい現実であり、否定の仕草そのものを日常としてとりこんでしまうだろう。それ故、ここで試みられねばならぬのは、その現実的日常をありのままにうけとめた上で、その日常的な仕草が触れえぬ陥没地点といったものを、匿名の事件としてその核心にうがつことである。漱石を読むことは、したがって、みずから陥没しながら、「文学」的日常の単調さが支配する圏域に、遂に記憶が甦りえないいくつもの隙き間を生起させんとする試みというべきものなのである。その没落点であり隙き間であり余白とも呼びうるものが、漱石として人が知っている人影とはいささかも類似しはしまいことは、いうまでもあるまい。それは、誰でもなければ、何でもない。そこには、ただ、言葉と呼ばれる現前が無方向に揺れているばかりだ。しかもその方向のない言葉の群は、無＝意味を身にまとっているであろう。意味こそ、「神話」増殖の邪悪なる糧にほかならない。「文学」の不幸と幸福とをとりちがえた連中は、実にひたすら人影と意味との妥協を目論んでいたのである。それは、人影が憂い顔をしているのであれば、そこには何がしかの意味が隠されていよう。それは、何か。たぶん、小説家漱石を「作品」へと駆りたてた忘れがたい体験、つまりは原＝体験というやつだ。原＝体験あるいは原＝風景でもかまうまいが、原＝というからには、そこからもろもろの記憶が織りあげてゆく消しがたい「根源」というべきものだろう。「神話」は、人影がその原＝体験を背後に引きずっているという確信によって繁茂する。内面の葛藤、生のドラマが小説家の向う側に埋もれている。それを、隠された意味として解読せねばならない。人には内面があり、言動には背後がある。「神話」は、その内面と背後とを根源的な原＝体験として是非とも必要としているのだ。だが、内面にしろ、背後にしろ原＝体験にしろ、そんなものは、どこかで聞きかじった悪い冗談の歪んだ記憶にすぎない。不幸を幸福と錯覚させるために「神話」が捏造する「現代的課題」という虚構にすぎないのだ。いったい、内面に埋もれ、背後に隠された意味を読むことが「文学」だなどといつから本気で信じられてしまったのだろう。「文学」が何にもまして厄介な代物だとしたら、そこではすべてが表層に露呈されているからではないのか。意味解読を容易にする距離も、奥行きもないまま、すべてがわれがちに表層に浮上し、いっせいに騒ぎたてている場こそが「文学」なのではないか。そこに、距離の意識の絵解きにほかならぬ「歴史」とやらを導入し、まやかしの奥行きと戯れることが、世にいう意味の解読なのだ。意味の一語を思想と置き換えても事態はいささかも変りはしまい。「作家」の思想とやらも、「文学」と呼ばれる「制度」にしなだれかかることなしには、断じて思想に似てくれなどはしないのだ。だから、意味であれ思想であれ、それが読めてしまうということは、「文学」にあっては書けてしまうことにおとらず恥しい体験なのだ。距離も奥行きもない世界を、中心とか根源とかの周辺に再編成しようとするあつかましい精神から「文学」を救うこと、それが幸福への意志というものだ。背後と思われ、内面と見えたものが同時に表面でしかなく、外面でしかなかったからこそ「文学」は困難となり、かつまた幸福が困難でもあったのだ。現在が、遥かかなたの原＝体験とやらが記憶の回路によって結ばれてはおらず、いっさいが現在としてあたりにたち騒いでいるが故に、読むことが必要なのではなかったか。不可視を読もうとすることほど怠惰な仕事は、またとあるまい。精神とか、倫理観とか、思想とかが口にされるとき、「文学」は幸福から目をそむけてしまうのだ。かりにそんなものがあったとして、埋められ隠された思想とやらをさぐりあてることが肝腎なのだとしたら、人はすべてを「神話」にまかせておけばそれで充分だろう。江藤淳の「嫂・登世」であれ、小坂晋の大塚楠緒子であれ、宮井一郎の「黒い眸の女」であれ、「神話」はすべてをそれなりに肯定し、原＝体験だの根源だのと「文学」を戯れさせてくれるだろう。

だが、「文学」が多少とも刺激的な体験たりうるとするなら、それが隠され埋もれたものへの発見の旅へではなく、表層でしかないものの表面に露呈されたものたちへの、理不尽な戯れへと人を導くからではないか。人影と思われたものが実はどこまでものっぺら棒で、その裏側には記憶も、思想も、自己同一性をも隠し持ってはいない不実な相貌をまとっていればこそ、読むことが始動するのではないか。秘密が人目を避けて身を隠しているからではなく、あからさまな秘密として、そのいっさいを瞳にさらしているが故に、悪しき記憶の織物に織りこまれまいとする幸福への意志が不意撃ちを目論むのではないか。そして、「文学」と呼ばれる記憶に汚染されることのない余白と、間隙と、陥没点へと向けて、読むことがその匿名性の衣をまとうのではないか。あってはならない誤解、それは、いまとりあえず余白、間隙、陥没点と呼んだものを不在や欠落の概念と混同視することだ。ここでいう余白にしろ、間隙または陥没点にしろ、それはいずれも充実した現存としてあり、いささかも不可視であったりはしない。積極的な過剰として「文学」と呼ばれる時空に亀裂を走らせ、読む意識を不断に戸惑わせるもの、その一帯だけは悪しき記憶に染まることのない磁場。読むという体験が演じられるのは、そのどこでもない時間、いつでもない空間をおいてはほかにはない。その余白、間隙、陥没点を旺盛におし拡げること、それが幸福への意志にほかならない。われわれの誰もが漱石として知っている人影との遭遇を避け、存在をひたすら希薄なものたらしめようとするのはそのためである。漱石は、どの程度まで漱石たらざるものでありうるか。つまり、匿名の「作家」として「文学」の記憶にさからいうるか。そしてその匿名の「作家」は、まさに匿名であるが故に、どこまで誰にも似ずにいることができるか。われわれの興味を惹くのは、厳密にそうした点に限られている。にもかかわらずこれまでに何度か固有名詞としての夏目漱石が口にされてしまっていたとするなら、それは、この匿名の「作家」が、かりに漱石と名付けうるに値いするほど、漱石の人影に類似していないかどうかを確かめてみたいからである。

## 「作品」とその困難

では、それにはどうするか。人影をいかにして不意撃ちするか。まず、言葉いがいのいっさいのものを視界から一掃する。そして、そこに残された言葉たちがともすれば身を寄せあいがちな「作品」というあの境界線をときほぐし、個々の小説を超えた大がかりな言葉の戯れの可能な場を準備し、それにとりあえず漱石的「作品」という名を与える。夏目漱石と呼ばれる特定の作家が書いたことが明白であるが故にそう名づけるのではなく、あくまで一つの作業仮説として、そう名づけるほかはない一定の言葉の戯れの存在を想定してみる。その意味で、以下にくりひろげられるのは、人が一般に「作品論」と呼ぶものよりは遥かに「作家論」に近い試みとなるであろう。だが、この類似は人目を欺くものでしかない。というのも、ここでの試みは、あの漱石の人影には決してたどりつくことがあるまいからだ。問題は、あくまで、その漱石的「作品」の作家漱石への帰属を否認することにある。したがって、あの作家的創造力の研究という多少とも精神分析的な主題とも、共有すべき視線はほとんど含んでいない。また、いささかそんな相貌をまとっていないでもないが、究極においても「テーマ批評」、いわゆるテマティスムとも無縁の試みである。ここで明らかにされねばならぬものは、たしかに小説を書きもしただろう一つの存在が、言葉との不断の戯れを介して、どれほど「文学」の悪しき記憶の汚染に抗い、またそれと同時に、その抗う姿勢が、読むことの「匿名化」作用ともいうべき現象をあたりに波及させうるかを親しく触知する体験にほかならない。その体験が確かな現実として生きられるなら、漱石的「作品」と呼ばれる言葉の磁場が、間違いなく、書くことと読むこととして形成されたことになるだろう。もちろん、どこでもない空間、いつでもない時間に。その時空こそ、たえず更新される不断の現在というものかも知れない。

　かりに漱石的「作品」という言葉の戯れの場があったとして、そこで人は何をさぐりあてるか。いうまでもなく、多くのことがらが、読む意識を刺激する。しかしその刺激は、一定の磁力を堅持しうるであろうか。そして人は、個々の「作品」の題材の違いをこえて、ある特定の風土を、触知しうるものだろうか。われわれは、そこに、確かな磁場が形成されているのを距離なしに感知しうるように思う。その磁場は、まず、言葉がいかにして生誕するかをめぐる「漱石」的な体験ともいうべきものを、一つの姿勢として示しているかにみえる。作家は言葉に対して絶対的な自由を誇示しうるものではなく、言葉が発生するには、そしてその言葉の群が一定の「物語」として組織されるには、作家が耐えねばならぬ姿勢というものが存在する。その姿勢の一貫性というか恒常性というがごときものを、まず検討してみることにしよう。そこでは主として「横たわること」、「模倣すること」、「媒介すること」が問題となろうが、それはいうまでもなく漱石的「作品」の条件そのものにも触れうる言葉の問題、説話の問題と深い関係を持つものである。

では言葉が発生し、それが一つの物語をかたるべく一定の磁場におさまったとして、その言葉たちは、いかなる力学に従って物語を語りついでゆくであろうか。説話の問題とは、語るべき題材と、その題材をしかるべき秩序に従って配置する力学との問題にほかならない。次にとり扱うことになるのは、いわば、説話的持続を活気づけるこの力学圏での言葉の運動ぶりである。そこでは、とりわけ、言葉を手にした漱石的「存在」が生きる「近さ」や「遠さ」といった距離の意識、「明暗」という光学的な感覚が分析されることになろう。

最後に直面するのは風景である。いったん活気づけられた物語は、言葉たちにどんな世界を通過させるか。説話的持続は、つぎつぎに物語を語りつぎながら、はたして本当に運動というべきものを体験しているのか。物語は、どこからどこへと向って進んでゆくのであろうか。そうした問題を、ここでは、「濡れた風景」と「縦の運動」という視点から観察してみたい。そうした試みを通じて、いわゆる「作品」なるものが、物語ることにくらべていかに困難であるかがいささかなりとも明らかにしうればと思う。

もとよりその困難は、夏目漱石という一人の作家的資質を超えた「文学」の問題、言葉の問題に帰着する。帰着するというより、たえず更新される不断の現在としてある言葉の戯れが背負いこむ、誇り高い不自由としてそれがあるとすべきかもしれない。その限りにおいて、その困難は生そのもの、死そのものと無媒介的に接しあってもいる困難であり、なし崩しの生が程よく戯れてみせるあの現代的課題の一ではいささかもない。また、永遠の問題というのでもない。それは問題ですらなく、不断に生きられるべき現実なのである。そうであればこそ、いま、この瞬間に漱石的「作品」が読まれることの意味が重く迫ってもこようというものだ。漱石的「作品」は、いま、ここに、まぎれもなく現存している。

# 第一章　横たわる漱石

## 仰臥と言葉の発生

「生憎主人はこの点に関して頗る猫に近い性分」で、「昼寝は吾輩に劣らぬ位やる」と話者たる猫を慨嘆せしめる苦沙弥の午睡癖いらい、「医者は探りを入れた後で、手術台の上から津田を下した」という冒頭の一行が全篇の風土を決定している絶筆『明暗』の療養生活にいたるまで、漱石の小説のほとんどは、きまって、横臥の姿勢をまもる人物のまわりに物語を構築するという一貫した構造におさまっている。『それから』の導入部に描かれている目醒めの瞬間、あるいは『門』の始まりに見られる日当りのよい縁側での昼寝の光景、等々と逐一数えたてるまでもなく、あまたの漱石的「存在」たちは、まるでそうしながら主人公たる確かな資格を準備しているかのごとく、いたるところにごろりと身を横たえてしまう。睡魔に襲われ、あるいは病に冒され、彼らはいともたやすく仰臥の姿勢をうけ入れるのだ。横たわること、それは言葉の磁場の表層にあからさまに露呈した漱石的

「作品」の相貌というにふさわしい仕草にほかならぬ。事実、『吾輩は猫である』の猫が報告する主人の日常は、家人を偽って書斎でうたたねをするきわめて不名誉なイメージで始まっていたではないか。「吾輩は時々忍び足に彼の書斎を覗いて見るが、彼はよく昼寝をしている事がある。時々読みかけてある本の上に涎をたらしている」と、猫は容赦なく暴露する。なるほど、ここでの苦沙弥は、机にうつ伏しているのではあろう。だが、その名からしていかにも意義深い「臥龍窟」への不埒な闖入者たる迷亭が、「時に御主人はどうしました。相変らず午睡ですかね。午睡も支那人の詩に出てくると風流だが、……」といった調子の揶揄を苦沙弥の妻に浴びせるとき、彼は、間違いなく人目を避けて身を横たえている。そしてその仮の眠りは、迷亭の場合がそうであるように、きまって他者の侵入によって脆くも崩れ去ってしまう。というより、むしろ、苦沙弥がたえず睡眠への斜面を仰臥の姿勢で滑りつつあるが故に、その周辺にはおびただしい数の多彩な顔ぶれが寄り集ってしまうかのようなのだ。その顔ぶれが「臥龍窟」をとりとめもない饒舌でみたすであろうことは、あえて指摘するまでもない。

『明暗』においても、そうした構造にはいささかの変化も認められない。そこにあっては、津田が「根本的の手術」をうけたばかりなのが何か途方もない嘘だとでもいいたげに、妻のお延が、妹のお秀が、気がかりな友人小林が、そして饒舌な吉川夫人までが姿を見せ、横たわる彼の枕元で、果てしない議論と、心理的葛藤とを演じて帰ってゆく。見舞客の持つあの寡黙なたたずまいなど、彼らの言葉遣いからはまったくうかがわれはしない。訪問者たちは、あてどもなく曖昧な言葉を病室の陰鬱な空気にまぎれこませるばかりで、やがてそんな言葉のいくつかが、津田のたどるべき道程を統御してゆくことになるのだろう。『明暗』の物語の後半に展開される津田の温泉行きは、彼自身の堅固な意志の実現というより、明らかに横たわる自分の周囲で演じられた言葉の戯れに身をまかすといったかたちで導きだされたものであるにすぎない。漱石にあって、仰臥の姿勢は、その周囲に途方もない言葉を繁茂せしめる触媒のようなものなのかも知れない。

　そうした観点に立ってみた場合、漱石的存在たちが身を横たえるのは、何も室内の蒲団の上ばかりとは限らないという事実が、たちどころに明らかになる。たとえば、「二十世紀に睡眠が必要ならば、二十世紀にこの出世間的の詩味は大切である」といったアフォリスムで「ぐっすりと寝込む様な功徳」が説かれたりする『草枕』にあって、画工たる「余」は、海を足下に眺める崖の春草の上に「陽炎を踏み潰したような心持ち」で尻を卸すと、いきなり「ごろりと寝る」。そして、阿弥陀の帽子の隙き間から木瓜の小株の茂みをみるともなしに見ていると、「いい心持ちになる」。それについて詩興がわいてくるので、彼はそれを写生帖に記してゆくといった按配なのだ。ここでは訪れるものもない孤独な身でいながら、漢詩というかたちで漱石的存在から言葉が解き放たれてゆく経過は、「横臥」の主題の一貫性を証明しているといえる。筆不精な『坊つちゃん』の「おれ」が清に手紙を書く契機も、また仰臥けの姿勢と深くかかわっている点に注目しよう。茶代をはずんだ結果、手の平を返したようなもてなしをうけて驚く赴任地の宿で、「洋服を脱いで浴衣一枚になって座敷の真中へ大の字に寝て」みる坊っちゃんは、「いい心持ちである」と一こと口にするなり、筆をとるのだ。

横たわること、それは漱石的小説にあっては、何らかの意味で言葉の発生と深くかかわりあった身振りである。仰臥の存在のかたわらで、人と人とがであい、言葉がかわされ、そして物語がかたちづくられる。それ故、作中人物の一人が確かな足どりで主人公への道を歩み、物語の叙述を促進し、作品の風土醸造にあずかろうとするとき、もはや横たわる場所を詳細に選んでいる暇など残されてはいない。『こゝろ』の「私」が「先生」と懇意になる契機が何であったかを思い出してみよう。枕や蒲団がなかろうと、彼らは堅牢な大地の不在さえもいとわずに、二人して水の上に寝そべってしまっていたではないか。

私は自由と歓喜に充ちた筋肉を動かして海の中で躍り狂つた。先生は又ぱたりと手足の運動を已めて仰向になつた儘浪の上に寐た。私も其真似をした。青空の色がぎら〳〵と眼を射るやうに痛烈な色を私の顔に投げ付けた。（『こゝろ』・岩波版全集第六巻一〇―一一頁　傍点　蓮實　以下同様）

横たわる二つの肉体が最初の親しい遭遇を演じている点でとりわけ意義深いといえるこの場面において、「先生」は「私」が思わず洩らす「愉快ですね」の一語に答えるふうもみせず、ただ水の上で不動の姿勢をまもっている。そして、そのことの意味をきわめもせずに彼の姿勢を模倣するが故に、「先生」は、話者たる「私」にとって文字通り先生と呼ばれるにふさわしい相貌におさまるのだ。つまり、「先生」は、無言のうちに、横たわる術を青年に教えているのである。しかし、無邪気な模倣によって貴重な存在との接近を果しえたと信じて有頂天になっていた青年の傍らで、実は「先生」の方が真の接近の試みを組織していたという点は見落してはなるまいと思う。ここでの「先生」の沈黙は、とりあえずのものにすぎず、青年が横たわることの意味を体得しうるかどうかその沈黙においてためしているまでのことなのだ。「先生」は、やがてその口から洩れるであろう言葉を隠し持った、語るべき存在として『こゝろ』の小説的構造を支えているのであり、その意味で、「先生」が「私」に課する試練は、たんにその人格にかかわるものにとどまらず、「私」が漱石的「作品」にふさわしい「存在」たりうるか否かをも標定すべきものなのだ。実際、「先生」は、「私」の前でいま一度横たわってみせ、言葉の発生にかかわる漱石的「作品」の特質を理解させようとする。「作品」や物語は、ただ思いのままに書かれたり語られたりはしない。言葉が、それにふさわしく組織されるには、それなりの契機が必要なのだ。「先生」は無言の仕草によってそう語りかけているかにみえる。だから、作品の主要なテーマの一つである金銭問題が初めて「先生」によって語られるとき、漱石が、ぬかりなくその身に仰臥の姿勢を課している点を見落してはなるまい。「芍薬畠の傍にある古びた縁台のようなものの上に先生は大の字なりに寝た」、と作者が綴るとき、人は、思わず都会を離れた二人の散策者の、自然とかわすうちとけた無言の対話が成立するのかと信じてしまう。だが、「私」の家の財産をめぐって活気を帯びる「先生」の言葉には、「人間がいざという間際に、誰でも悪人になる」という不可解な一語が含まれてさえいるのだから、『こゝろ』の物語は、横臥の存在が漱石の筆によって描かれるたびごとに、その新たな段階にさしかかり、最終的には、この作品の後半で重なりあう幾つかの死、つまり「私」の父の、「先生」の友人Kの、乃木将軍の死にふさわしい風土をかもしだしているといえる。「藤尾は北を枕に寝る」という『虞美人草』の一句を想起するまでもなく、死は、漱石的「存在」がいたるところでうけ入れる仰臥の姿勢の、必然的な延長としてあるからである。

　つまり、こういうことだ。漱石にあっての「仰臥」の主題、それは作中人物の疲労や肉体的疾患から導きだされる姿勢としてより、それ以上に、言葉そのものが作家漱石に選択をしいる小説フォルムの特権的な顕在化にほかならぬということなのである。誰もが知っている漱石その人の慢性胃病が、言葉と程よく折合いをつけて作品の全域に浸みわたっていったというより、あまたの漱石的存在たちは、ある空間意識の言語的形象化を介して、あるいは作中人物の性格を強調し、あるいは物語と説話技法を調和せしめ、あるいは作品風土の形成に貢献しつつ、漱石的「作品」の根源的な相貌を触知可能な領域に現出せしめるべく、いたるところに無造作に横たわるのだ。

おそらく、そうした観点から漱石文学を捉えなおすときが、いま来ているように思う。漱石的「作品」とは、語の最も象徴的な意味あいからきわめて即物的な表示作用までをも含んだ「横たわること」をめぐり、そうした姿勢をまもる人間に何が可能かを直截に問う生なましい試みである。そして、その試みにおいて、漱石文学は、漱石の「思想」などを遥かに超えている。いささか俗っぽい倫理的文明批評家の神話的肖像から解放され、きわめて物質的な言葉の実践家、つまりは作家として夏目漱石が鋭利な相貌を浮きあがらせることになるのは、そんな読み方にわれわれが身を投じたときであろう。漱石を読むとは、言葉の海の水面に、言葉を枕に仰向けに横たわり、不動の姿勢をまもりながら、その周辺にたちさわぐ言葉に聞き入ることにほかならない。

## 午睡者と遭遇

『硝子戸の中』の最後の一行がどんなものであったかは、誰でも記憶している。「私」は春の陽光に向って硝子戸を開け放ち、「恍惚」として筆を擱く。「そうした後で、私は一寸肱を曲げて、この縁側に一眠り眠るつもりである」というのがそれであった。

またしてもここで午睡が語られ、漱石は、眠りのイメージをもって読者への遁辞としているかにみえる。だが、既に触れたごとく、漱石における午睡は、世間を遠ざかり孤独な眠りをむさぼることというより、かえって他者の闖入を惹起する接近の符牒として機能しているのだ。それは言葉と身振りをともなわぬ漱石的コミュニケーションの至上形態であるかも知れぬ。

この点に関して典型的なのは、『三四郎』における広田先生の午睡であろう。「相変らず静である。先生は茶の間に長くなって寝ていた」と、漱石は『猫』いらいの昼寝と訪問の主題をくりかえす。ここでの闖入者たる三四郎は、迷亭の饒舌をまねずにその傍らに黙って胡坐をかき、にえたぎる鉄瓶に手をかざしながら、身を横たえたままの「先生」を見まもり、「静かで好い心持」になる。すると、やがてむっくり起きあがる「先生」は、まるで三四郎の存在をそこに期待していたかのごとくに、「生涯にたった一遍逢った女に、突然夢の中で再会したという小説染みた御話」を語りはじめるではないか。ここで、過去の挿話が開陳されているという事実はさして重要ではない。問題は、夢の中にさえ遭遇が演じられ、しかもその遭遇が、目醒めの床の脇に待ちうけている存在に向って語られるという、幾重にも屈折した言葉の回路である。「先生」は、横たわるといういかにも単純な身振りによって、夢の中と現実の世界とに、二人の存在を招き寄せているのだ。仰向けに横たわる仕草は、外界を遮断して孤独のうちに自己を幽閉する隔離の身振りではなく、漱石的存在が演じてみせる最も雄弁な、しかもその饒舌を贋の沈黙と不動性とでたくみに隠蔽した、狡猾とさえ呼べる世界との和合の試みだというべきかもしれない。事実、身を横えてはいないものの、同じ作品の冒頭で、汽車の振動につれてついうとうとしている際に、三四郎のまわりには、知らぬまに幾重もの遭遇が準備されてしまっていたではないか。しかも名古屋で乗りかえようとするときには、もう、見知らぬ女とともに同じ一つの蒲団に横たわらねばならぬほどまでに、自分を漱石的「存在」にふさわしく仕立てあげてしまっている。また、旅先きで落ち合う約束の友人からの便りを待つ『行人』の話者たる二郎も、「寝転び」、「腹這い」になることでその到着を何とか早めようとしているかのようだ。そのとき、二郎は漱石的「作品」がいかなる世界であるかを知りぬいている。そして、実際「仰向になって少時寝て」いるところに、三沢からの手紙がとどくのだ。しかもその手紙が「氷嚢を胸の上に載せて寝てい」る病室へと、二郎を招き寄せる使命を帯びていた点を想起しようではないか。まさしく横たわることが二郎と三沢との遭遇を可能にしたのである。その上、『行人』の最後をしめくくるHの手紙も、「偶然兄さんの寝ている時に書き出して、偶然兄さんの寝ている時に書き終」えたものであった点を考えあわせてみるとき、「横臥」の主題と、漱石的「存在」が世界ととり交わす特異な対話との深い響応関係が手にとるようにわかるはずだ。堅く閉ざされたかにみえる「兄」の心をわずかながら垣間見て、それを弟の二郎に報告するという伝達者の役割を演じていたのがHであったからには、「兄」は、身を横たえてひたすら眠ることによって、他者の言葉を操作しながら、沈黙のコミュニケーションを成就していたのだ。

## 枕元の女たち

だが、この漱石的な沈黙のコミュニケーションは、いつでもあからさまな発話行為を介してなされるとは限らない。運動がその気配に、存在がその影に、声がその余韻に、身振りが仕草の欠如に置きかえられた後の曖昧な世界が、かけがえのない人の心を伝えるといったかたちで成就することもあるのだ。

たとえば『三四郎』の終り近くで不意に主人公が病に伏すときに起ることがらもまた、そうした身振りを伴わぬ手招きにほかならない。

三四郎は飯も食はずに、仰向に天井を眺めてゐた。時々うと〳〵眠くなる。明かに熱と疲とに囚はれた有様である。三四郎は、囚はれた儘、逆らはずに、寐たり覚たりする間に、自然に従ふ一種の快感を得た。(『三四郎』・第四巻三〇〇頁)

これが重い病気の回復期に誰もが体験するあの意志を殺した後の至福感の描写でしかなかったなら、それはあまりに平凡というものだろう。だが、ここでの漱石の独創性は、横たわる三四郎の枕元に一人の女の来訪者を送りこみ、しかもその来訪者が、いまここにはいないより貴重な存在の影としてあるにすぎぬという構造のうちに認められなければならない。そして、よし子は自分の媒介者的役割を熟知しているかのごとく、美禰子からあずかった蜜柑の籃を横たわる三四郎の前に差し出す。「女は青い葉の間から、果物を取り出した。渇いた人は、香に迸しる甘い露を、したたかに飲んだ」。この簡潔な一行をめぐって、「飲むこと」にまつわる精神分析的な解釈などを得意げにふりまわすのはやめにしよう。仰臥の姿勢にある存在が、その能動的な身振りのいっさいをおし殺しながら、しかも世界の最もかぐわしい一点と無媒介的に演じたてるこの和合の一瞬に立ち会うものは、ただ、これほど完璧な接合の儀式はまたとあるまいと感嘆すればそれで充分なのだ。

三四郎にとってこんな儀式が可能であったとしたら、それは漱石的「横臥」が、人を、意識の孤立によって睡りの淵へと導きもせず、また覚醒による運動の世界へと送り返すこともなく、ただ眠るとも覚めるとも知れぬ曖昧な中間地帯へと誘うものだからである。そしてその世界で生起することがらは、漠としているが故に、漱石的横臥者の存在の最深部にまで滲みわたってゆく。

たとえば、「なるべく世間との交渉を稀薄にして、朝でも午でも構わず寝る工夫」をするという『それから』の代助の場合は、どうであったか。彼は、香りの高いすずらんを水に浸して寝室をみたし、「あまりに潑溂たる宇宙の刺激に堪えなくなった頭を、出来るならば、蒼い色の付いた、深い水の中に沈めたい」と思いつつ、鉢の傍らに枕を置いて「仰向けに倒れ」るのだ。だが、その睡眠を、捉えがたい人影が横切る。

> 彼は幸にして涼しい心持に寐た。けれども其穏やかな眠のうちに、誰かすうと来て、又すうと出て行つた様な心持がした。眼を醒まして起き上がつても其感じがまだ残つてゐて、頭から拭ひ去る事が出来なかつた。（『それから』・第四巻四五六―七頁）

このすうと来て、すうと出てゆく感じ。眠っても醒めてもいない存在が反芻するこの余韻が、やがて罪の意識とともに恋に陥ることになる三千代の来訪の気配であったことはいうまでもない。だとするなら、午睡をむさぼるという口実で仰臥の姿勢に入る代助は、かえって、いま自分が最も必要としている存在を、一心に招き寄せていたのではないか。しかも、代助の目醒めを待って再訪する三千代は、彼がその底に頭を沈めたいと願ったすずらんの鉢の水を、「あんまり奇麗だったから」といって飲みほしてさえしまうのだ。美禰子と三四郎の間に介在した蜜柑にもおとらぬ完璧さで、ここでは、すずらんの水が触れ合うことのない接合をみごとになしとげている。そして、横たわる存在の周囲にかもしだされるこの種の曖昧な風土を、最も見事に描きつくしているのが、『草枕』と呼ばれる作品であろう。

「恍惚というのが、こんな場合に用いるべき形容詞かと思う」と、発句を重ねるにつれて全身を犯してゆく睡魔の影と戯れつつ、画工たる「余」は口にする。

　熟睡のうちには何人も我を認め得ぬ。明覚の際には誰あつて外界を忘るゝものはなからう。只両域の間に縷の如き幻境が横はる。醒めたりと云ふには余り朧にて、眠ると評せんには少しく生気を剰す。起臥の二界を同瓶裏に盛りて、詩歌の彩管を以て、ひたすらに攪き雑ぜたるが如き状態を云ふのである。（『草枕』・第二巻四一九頁）

さきに、曖昧な中間地帯と呼んでおいたものの定かならぬ反映が、作者自身の筆でなまめかしく述べられているこの雅文調の数行は、しかし、幻境と詩の発生とがとり結ぶ関係のみを語るものであれば、ある凡庸な浪漫趣味を披瀝することでその意味作用を閉じてしまうだろう。この部分が真に引用に値いするとしたら、それは、「余が寤寐の境にかく逍遥して居」た際に、その仮寝の枕元へと一人の女の影が間違いなく姿を見せているからだ。「閉じて居る瞼の裏に幻影《まぼろし》の女が断りもなく滑り込んで」くるとき、「白い腕が袖をすべって暗闇のなかにほのめ」くさまを、「余」は驚きもせず、また恐れもせぬままに眺めているのだ。

横たわる存在の傍らにこんな出現ぶりを示す漱石の女たちは、だから『三四郎』の美禰子でさえが、逃げ去りながら人を惑わす謎を含んだ浪漫主義の女性とは根本的に異っている。彼女たちはその居場所を隠すふうもみせずに漱石的「存在」のまわりを浮遊し、彼らが身を横たえて合図を送るが早いか、その睡りの中にすら滑りこんでくるしなやかな女なのだ。

## 仰臥と自然

仰臥の姿勢が、漱石的「存在」にとって世界との和解を約束する特権的な身振りであるにしても、漱石的「作品」における「世界」とは、人間たちからばかりなりたっているわけではない。たとえば、人びとが東洋的世界観にあっての象徴的意義を強調しつつ、外国人なら大文字で始めるように括弧にくくるあの「自然」もまた、横たわる存在との間に親しい対話を成立せしめる重要な世界の構成要素であろう。だが、「横臥」の主題体系の一環として触知可能となる漱石的自然は、いささかもその象徴的側面を誇示することのない、きわめて物質的な「自然」にほかならない。端的にいって、ここでの自然とは、仰向けに横たわる存在が、その視線と皮膚とで感じとるすべてのものなのだ。

では、『虞美人草』の冒頭で、「がさりと音を立てて枯薄の中へ仰向けに倒れた」甲野さんは、視線と皮膚とで何を感じとっていたか。人は、すぐさま空だと答えるであろうし、「帽子も傘も坂道に転がした儘、仰向けに空を眺めている」といった一行が、それを証拠だてているようにもみえる。「蒼白く面高に削り成せる彼の顔と、無辺際に浮き出す薄き雲の倏然と消えて入る大いなる天上界の間には、一塵の眼を遮ぎるものもない」とさえかかれているのだから、疑問の入りこむ余地はなさそうだ。

だが、それにしても、空を視線におさめ、空を皮膚で感じるとは、どういうことなのか。『夏目漱石』の若々しい江藤淳氏であれば、いささかせきこんだ口調で「無」と「夢」などとつぶやいて、「漱石の低音部」としての南画的世界を語りはじめるかもしれない。なるほど、江藤氏の慧眼ぶりは、漱石が渡欧船上で記した英文の心象風景と、晩年の漢詩に盛られた精神の間に一貫したものが流れているのを見落さない点に存しているだろう。《The sea is lazily calm and I am dull to the core, *lying* in my long chair on deck. The leaden sky overhead seems as devoid of life as the dark expanse of waters around, …》で始まる断片には、確かに頭上の空へと向う視線が感じられるし、また「仰臥人如啞。黙然見大空。大空雲不動。終日杳相同」では、その印象はさらに強調されている。

だが、この二つの文にあって人の興味を惹きつけてやまぬのは、執筆年月のかなりのへだたりにもかかわらず、一方はlyingとして、他方は仰臥として、横たわる姿勢がともにその出発点にあるという事実であろう。一貫しているのは、作者漱石の精神といった暢気なものではない。「横たわる」という言葉が、この散文詩めいた英語の文章と五言絶句とに、それぞれ横文字の単語と漢語とに律義に移しかえられて姿をみせている点が、何か不気味なほどにすごいのだ。だが、lyingと「仰臥」との遭遇は『吾輩は猫である』に展開されるインスピレーション談義を想起してみるとき、ますます興味深いものとなるだろう。それは苦沙弥の激昂癖をめぐってなされる無駄話めいた段落なのだが、そこで作者は、逆上と詩想の発生とを関連づけながら、こんなふうに記している。「だから昔からインスピレーションを受けた有名の大家の所作を真似れば必ず逆上するに相違ない」。ところで、その大家の所作とは、ほかならぬ横たわる姿勢なのである。

聞く所によればユーゴーは快走船《ヨット》の上へ寐転んで文章の趣向を考へたさうだから、船へ乗って青空を見詰めて居れば必ず逆上受合である。（『吾輩は猫である』・第一巻三〇四頁）

これに続いて引かれる例が「腹這に寝て小説を書いた」というスティーブンソンなのだから、横たわることと詩想の高揚との関係は明らかだが、ユーゴーの例は、まるで渡欧船上の漱石の姿勢そのものを思わせはしまいか。

仰臥の位置にある人間にとって、空は確かに視界に入ってはくる。だが、そのとき瞳が垂直に捉えることになる空は、地上に立ってその瞳をはるかかなたにはせる者に世界の表情を起伏豊かにきわだたせる、あの背景としての空ではない。地表を水平に伸びる視線がまさぐる距離感を徹底して欠いた、表層であると同時にみずからの背景でもある、あの無表情な空と、人は無媒介的に向かいあうのだ。輪郭もなく、深さもなく、影も持たない空。それを眺めることは、ほんらい瞳にとって不可能な試みである。この垂直の空は、あらゆる瞳を無効にし、視線を崩壊せしめ、描写を廃棄することではじめて空たりうるものなのだ。そうした空を、虚無とか空漠とかいった比喩に還元するのは慎しもうではないか。空は、現存と不在とを超えて、横たわる者に距離なしに迫ってくる。それ故、横たわる存在が全的に感じとっているものは、空そのものの実在ではなく、その動かぬさまであり、変化のなさであり、それでいて動きと変化への可能性のいっさいをはらみ持った垂直の世界へと同化する自分自身なのである。『こゝろ』の「先生」が、鎌倉の海の上に仰向けになったとき、「ぱたりと手足の運動を已めて」いた点を想起しようではないか。そして、空の青さに眼を射ぬかれながら、「自由と歓喜に充ちた筋肉を動かして海の中で躍り狂っ」ていたのが、まだ、自分自身を存在の内奥で感得する術を知らぬ「私」の方だった点をはっきりと記憶にとどめておこう。そしてここで見落してはならぬ点は、そのとき「躍り狂」う青年がまだ漱石的「作品」にふさわしい言葉を持ってはおらず、「手足の運動を已めた」「先生」の中に、その言葉が音もなく埋蔵されていたという事実である。「先生」は、やがて語るべき人となるが故に、空の動きのなさ、変化のなさを容易に模倣し、水の平面ですらそれと同化しうるのだ。浪の上に寝て動きをとめる「先生」のように、『虞美人草』の甲野さんもまた、薄の原に身を横たえたまま、外界が動かず変化しないさまと、その不動性の中でなお動きつつ変化しつつあるものとを、存在をあげて感じとっていたのだ。つまり、自分自身のうちに脈動する生命の気配と、親密な対話をかわしていたのであり、漱石における「自然」とは、まさしくこの生命の脈動ぶりにほかならない。

そのことを確かめるには、「急に思い出したように、寝ながら胸の上に手を当てて、又心臓の鼓動を検し始め」る、『それから』の代助の、寝醒めぎわにくり返される単調な日課を読み直してみればよい。

寝ながら胸の脈を聴いて見るのは彼の近来の癖になつてゐる。動悸は相変らず落ち付いて確に打つてゐた。彼は胸に手を当てた儘、此鼓動の下に、温かい紅の血潮の緩く流れる様を想像して見た。是が命であると考へた。(『それから』・第四巻三一三―四頁)

仰臥の姿勢の代助が、毎朝きまって触知しているのは、もはや闖入者の影でも物語を綴りあげてゆく言葉の在りかでもなく、自分自身の生命なのだ。横たわること、それは漱石的存在たちに、生そのものとの対話を可能にするという意味でいかにも特権的な姿勢だといえるだろう。だが、生命を触知すること、それはとりもなおさず死との距離を測定し、その不断の侵入に日々馴れ親しんでゆくことにほかならない。だとするなら、漱石的「横臥」の主題は、それを生と死のはざまに据えてみるとき、始めてその意味作用を全的に開示する細部だということになるだろう。「何の事あない毎日少しずつ死んで見る様なものですぜ」と苦沙弥の午睡癖をからかう迷亭の言葉は、その名高い韜晦趣味にもかかわらず、漱石文学の核心にせまっていたのだ。

## 風流な溺死者たち

しばしばオフェリアのイメージが作者の筆から洩れ、川底めがけての投身自殺が語られたりもする『草枕』の中で、画工たる「余」は、みずからオフェリアの入水を実践してみるかのごとくに、宿の浴槽に裸の身を横たえる。すると、たちまちオフェリアの主題は、漱石的「横臥」の主題と親しく連帯しはじめるのだ。漱石的「作品」にあってのオフェリアとは、あくまでも水面に横たわる存在であり、その意味で『こゝろ』の「先生」との深い血縁を示す人物なのである。

余は湯槽《ゆぶね》のふちに仰向の頭を支へて、透き徹る湯のなかの軽き身体を、出来る丈抵抗力なきあたりへ漂はして見た。ふわり、〳〵と魂がくらげの様に浮いて居る。世の中もこんな気になれば楽なものだ。(『草枕』・第二巻四六五頁)

この仰向けの姿勢が、「張ぎり渡る湯烟り」の中に漂う漠たる裸女の影として、那美さんを招き寄せる仕草とつながっている点はすでにみたとおりで、事実、「何とも知れぬものの一段動いた時、余は女と二人、この風呂場の中に在る事を覚った」と書かれるごとく、まごうかたなき接近の儀式がそこで演じられてはいるのだが、ここで重要なのはその点ではない。問題は、「どうともせよと、温泉《ゆ》のなかで、温泉と同化してしまう」画工の口から、「土左衛門は風流である」という言葉がつぶやかれている事実である。「ミレーはミレー、余は余であるから、余は余の興味を以て、一つ風流な土左衛門をかいて見たい」。では、たとえば『吾輩は猫である』の最後に描かれる猫の溺死ぶりは、風流の域に達しているであろうか。風流とは、そもそも何であるのか。なるほど「吾輩」は、水甕の中でもがき苦しみながら、まるで『草枕』の湯槽に浮ぶ「余」にならったかのごとくに、「前足も、後足も、頭も尾も自然の力に任せて抵抗しない」事にしたとき、「只楽である」という境地に至っていた。

「只楽である」ためには、それ故、全身の力をぬいて動きをとめねばならない。それはちょうど、歯痛にせめさいなまれて歯医者の治療台に身を横たえる『門』の宗助の姿勢を、水の上で演じてみるようなものだ。

斯う穏やかに寐かされた時、宗助は例の歯が左程苦になる程痛んでゐないと云ふ事を発見した。夫《それ》ばかりか、肩も脊も、腰の周りも、心安く落ち付いて、如何にも楽に調子が取れてゐる事に気が付いた。(『門』・第四巻六八七頁)

このとき、おそらく宗助は、「風流な土左衛門」の顔をしていたに違いない。そして、その事実を知っているのは宗助自身ではなく、漱石的「存在」の午睡の枕元を横切る影のような女たちの方なのだ。だからこそ『草枕』の那美さんは、こう口にして画工を挑発する。「私が身を投げて浮いている所を――苦しんで浮いてる所じゃないんです――やすやすと往生して浮いている所を――奇麗な画にかいて下さい」。

この言葉で女が画工に語っているのは、水の上に仰向けに横たわって動かずにいてみますという、すぐれて漱石的な主題の具現化にほかならない。あなたが仰向けに横たわって午睡をむさぼっているとき、その風流な土左衛門のような表情を眺めえたのは、この私なのです。だから、全身の力をそっとぬいて動きをとめ、仰向けに横たわったあなた自身をまずおかきなさい。女は、画工にそう語りかけているのだ。この言葉によって、那美さんは、「余」をこの世ならぬ幻想の領域へ踏みこめと誘っているのではなく、世界の方へ、他者の方へ、言葉の方へ、そして煎じつめれば自分自身の生命の方へ進んで行けと、導いている点を見落さぬようにしよう。「作品」は外側からはやってこない。「自然」そのものとしての生命の中にかたちづくられるのだ。つまり、『草枕』の女は、「余」が真に画工たりうる全的な条件を、漱石的「自然」の姿勢を模倣しつつ「余」の前で演じてみせようとしているのである。そして、あまたの漱石的午睡者が目醒めの瞬間に枕元に坐る闖入者を是非とも必要としていたのは、その闖入者のうちに、真実の啓示を身をもって演じる那美さんのような女がまぎれ込んでいることを知っていたからにほかならない。横たわるものは、横たわるものとして、横たわることを描くことはできない。横わたる姿勢の底で睡魔とたわむれつつある動かない自分を、そっと観察する他者の視線が、是非とも必要なのである。鏡のようなあからさまな反映をもてあそぶのでもなく、あつかましい論証にうったえるのでもなく、あるいは諧謔を弄するように、あるいは影のごとく捉えがたい気配として、作品の真の主題をほのめかしてくれそうな存在を、仰臥者は睡りのうちに招き寄せているのだ。

　そう考えてくると、「余」の枕元を無言で横切る那美さんの挑発は、漱石その人に向けられているとみることができる。漱石その人とは、いうまでもなく、誰もが夏目漱石として知っているあの人影ではなく、名もなく、顔もなく、記憶もなく、ただ言葉と戯れつつみずからの生命をまさぐる書く人、つまり「作家」漱石にほかならない。女の影のような存在が、そしてその謎めいた言葉があって、漱石的「存在」は、はじめて横たわる自分を横たわる自分として言葉に綴ることが可能となるからである。だとするなら、『草枕』には、『草枕』の主題をめぐっての漱石的「作品」の発生の秘密が、生なましく書きこまれていることになるではないか。漱石をきわめて物質的な言葉の実践家と呼んでおいたのは、そうした理由によるものだ。

越智治雄氏が鋭く指摘されるように、『薤露行』でエレーンの亡骸を載せて水面を滑る船のイメージは、『草枕』でしばしば言及されることになるオフェリアのイメージの前奏というべきものとみることもできよう。漱石的「横臥」の主題群にあって、船の存在はさして重要なものでなく、ただ横たわることのみが問われているからである。漱石的「存在」たちが、船がなければ平気で水面に横たわってみせうる者だという点は、すでにみたとおりである。だが、ここで強調したいのは、ロンドンでミレーの絵に接する以前に、すでに漱石のうちには、横たわることへの本質的な欲求がはぐくまれていた事実を、さきに引用した英文断片のlyingが雄弁に物語っているという点である。

たしかに、人は、外界の何らかの刺激を創作上の霊感源とすることができる。だが、人は、たとえ無意識にせよ、みずから求めるのでない限り、自分にとって未知の何ものかと遭遇したりはしない。漱石的「横臥」者が睡りのうちに招きよせる他者たち。彼らのように、準備され組織されることによって、はじめて人は真の遭遇を生きうるのだ。文学を読むとは、声としては響かず、身振りとしては視線に触れない遭遇の下準備を、触知可能な領域に浮きあがらせることにほかならない。そして漱石的「横臥」の主題は、まさにそうした遭遇の下準備を実践的に具現化しつつ、「作品」に先立って作家の内部に存在するのではなく、まさに「作品」と同時に脈動しはじめる真の生命を提示しているのだ。

ところかまわず、仰向けに寝ころんでしまうこと。そして自分にとってかけがえのない他者を招き寄せること。さらに、そのとき生起することがらをめぐり、遭遇する言葉によって物語を築きあげること。漱石的作品の構造は、すべてそこから導きだされている。『坊っちゃん』の宿直の夜を不眠の祭典へと変貌せしめるいなご騒動も、嫂と過す苦しげな一夜を語る『行人』の挿話も、そうした視点から読み明かされねばならない。「作品」に語られている物語から作者の現実体験へと導かれ、漱石自身と嫂との間に起ったかもしれぬ心理的な葛藤を究明せんとすることより、『行人』の最も肝腎な部分が文字通り横たわる姿勢の上に築かれている点に驚きうる感性を持つことの方が、遥かに重要なのである。ただし、この挿話をめぐっては、別の視点から後に深く分析することにしよう。ここでは充分に触れえなかった『夢十夜』も、漱石的幻想の華々しい展開としてではなく、すぐれて現実的な光の中に据えて読まれねばならないだろう。現実的なとは、すなわち「横臥」の主題が明らかにする漱石的「自然」の姿として、ということだ。ちょうど、明け方の床に横たわって動きをとめる代助が、なお、心臓の鼓動を確かめようと胸に手をかざし、自分自身の生命の脈動と無媒介的に合一するときに似た仕草で、あたりに身を寄せあう言葉たちの声にならない発話行為に、より敏感な耳を傾ける。そんなふうに漱石を読めと、漱石的作品は語りかけているかのようだ。

それにしても、なぜ、仰向けに寝ることが問題なのかと改めて問う人に、漱石は恰好な返答をあらかじめ用意している。

> 何故三人が落ち合つた？　それは知らぬ。三人は如何なる身分と素性と性格を有する？　それも分らぬ。三人の言語動作を通じて一貫した事件が発展せぬ？　人生を書いたので小説をかいたのでないから仕方がない。なぜ三人とも一時に寝た？　三人とも一時に眠くなつたからである。（第二巻一三七頁）

この一節が、明治三十八年七月二十六日に書かれた短篇「一夜」をしめくくる文章であることは、誰もが知っている。

# 第二章　鏡と反復

## 何もしないこと

戸外であろうが部屋の中であろうが場所も選ばずごろりと身を投げだし、ときには水の上にさえ仰向けに横たわってもみせる漱石的「存在」は、それがもっとも自分にふさわしい姿勢だと確信しながら、いたるところに遭遇を組織してまわる。実際、すでにみたように、人が横臥の姿勢を見せるがはやいか、言葉が、そして他者が、たちどころに姿を現わして「作品」を活気づけてまわるのだ。だから、歩いているものがあればひとまず立ちどまらねばならない。思考をめぐらせるものがあればとりあえず頭を空っぽにしなければならない。漱石的「存在」とは、みずから睡眠と死の姿勢を模倣しつつ、精神と肉体の活動を抑制することで、かけがえのない人物を招きよせ、言葉の発生を誘発するという逆説的な機能を演じながら、はじめて物語に介入しうる作中人物のことなのだ。そのとき組織される遭遇は、したがって、運動というよりはむしろ運動の廃棄に近い身振りと深い関わりを持つ戯れとなることだろう。漱石的「作品」の多くが行動の停止、つまりは何もしないことから始まっているのはそのためである。冒険への誇り高い旅立ちではなく、冒険が想起させがちなあらゆる積極的な側面を自分に禁じ、未知を切り拓くべく遥かな世界へと伸びてゆく視線や身振りのいっさいを放棄した反＝冒険者的風土の蔓延。それが漱石的「作品」には必須の条件である。何もしないで立ちどまること。この徹底して消極的かともみえる姿勢は、しかし漱石にあっては、この上ない親密さで世界と戯れるための戦略でさえあるのだ。怠惰に安逸をむさぼり、余裕をもって低徊するかと思わせながら、この行動放棄の姿勢のうちには説話的熱量ともいうべきものが充填されている。そしてその熱量が徐々に発散されるにつれて、言葉と存在との戯れが生なましく演じられてゆくことになるだろう。動かずにいることが複雑な動きを組織するのだ。その場合、動くのは「作品」という言葉の磁場である。漱石を読むとは動かない人物を介して物語をたどることではなく、この言葉の磁場の不断の戯れに身を投ずることにほかならない。

たとえば「久し振だから成るべく面白いものを書かなければ済まない」という作者の意向を緒言によって知ることができる『彼岸過迄』の場合、物語は、文字通り何もしないことから始まっている。「敬太郎はそれ程験の見えないこの間からの運動と奔走に少し厭気が注して来た」という冒頭の一行は、すでに運動から運動停止へと移行することで「作品」を生きはじめる言葉たちの力学を明瞭に伝えているといえるだろう。はかばかしく進展しない就職運動にいささかうんざりした主人公が、「まあ当分休養する事にする」とつぶやいて下宿にこもる瞬間から物語が始まっているからである。敬太郎は、「飲みたくもない麦酒をわざとポンポン抜いて」陽気な気分にひたろうとするのだが、訪れてくるのは睡魔ばかりだ。結局のところ、彼は下女を呼びよせ床をとらせ、夜具の中にもぐりこむ。つまり頭を空っぽにして横臥の姿勢に入るのだ。しかも、翌朝、明るくなって目を醒しても「休養休養と云って又眼を瞑ってしまった」というのだから、第一ページ目から出逢う人物のイメージは至って希薄で、また輪郭も曖昧である。いったい「成るべく面白いもの」として想定される小説にこれほど影が薄い主人公が登場していいものなのか。敬太郎と呼ばれるこの希薄で曖昧な「存在」は十時近くになってからやっと起きだしたかと思うと、こんどは「楊枝を銜えたまま」朝湯に浸りに銭湯へ出かけてゆく始末である。だから敬太郎が選択した何もしないという態度はいかにも徹底しているというほかはあるまい。

充分すぎるほど眠ってから湯舟に身を沈めること。ここで『彼岸過迄』の敬太郎が示す姿勢は、『草枕』の主人公たる画工のそれをいささか散文的なものに仕立てあげたまでのことだ。枕もとにすうっと女の影が通りすぎるわけではないし、湯烟の中に白い裸身が浮かびあがるわけでもないが、状況の類似性は誰の目にも明らかだろう。だとするなら、『彼岸過迄』の冒頭に描かれる睡眠と朝湯の光景は、物語の水準において、主人公の怠惰で消極的な性格を強調する予告的機能を帯びているというより、「存在」が漱石的「作品」にふさわしく変容し、言葉の戯れを組織してゆくために必須の、通過儀礼のようなものと理解しなければなるまい。敬太郎は他者を招きよせ言葉を誘うという漱石的「作品」にふさわしい身振りを演じながら、物語の領域に、心理とか性格とかいったものを置き去りにして来たのである。彼は、冒頭から横たわることによって、作中人物としてはみずから死んでしまったのだ。というより死を模倣したとすべきだろうが、その模倣された死によって「作品」を支える犠牲者になったといっていいかもしれない。いずれにせよ、彼はどこまでも薄っぺらで陰影にとぼしく、もっぱら深さと奥行きを欠いた表層的な「存在」となったのである。みずから行動し思考することのない表層的な「存在」。その表面に他者の行動や思考が反映するだけの不動の「存在」。それは、人間というより遥かに鏡に似た「存在」だ。敬太郎とは、この鏡のような表層的「存在」に与えられたとりあえずの名前にすぎない。

## 受けとること

知ってのとおり、『彼岸過迄』はほんの数ページにもみたない「結末」の一章を除くと、全体が六つの短篇または中篇小説からなりたっている。そして、敬太郎がまがりなりにも主人公と呼ばれるにふさわしい役割をはたしているのは、冒頭の二篇、つまり「風呂の後」と「停留所」のみであり、そこにおいてすら彼は語り手というより聞き手というべき人物で、他者の行動をひたすらながめているにすぎない。それでいてその消極的な姿勢が、それぞれ関連があるとはいえ独立した挿話からなりたつ雑多な中短篇の総体を「作品」として統一することに役立っているのだ。その意味で、体のよい狂言まわしにほかならぬ敬太郎の動かずものも言わぬさまが、幾多の言動を一つひとつの物語としてまとめあげる積極的な説話的機能を演じているといえようが、ここで強調すべきは、誰もが読み違えることのないこの長篇のそうした中篇連作的な構造にあるのではない。だいいちこの種の小説形式は決してめずらしいものではなく、十八世紀のイギリスやフランス文学いらい、幾重にも変奏され尽した構造だといえるのだ。漱石的「作品」という見地からして重要なのは、あくまですべてが横たわり動きをとめるという姿勢の説話的機能にある。何もしないことで睡眠と死とを模倣する敬太郎は、みずから曖昧で希薄な表層たる自分をうけいれるが、漱石的「作品」へと至るイニシエーションの儀式の式次第は、しかしそれに尽きるものではない。その眠りによって引き寄せた他者から、彼は何かを受けとらねばならぬのだ。

漱石的「存在」たちが睡りから醒め、あるいは仰臥の姿勢から起きなおった瞬間に招き寄せた他者から受けとるものは、事物であったり言葉であったりする。それは、いわば護符のようなものとして彼らに授けられるのだ。たとえば熱にうかされて意識と無意識との境を往き来していた三四郎の目醒めを待っている美禰子からの蜜柑。あるいは名古屋の宿で一夜を共にした女の口から、駅のプラットホームで洩れる「あなたは余っ程度胸のない方ですね」という一言。こうして授けられる護符めいた何ものかは、それが事物であれ言葉であれ、人生経験を欠いた主人公のその後の行動と思考とを遥かに操作する謎めいた力を発揮する。たとえば『こゝろ』にあっては、「私」が先生とともに浪の上に寝そべる直前に、着換えの際に落とした先生の眼鏡を「私」が拾って渡す挿話が語られているが、さまざまな精神分析的な解釈も可能なこの場面も、漱石的「作品」への通過儀礼という視点からすれば、思わず取り落とすことによって、その失策の仕草をかりて先生が眼鏡を「私」に間接的に手渡しているのだと理解すべきだろう。実際、眼鏡それじたいにはいかなる説話的な意味もない。眼鏡というこの些細な小道具は、その後、物語の上でいささかも有効な役割を果しもしないのだから、問題は、授与という身振りそのものの儀式性である。後に「芍薬畠の傍にある古びた縁台のようなもの」の上に横たわる時にも、先生は帽子を落して「私」に拾わせており、これもまた間接的な授与の儀式と考えてよかろう。そしてこの儀式的な身振りは、漱石的「作品」にあっては、横臥の姿勢と深く連繫しながら遭遇を完璧なものにしたてあげているのである。大阪の宿の二階で寝ころがっている「自分」の前に友人三沢からの便りがもたらされる『行人』の場面はすでに見たとおりだが、また『彼岸過迄』の敬太郎に似て、朝がたの夢から逃れるように目醒める代助の起床の情景ではじまっている『それから』にあっても、書生の門野が彼のもとに葉書と封筒を持ってくる瞬間に、その説話的持続が不意に活況を呈することになる。その二通の便りが、代助のその後の行動を操る直接の契機となっていることは誰もが知る通りだからである。横たわること。そして何かを受けとること。この二つのほとんど同時に成就する身振りこそが、何もしないことを選択した漱石的「存在」に基本的な運動なのである。横たわることがごく怠惰な仕草であるとするなら、受けとることもまたごく消極的な仕草である。この怠惰で消極的な仕草は、かならずしも主人公その人によって演じられるとは限らない。たとえば『こゝろ』の場合、故郷に戻って父を看病している「私」のもとに先生からの手紙がもたらされるのは、文字通り瀕死の父の枕元であったし、また、『草枕』の画工なる「余」が海を見おろす崖淵の草の上にごろりと寝ころがり、心に浮ぶ詩興にうながされて俳句や漢詩を写生帖に書き記してゆくとき、野武士のような男と那美さんとが不意に姿を見せ、女が男に何ものかを仔細ありげに手渡すのだが、「余」はその物品の授与を局外者として眺めているばかりだ。とはいえ、このいずれにあっても、受けとることが横たわることと一組の運動をかたちづくっていることは明らかである。父の蒲団の脇で手渡された先生の手紙は「私」をすぐさま行動へと駆りたてていたし、横たわる「余」のかたわらで演じられる謎めいた品物の授受も「余」をたちどころに思考へと誘う。ここでやりとりされるものは、だから漱石的「存在」にとってはその行動と思考とを方向づける護符のようなものなのだ。立ちどまり頭脳を空っぽにすることで運動を放棄した漱石的「存在」

は、その対象の如何にかかわらず、護符と呼ぶべきものの命ずるままに運動を組織してゆくことになるのである。

自堕落な眠りから目醒め朝湯にまで浸った『彼岸過迄』の敬太郎が漱石的「作品」にふさわしく自分を整えるためには、だから運動の放棄に加えて護符を獲得する仕事が是非とも必要となる。だが、それは積極的に探し求めることもできまいし、また、消極的に待っていれば手に入るものでもない。それは、漱石的「存在」の意志や期待を超越したものであるが故に護符として機能するのだし、また通過儀礼の最終過程ともなりうるのだ。では、敬太郎は如何なるものを護符として手にすることになるのか。誰もが知っているとおり、それは一本の洋杖《ステッキ》である。そしてその洋杖の獲得には、朝湯に入ることが決定的だったのである。

## 宙に迷うこと

敬太郎があまり人影のない銭湯に入ってゆくと、「硝子越に射し込んでくる日光を眺めながら、呑気そうにじゃぶじゃぶ遣ってるものがある」。それは自分と同じ下宿に住む森本という男である。何やら新橋の駅で働いているらしいが、今日は休みだといって呑気に浴槽に浸っている。敬太郎は、かねてから、各地を放浪しながら嘘としか思えない冒険をいくつも経験している森本の過去に抑えがたく好奇心を燃やしているので、朝湯で出あったこの男とごく自然に会話をかわす。「大抵な世間の関門を潜って来たとしか思われない男の経歴談」は、「遺伝的に平凡を忌む浪漫趣味《ロマンチック》の青年」として提示される敬太郎にとって、黙って聞き流すわけにはいかない幾つかの興味深い挿話を含んでいるのだ。だがここで重要なのは、敬太郎の浪漫趣味でもなければ森本の放浪癖でもない。朝湯に浸っての二人の遭遇が、『こゝろ』における鎌倉の海の中での先生と「私」とのそれと、水の現存という点において類似しているという事実である。作品の風土も作中人物の性格も物語の展開ぶりもまるで異質でありながら、冒頭に水の中での出逢いが演じられているという説話的構造が両者に共通しているのだ。水という湿った環境の漱石的特質についてはいずれ改めて論じなければなるまいが、いまはさしあたり、この共通点のみに着目することとしよう。すでに『こゝろ』の場合がそうであったし、また『草枕』にもそれに似た情況が描かれているが、漱石的「存在」の多くは、濡れて湿った環境の中で出逢った人物に強く惹きつけられ、それとの接近を試みるという特性を持っている。

ところで『こゝろ』の先生は、海岸の砂浜に眼鏡を取り落し、それを「私」に拾わせることで接近への欲望に応えていた。もちろん眼鏡は遭遇を希求する青年の手元に残されたわけではないが、それが間接的な授与の一形式にほかならず、漱石的「作品」に必須の始まりの儀式をかたちづくるものだった事実はすでに見たとおりだ。森本と敬太郎の出逢いにあっても、この間接的な授与の儀式性は正確に踏襲されている。というのも、下宿から不意に姿を消してしまう森本は、敬太郎に何ひとつ直接手渡すことはしていないが、落ち着き先の満洲からの便りによって、宿に残された荷物の中から、玄関の「土間の瀬戸物製の傘入に入れてある」洋杖《ステッキ》を贈られることになるからである。「あれも価格から云えば決して高く踏めるものではありませんが、僕の愛用したものだから、紀念のため是非貴方に進上したいと思います」というのだ。下宿の主人から森本のような浮浪の徒との共犯関係を疑われて不快な思いをし、また「怒る前に先ず冷たい青大将でも握らせられた様な不気味さを覚え」もしていた敬太郎は、「今大連で電気公園の娯楽掛りを勤めている」という森本からの手紙を「好奇心に駆られ」て読まずにはいられない。洋杖贈呈の申し出はその最後の部分に記されているものだ。彼が森本の消息を下宿の主人夫婦にも語らず、また、自分の所属となったらしい洋杖の所有権を即座に行使しようとしないのはいうまでもない。「洋杖は依然として、傘入の中に差さっていた。敬太郎は出入の都度、それを見るたびに一種妙な感に打たれた」。彼は、この突然の好意にいささか戸惑いながら、贈られた洋杖が自分にいかなる運命をもたらすかにも無自覚なまま、森本との曖昧な関係をいったん宙に吊る。つまり、いま引用された一行を最後に冒頭の一篇「風呂の後」は終りとなり、物語は次の中篇「停留所」へと移行してしまう。そして森本と呼ばれる浮浪の徒は、その後『彼岸過迄』ではいかなる説話的な機能をも演じはしないのだから、何もしないで風呂に入り朝寝坊をする敬太郎は、不可解な失踪者から一本の洋杖を受け取ることだけがその唯一の劇的な身振りだったということができる。敬太郎がその洋杖に何か護符的な機能がそなわっていると意識するのは次の中篇「停留所」へと話が進んでからにすぎず、しかも始めのうちは、何とも処置しかねる迷惑な対象でしかなかったのだ。それを玄関の傘入れの中に認めるたびに「自分にも説明の出来ない妙な感じ」に襲われ、なるべく視線に触れないように瞳をそらして出入りを繰り返しているうちに、「極めて軽微な程度ではあるけれどもこの変な洋杖におのずと祟られたと云う風になってしまった」。ところで、その奇態な洋杖は次のように描写されている。

此洋杖は竹の根の方を曲げて柄にした極めて単簡のものだが、たゞ蛇を彫つてある所が普通の杖と違つてゐた。尤も輪出向に能く見るやうに蛇の身をぐる〳〵竹に巻き付けた毒々しいものではなく、彫つてあるのはたゞ頭丈で、其頭が口を開けて何か呑み掛けてゐる所を握にしたものであつた。けれども其呑み掛けてゐるのが何であるかは、握りの先が丸く滑つこく削られてゐるので、蛙だか鶏卵だか誰にも見当が付かなかつた。森本は自分で竹を伐つて、自分で此蛇を彫つたのだと云つてゐた。(『彼岸過迄』・第五巻五四頁)

得態の知れない失踪者が紀念にといって残して行ったこの洋杖を、敬太郎はそう素直に自分の所有物とは感じられないので、とりあえず「持主の帰るのを毎日毎夜待ち暮している如く立っています」と森田に書き送って、その所有権を一応放棄した振りを装うのがせいぜいである。そこで「胴から下のない蛇の首が、何物かを呑もうとして呑まず、吐こうとして吐かず、何時までも竹の棒の先に、口を開いたまま喰付いている」だけの洋杖は持ち主を失って曖昧に宙に迷うことになる。それは、もはや誰のものともいえぬまま、瀬戸物の傘入れに立てかけられたまま鎌首をもたげ、敬太郎の出入りを見まもり続けているばかりだ。そしてこの所属の曖昧な洋杖が、まさにその曖昧さ故に「停留所」における敬太郎の行動を操作する重要な小道具の役を演じることになるのは誰もが知っている通りである。

## 予言すること

実際、「停留所」で敬太郎がたどることになる運動は曖昧模糊としていかにもとりとめがない。その友人の須永に一人の叔父がいて、就職運動の一環としてその叔父という男に逢ってみることを奨められる。ところがたずねてみると来客中だとことわられたりしてなかなか機会に恵まれない。「見懸によらない実意のある剽軽者」で通っている須永の叔父は田口と呼ばれ、彼にまつわるうわさはといえば、人をかついで喜ぶといった邪気のない悪戯の話ばかりである。だからそんな男の世話になる見込みはあるまいと諦めもするのだが、「今日まで何一つ自分の力で、先へ突き抜けたという自覚を有っていなかった」敬太郎にしてみれば、田口に逢うことに執着しもしなければまた無関心でいることもなく、ただぶらぶらして時を過す。そして「この不決断を逃れなければという口実の下に、彼は暗に自分の物数奇に媚びようとした」。つまり、自分の未来を売卜者の八卦に訴えて判断して見る気になったのである。そして浅草をぶらつきながら「身の上判断文銭占ない」と看板のさがった店の暖簾を潜る。そこで起ったことがらについては、いずれ詳しく分析する機会があるだろう。ここで問題となるのは、「貴方は自分の様な又他人の様な、長い様な又短かい様な、出る様な又這入る様なものを持っていらっしゃるから、今度事件が起ったら、第一にそれを忘れないようになさい」という占ないの婆さんの最後の言葉である。すなわち婆さんは、敬太郎が曖昧この上ない品物の所有者であるとのみ判定しているのである。蛇の頭の洋杖が護符として意識されるのは、この婆さんの言葉によってである。

まず、「自分の様な他人の様な」という第一の謎は、それが森本と自分との所有関係の曖昧さによって解決がつく。「持主の何方とも片付かないという観念が、熱《ほて》った血に流されながら偶然浮び上った時、彼はあこれだと叫んで、乱れ逃げる黒い影の内から、その洋杖だけをうんと捕まえたのである」。第二の「長い様な短かい様な」についてみれば「胴のない鎌首だから、長くなければならない筈だのに短かく切られている」洋杖の彫り文様がそれだと合点がゆく。また最後の「出る様な這入る様な」というのは、「鶏卵とも蛙とも何とも名状し難い或物が、半ば蛇の口に隠れ、半ば蛇の口から現われて、呑み尽されもせず、逃れ切りもせず」にいる何とも中途半端なさまがこれだと判断される。だから森本が残して行った蛇の頭の洋杖は、いまや間違いなく護符として敬太郎の行動の支えとなったのである。彼は、突然電話で呼び出しをうけて田口から依頼された仕事へと、この洋杖を握って出かけてゆく。その首尾がどんなものであったかを知ることは、さしあたりそれほど重要な問題ではない。肝腎な点は、何もしないことに徹した漱石的「存在」が、横臥の姿勢から起きなおってそこに認めた人物から何ものかを受けとることによって、それを護符として意識し、通過儀礼を潜りぬけたという事実にある。敬太郎は、自分の未来を告げる洋杖を握りしめ、「瘧を振い落した人の様にけろりとして」から、ようやく漱石的「作品」にふさわしい存在だと自覚するに至ったという事実である。

おそらくこうした自覚へと至る過程に占いという他人の言葉が介在しているのも一つの特徴というべきだろう。「加持、祈禱、御封、虫封じ、降巫《いちこ》の類に、全然信仰を有つ程、非科学的に教育されてはいなかったが、それ相当の興味は、いずれに対しても昔から今日まで失わずに成長した」という『彼岸過迄』の場合には「売卜者の八卦」が決定的な説話的機能を帯びているが、『三四郎』にも辻占を買ってみたいという漠たる誘惑に三四郎が抗う挿話があるし、『それから』の嫂も、父親に向って代助を弁護するにあたって、占者にみてもらったときの言葉を援用する。また『門』の御米も「真面目な態度と真面目な心を有って」大道の易者の前に坐り、「貴方には子供は出来ません」と決定的な宣言を受けとめるといった按配に、漱石的「作品」には辻占いや易者の言葉がかなりの頻度で登場している。こうしたいささか迷信的な一連の他者の言葉は、『彼岸過迄』いがいにあってはその説話的機能も希薄でごく挿話ふうに素描されているにすぎないが、これは漱石的「作品」の基本的な構造ともいうべき予言的な性格と深い関連を持つものと理解すべきだろう。予言的な性格といっても、そこには超自然的な奇跡や神秘な謎が含まれているわけではもちろんなく、これから活気を帯びようとする「作品」の言葉の磁場と、その形成に一役買おうとする「存在」が目指すべき運動の方向とが一つに融合する契機を、しばしば他者の言葉が補強するという関係が説話的持続の上に結節点をかたちづくっているということである。ちょうど「文銭占ない」の婆さんの言葉に接した敬太郎が、「占ないを信じて動くのではない、動こうとする矢先へ婆さんが動く縁を付けてくれたに過ぎない」と思ったように、他者の口から洩れる予言的な言葉は、未知の世界を遥か彼方の天空にあらかじめ描きあげるのではなく、いま生きられつつある不可視の現在の輪郭をなぞりながらそれを鮮明に浮きあがらせ、みずからの行動を自分自身に納得させるという役割を示している。だからそれは、意識されざる既知を意識化する儀式的な方法にすぎず、解かるべき謎として距離の彼方に吊られることで思考と身振りとを刺激する予言ではなく、距離を排して現在の核心に腰を据え、自分自身を模倣せよと誘う反復的な予言ともいうべきものなのだ。漱石的「存在」が、すでに演じられているみずからの運動の軌跡をそこに映しだして可視的なものとして納得する鏡のような予言といったらいいだろうか。とにかくそれは、あらゆる宿命論とは無縁の言葉からなっている。だから漱石的「存在」の生きつつある現在がとりとめもなく把握しがたいものであれば、それに応じて予言もまたとめどもなく曖昧でなにひとつ決定的な断言を含むことにもならないだろう。漱石的「作品」と漱石的「存在」とが向かいあい、たがいに相手の表面に推移する影の戯れを模倣しながら、不断に更新してゆく相互反復といったらいいかもしれないが、いずれにせよ、遭遇の儀式の最終段階にとり行なわれる護符の授与は、ちょうど合わせ鏡のような構造で、漱石における「作品」と「存在」との相互依存的な同時進行現象を如実に示しているといえるだろう。これまで敬太郎や三四郎を主人公や作中人物と呼ばずにひたすら漱石的「存在」と記してきたのは、それが物語にとって必須の心理だの性格だの欲望だのに従属することなく、むしろ物語を支える濃密な説話的機能によって不断の現在としてある言葉の連らなりと同調する役割を帯びているからだ。漱石的「作品」とは、現在であることしか知らぬ言葉たちの戯れの場にほかならない。夏目漱石を読むことが貴重な体験であるとするなら、それはその「作品」が読むものをこの上なく曖昧な時空へと閉じこめ、距離が程よく抒情化する過去だの未来だのへと伸びようとする瞳を盲目化してしまうからだ。「作品」は、もちろんその物語の領域で過去や未来について語りはするし、作中人物もまた記憶や宿命と深刻な戯れを演じてもいる。ときにはそこに作者漱石その人の過去が暗い淵のように口を拡げるとさえ思えるほどだ。だから、読む者の思惑に従って特権化される細部の表情が、そうした個人的な過去の暗部と意義深い共鳴関係に入ることも大いにありうることだろう。この部分には夏目漱石のかけがえのない体験が露呈しているし、この部分には漱石の欲望が象徴的に語られているといった視点が肯定されるのもそんな場面である。

だが、一篇の小説のしかるべき細部に、作者個人にとって潜在的な何ものかが顕在化されているとする確信は、「作品」を物語に還元しつつ卑小化することにほかならない。「作品」とは、現在たることとしか知らぬ言葉だけが無方向に揺れている徹底して表層的な環境にほかならず、読むとは、その無方向な表層の戯れを身をもって生きることなのだ。記憶だの想像だの宿命だのを糧として生きのびる物語が、その戯れを一瞬固定し、表層にたち騒ぐ細部を一定の方向に組織するかにみえるとき、「作品」はそこに方向づけられた言葉の群をたちどころに虚構化し、虚構のみに可能な一つの意味を賦与して現在から追放してしまう。だから現在に顔をそむけるものだけが「作品」を物語として読み、そこにありもしない比喩だの象徴だのを見たと錯覚して満足するのである。そうした姿勢は、辻占いの言葉に未知の宿命を読んだり、真実の啓示を求めるようなものだ。ところで『彼岸過迄』の敬太郎は、「文銭占ない」の婆さんの予言を、そうしたものとして読んではならないとみずから学びはしなかったか。それは、ひたすら現在のみにかかわるものであり、遥かな未来だの遠い過去だのを語るものではなかったはずだ。漱石的「作品」とは、まさに「文銭占ない」の言葉のように、現在として表層に露呈しているものの戯れにほかならない。実際、過去や未来を照らしだす鏡などというものは存在しないのだ。鏡がその表面に映しだすものは、自分自身の現在にほかならない。

## 一体化すること

『幻影の盾』や『薤露行』などの初期の小品にあって、鏡の主題が重要な役割を演じているのは周知の事実である。『幻影の盾』では盾そのものが鏡のような構造を持っているし、『薤露行』には「鏡」と題された一章まで含まれてもいる。そしてそのいずれもが、超自然的な神秘によって宿命を予言する機能を帯びているかにみえる。事実『漱石とアーサー王伝説』の江藤淳は、『薤露行』に姿をみせる鏡を「『凶事』の予兆を告げ」るもの、「破局の予兆」を映しだすものだと記し、そこに呪われた恋に生きるものの宿命の象徴を読みとっている。しかも江藤氏は、「これは、漱石その人の内面を映す『鏡』でもあったはず」だとさえ断言し、その比喩的側面を強調している。だが、はたしてそうか。

もっとも、鏡と宿命との関係に言及する江藤氏は、まんざら出鱈目を述べたてているわけではない。『薤露行』を物語として読むかぎりにおいて、そうした象徴的な解釈はごく自然な読み方だからである。おのれの身に避けがたくふりかかる事態を、その到来以前に予知せしめる力がその鏡にそなわっている。そう主張する江藤淳は、むしろ標準的な読者だとさえいえるだろう。そしてそのことじたいには何ら驚くべきものは含まれていない。ここで真に驚くべきことがらは、かりに『薤露行』の物語がそんな解釈で読まれうるとするなら、その物語の語り手ともいうべき夏目漱石は、かぎりなく凡庸な作家だとしか思えないという事実に、江藤氏が驚くことを忘れているという点であろう。もしかりに、漱石がそうした意図をもって鏡の挿話を挿入したのだとしたら、漱石という作家は、「文銭占ない」の暖簾をくぐる以前の敬太郎ほどに無邪気な存在というほかはあるまい。占ないの婆さんの言葉が、「方角さえ立たない霧の様なもの」であったが故に、敬太郎は自分自身の現在と遭遇しえたのであり、しかもそこには、宿命が確かな輪郭のもとに描き出されてなどはいなかったはずだ。だからこそ敬太郎は、未来への執着を捨てて現在を生きる契機を獲得しえたのである。そして『薤露行』の言葉も、鏡にそれ以上の機能を託してはいない。「鏡」の章を仔細に読みなおしてみるまでもなく、『薤露行』の鏡を見るものはシャロットの女であり、ギニヴィアでもランスロットでもなく、ましてやエレーンでもない。それはまぎれもなくシャロットの女に所属する護符であり、「鏡の限る天地のうちに跼蹐《きょくせき》」する限りにおいて、彼女の身は安全なのである。たしかに魔法使マーリンの手になる鏡とされ、その面がかき曇る瞬間は「凶事」の予兆だとも書かれているが、シャロットの女にとっての真の「凶事」が、鏡に映る影の世界から視線をそらせ、「窓より眼を放つとき」に訪れるものと記されている点を見落してはなるまい。「時にはむらむらと起る一念に窓際に馳けよりて思うさま鏡の外なる世を見んと思い立つ事もある」が、「シャロットの女の窓より眼を放つときはシャロットの女に呪いのかかる時」なのだから、「自滅の期を寸時も早めてはならぬ」と書かれている以上、鏡の存在が女を呪いからまもる護符であることはあまりに明瞭なはずだ。宿命は、だからシャロットの女が鏡の表面から瞳をそらす瞬間にはじめて姿を見せるものにすぎない。

事実、シャロットの女が息絶えるのは、鏡の中でその視線がランスロットの眼と出逢ったからではなく、彼女が騎士の名を呼ぶなり、「忽ち窓の傍に馳け寄って蒼き顔を半ば世の中に突き出」し、「高き台の下を、遠きに去る地震の如くに馳け抜ける」ランスロットをこの目で見てしまったからなのだ。そのことによって、彼女は護符としての鏡を決定的に失ない、呪いに身をまかすことになる。シャロットの女の誤ちは、鏡を捨て、窓辺に走りよってしまったことにあるのだ。あたかもその行為を罰するかのように、鏡は消滅する。「ぴちりと音がして皓々たる鏡は忽ち真二つに割れる」のだ。そして鏡の消滅こそが、彼女の宿命的な死を導きだすのだから、窓辺に馳けよりランスロットの姿に視線をはせさえしなければ、彼女は宿命に出逢わずにすんだはずである。シャロットの女にとっては、鏡の表層に戯れる影を放棄したことが決定的なのだ。鏡が二つに割れ、「再びぴちぴちと氷を砕くが如く粉微塵になって室の中に飛ぶ」瞬間に女が死ななければならなかったとしたら、それは、江藤淳が標準的な読者としてそう期待していたように、鏡が「凶事」として予告していた宿命の実現によってではなく、護符としての鏡が張りめぐらせていた保護の圏域から女がみずから離脱してしまったからにほかならない。事実、鏡が宿命の象徴だなどとは『薤露行』のどこにも書かれてなどいはしない。夏目漱石は、いくらなんでもそれほど凡庸な作家ではないのだ。にもかかわらず江藤氏が、鏡に宿命の予知機能を読まずにはいられないのは、漱石的「作品」という鏡の表層に推移する影の戯れを熟視しえず、何かといえば鏡を捨てて窓辺に走りより、シャロットの女さながらに「自滅の期」を早めてしまうからにほかならない。つまり、標準的な読者が固執する物語とは、窓の外の世界に展開される光景なのだ。戸外への一瞥が鏡の表面に亀裂を生ぜしめ、遂にはそれを跡かたもなく破壊してしまうと知りながら、窓からの誘惑に抗いきれぬあまたの標準的な読者たち、彼らに可能なことは、「作品」とは無縁の領域に物語を捏造することぐらいだろう。江藤淳の『漱石とアーサー王伝説』とは、少なくとも『薤露行』の「構成と主題」に言及している部分に関するかぎり、そうした捏造された虚構としてたえず「自滅」するほかはない言葉からなっている。

　だが、宿命だの記憶だのを糧としてしか生きえない物語に「作品」を還元してしまう江藤淳の解釈が、『薤露行』の意味なるものの大半をみごとに取り逃しているという事実の究明が当面の急務ではない。漱石的「作品」における鏡は、それが初期の小品にアーサー王伝説経由で姿を見せているものであろうと、潜在的なものを顕在化したり未知なる宿命を予告したりするものではなく、その鏡を護符として持つ存在にかかわりながら、表層の戯れへと不断に視線を誘うものだという点をここで確認することが肝腎なのだ。シャロットの女は、その表層に戯れる影の推移から瞳をそらせたが故に、身の破滅を招きよせてしまったのだが、その事実は、鏡のような盾の表面に映ることがらをどこまでも確信したが故に思いをとげえた『幻影の盾』のウィリアムの場合と照らしあって、漱石的「作品」における鏡の役割りを明らかにするものといえるだろう。

中央に「怖ろしき夜叉の顔が隙間もなく鋳出されている」という盾は、「今も猶鏡の如く輝やいて面にあたるものは必ず写す」。しかも「獰悪なる夜叉」の「毛と云う毛は悉く蛇で、その蛇は悉く首を擡げて舌を吐いて縺るるのも、捻じ合うのも、攀じあがるのも、にじり出るのも見らるる」という装飾を持ったものなのだから、呪術的な護符性は『薤露行』の鏡より遥かに高いといえるだろう。手向う敵を脅えさせ、しかも「願を叶える事」もある盾というからには、超自然的な神秘性もはるかに濃密なものとしてその表面にまつわりついている。だが、ここでも、この鏡を思わせる盾は、未知の宿命を予告することでその持ち主を勇気づけたり落胆させたりはしない。ときにウィリアムまでが呪われたかと疑う事態も起きはするが、盾は、彼を遥かな未知の時間へと招くのではなく、鏡そのものの表層を模倣しこれと一体化せよと誘うことで騎士を援けるのだ。

愛する女クララの住まう城の攻撃に参加せねばならないウィリアムは、激しい攻防戦のさなかに「南の国へ行け」の一語を何ものかから聞かされ、「呪われた」と思いつつも真一文字に南を目指す。そして林にかこまれた池のほとりで一人の女に逢う。女は、「文銭占ない」の婆さんよろしく、ただひたすら盾を凝視せよと告げる。そのとき、ウィリアムと盾との相互模倣による一体化がはじまるのだ。

彼の眼は猶盾を見詰めて居る。彼の心には身も世も何もない。只盾がある。髪毛の末から、足の爪先に至るまで、五臓六腑を挙げ、耳目口鼻を挙げて悉く幻影の盾である。彼の総身は盾になり切つて居る。盾はヰリアムでヰリアムは盾である。二つのものが純一無雑の清浄界にぴたりと合ふたとき――以太利亜の空は自から明けて、以太利亜の日は自から出る。（『幻影の盾』・第二巻七九頁）

以太利亜とは、クララとウィリアムとが唇をあわせる南の国にほかならない。そこではありとあらゆるものがかぐわしく華やいで、二人の愛の成就を祝福しているかにみえる。もちろん、この幸福はこの世のものではない。漱石も、「――これは盾の中の世界である」と注記することを忘れてはいない。だが、漱石はそれに続けてこうも書きつけている。「而《しか》してウィリアムは盾である」。この一行を飜訳すれば、漱石的「存在」は鏡であるとなるだろう。

## 模倣すること

鏡と化した存在、あるいは存在と化した鏡。鏡を確信しえた騎士ウィリアムが到達しえたこの状況は、あたかも二つの向いあった表層が、たがいの表面に推移する影の戯れを完璧に模倣しあい、その模倣の運動がぴたりと同調しあうことで現在というもっとも希薄な瞬間を生きることにほかならない。漱石的「作品」における予言的性格とは、この同調運動による二つの表層の融合現象のことだ。『彼岸過迄』の「文銭占ない」の言葉と森本が残していった蛇の頭の洋杖とは、この融合へと向けて相互に模倣し反復しあう二重の表層的な戯れを演じていたのだ。その戯れに身をもって立ち会うこと、それが漱石的「存在」が潜りぬけるべき通過儀礼の最終段階にほかならない。もっとも最終段階といっても、それが現在であるかぎりにおいて、遂に通過しつくすことのないものではあるだろう。漱石的「作品」は、この通過しがたい段階に対して示す存在のさまざまな姿勢の周囲に、それぞれの小説にふさわしい風土をかたちづくってゆく。この現在へと一体化することへの執着、怖れ、歓喜、後悔といった態度が、漱石的「作品」にそのつど異質な相貌をまとわせることになる。そして執着と怖れと歓喜と後悔とがたえず程度の差こそあれ共存しているので、通過儀礼の最終段階はどこまでも引き伸ばされ、さまざまなかたちで変奏されるのだ。だから、漱石的「作品」と個々の小説とは全体と部分の関係にあるのではなく、不断に更新されるヴァリエーションとして相互に反復しあう関係にあるというべきだろう。それは数えきれないほどの鏡が無方向に揺れ動き、尽きざる反映によって戯れあう表層的な環境である。そこでは比喩や象徴をたぐりよせながら隠された意味の露呈に立ち会おうとする思考の運動が、そのつど視点を見失って宙に漂いだしてしまう。あらゆる文学がそうだといってよかろうが、漱石的「作品」は解釈の対象とはなりがたいのだ。それじしんがすでに反復的な環境としてある「作品」は、何にもまして模倣の対象なのである。模倣といっても、そこにあらかじめ描かれている意味へと自分を同調させることが求められるわけではない。無限の反映によって活気づけられる表層的な戯れの場にあって、無方向な拡散ぶりが一瞬ごとに描きあげる意義深い細部同士の共鳴現象と、あるとき自分自身がぴたりと共鳴することを期待しながら、反映する光の不断の交錯ぶりを凝視することがここでいう模倣なのである。それには、表面に揺れ動く影の推移を固定しようと望んではならない。それをどこまでも繁茂させ、たえず変容する複雑な網状組織に仕立てあげること。そして一瞬ごとに変化するその網の目の模様が、あるとき自分自身の顔の輪郭と一致する瞬間を待つことである。それには、自分自身をも拡散させ、不断の変容をうけいれねばならない。「作品」とは、この変容を強いる残酷な場にほかならない。

『彼岸過迄』の敬太郎がひたすら曖昧で希薄な存在であったのはそのためである。おそらく敬太郎は完璧な模倣を実現したとはいえまいが、鏡の表層に更新される不断の現在への執着によって「作品」に加担する漱石的「存在」の一人とはなりえているのだ。冒頭や最後に鏡がごく日常的な小道具として姿を見せ、作中人物を落ちつかせたり脅えさせたりもする『それから』や『明暗』の場合、代助も津田も持続した執着以上の深刻な関わり方で鏡を模倣し、怖れや歓喜や後悔に近い状況を体験する。だが、ともに表層の戯れへの一体化を目指す人間だという意味で漱石的「存在」であることにはかわりがないし、また、敬太郎と同質の希薄な曖昧さを身にまとってもいるのだ。彼らは、愛においても嫉妬においても、他者との葛藤を生きたりはしない。ちょっとしたいさかいや言い争いも、鏡と一体化することに必要な通過過程でしかない。だから、漱石的「存在」には、語るべき物語などありはしないのだ。彼らは、その表層に揺れ動く影の推移ぶりを、自分自身をそこに認めるために必須の身振りとして模倣し、その模倣の仕草を改めて鏡に向かって投げかけることしかできない。つまり漱石的「存在」が口にする言葉は、反復者の言葉なのだ。それは自分自身の物語ではなく、鏡の表層に交錯する影の戯れに立ち会ったものの報告でしかないだろう。だから、漱石的「存在」は、何よりもまず報告者として、それぞれの小説の説話的持続を支えつつ、「作品」に加担することになるだろう。彼らは決して物語の中心には位置しておらず、語られつつある物語に対しては媒介者的な役割しか演ずることがないだろう。いまや、その媒介的な報告者が描く運動を見据えるときがきている。

# 第三章　報告者漱石

## 依頼＝代行＝報告

「私に出来ます事なら何でも御遠慮なくどうか――」といった気軽さで相手の意向におもねる術を心得た『吾輩は猫である』の鈴木藤十郎は、「なに訳はありません。すぐ行って見ましょう。容子《ようす》は帰りがけに御報知を致す事にして」と口にしながら金田家を辞したかと思うと、もうその足で旧友苦沙弥の家の玄関に姿を現わし、いつのまにか客間にあがりこんで、寒月君と金田嬢との結婚話をまとめあげる仲介者の役を演じはじめているのだが、ふらりと臥龍窟を訪れては愚にもつかない無駄話で主人を煙にまく迷亭といった「太平の逸民」たちとはいささか異質な使命を帯びた藤十郎の苦沙弥家訪問いらい、「若い二人を喰っ付けるような、又引き離すような閑手段を縦ままに弄して、そのたびに迷児々々《まごまご》したり、又は逆せ上ったりする二人を眼の前に見て楽しんだ」という『明暗』の吉川夫人の執拗な媒介者的身振りに至るまで、漱石の小説のほとんどは、依頼をうけた代行者たちの訪問や報告を軸にその物語を展開するという共通の構造におさまっている。実際、事件と呼ばれるものの大部分は、漱石にあっては、当事者自身の生なましい体験として演じられるというより、たえず他者の差し向ける代行者によって準備され、操作され、観察され、その報告としていわば間接的に語られるものにすぎない。すべては、依頼、代行、報告という三つの主題の特殊な配合、そしてその豊かな変奏の上に築かれているかにみえる。

たとえば『門』の宗助は、父の死後の財産の処理を叔父の佐伯に依頼し、さらに弟の小六の養育をも委託していたし、また『こゝろ』の「先生と遺書」の冒頭で語られる遺産相続の挿話にあっても、財産の管理は叔父にまかされていた。『門』の場合も『こゝろ』の場合も、当事者である宗助や「先生」は、遠隔地に住む身の上ゆえに遺産の処理を他人にゆだねねばならないのであり、したがって、事態は、二人の視線の触れえない影の領域で、他人の手に操られて進行してしまう。したがって彼らは、ある時期に、委託されていた資産の報告を求めねばならない。だが、報告は、ほとんどの場合、遅延したかたちで二人にもたらされる。宗助が時折り手紙をしたためてみても、佐伯からは「版行で押した様に何れ御面会の節を繰り返して来るだけ」だし、実際に会う機会があると、「鹿爪らしく云い出すのも何だか妙だから、その内機会があったら、聞くとしよう」と自分から相手の報告を回避してしまうのだ。『こゝろ』の「先生」の叔父もまた、「其日其日を落付のない顔で過ごし」ては「忙がしいという言葉を口癖のように使」って、財産処理の結果が話題にのぼるのを避けてまわる。いずれにあっても、最終的な報告が口にされる瞬間に明らかにされるのは、委託されていた資産が、当事者の手には永遠に戻るまいという事実ばかりである。すべては、彼らの関知しえない世界で、消費されつくしていたのだ。

佐伯や先生の叔父が、『猫』の藤十郎や『明暗』の吉川夫人に似た媒介者的機能を帯びた作中人物であることは明らかだろう。そこには委託もしくは依頼があり、代行もしくは仲介があり、さらには報告もしくは説明があるからだ。もちろん、依頼と代行と報告という三つの主題が彼等のうちに均等に配分されているわけではない。だが、それぞれの小説の風土や人物配置に従ってその主題の組み合わせが決定されるとき、漱石の物語はきまって異質な次元へと移行する。つまり、説話的持続の変容といった現象が観察されるのだ。たとえば『門』や『こゝろ』にあっては、報告が物語を始動せしめる。『猫』にあっては、代行が物語を進展せしめる。そして『明暗』にあっては、代行が破局を準備しているのだ。それ故、漱石を読むとは、そこに語られていることがらから作者の思想や人生観を抽出するばかりでなく、依頼、代行、報告の主題群がいかなる連繫ぶりを描きあげているか、その言語的力学圏の磁力を感知することでなければならない。とりわけ、さまざまな障害に出逢った結果、報告の言葉が蒙ることになる説話的持続の偏差の重みを、身をもって生きることでなければならないだろう。なぜ、報告書は時間どおりに提出されないのか。そしてその遅延ぶりは、いかなる事実によってもたらされるのか。そのことで、依頼者と代行者との関係は、どんな変容を体験することになるのか。漱石的「存在」たちにとっての遭遇の契機となり、またその周辺に言葉の発生を促すものが仰向けに横たわるという「横臥」の主題であった点は、すでに検討してあるが、では、遭遇した存在たち、発生した言葉たちは、漱石的物語の展開をいかにして支え、それをいかなる世界へと導いて行くのか。彼等は、覚醒のはてに、どんな身振りを演ずることになるのか。ここでは、そうした問題を、媒介者漱石といった視点から観察してみたいと思う。その試みが、「作家」漱石を、思想の人から言葉の人の側へと蘇生せしめる目論みとして遂行されるものであることはいうまでもない。なぜなら、媒介＝代行とは、何にもまして言葉の体験としてあるものだからだ。だが、それとともに、この試みは、漱石的「作品」を漱石その人から可能な限り引き離す目論みをも隠すものではない。それは、しばしば作者の自伝的要素の小説的反映としてのみ理解されがちな育子、金銭、探偵、嫂といった漱石の特権的イメージが、依頼、代行、報告の主題を通して読まれることによって、非人称的な言語体験の場へと導きだされ、個人的体験を越えた鮮明な輪郭におさまり、「文学」の苛酷さを裸の言葉として読むものにつきつけることになるからだ。

漱石を読むこと。繰りかえすが、それはあらゆる「作品」を読むことがそうであるように、そこに描かれている心理や語られている思想を、普遍的真理の側に引き寄せたりあるいは個人的真実の側に押し戻したりしながら、誰もが納得のゆく思考の影絵と妥協させる作業ではいささかもない。帰納や演繹への安易な凭れかかりを自分に禁じながら、永遠に遅延するかと見える報告を待つことの重みにたえ、言葉を言葉として蘇生させる試み、それが読むということなのだ。漱石的「作品」が刺激的であるとすれば、依頼、代行、報告の主題が織りあげるその独特な言語的形態が、いつしか読むことを実践しはじめているからにほかならない。

## 仲介者たちの群

雨の街角に不意に出現して散歩中の健三を脅す『道草』の島田は、とても偶然とは思えないその度重なる遭遇によって、作品の冒頭から、「遠い所から帰っ」たばかりの主人公のまわりに暗い過去の影を漂わせる人物として読者に印象づけられるのだが、やがて、かつての健三の養父だった男だと知らされるその島田が健三の家を訪れるにあたって、あらかじめ吉田と呼ばれる人物を指し向け、わざわざ復縁のための仲介を頼んでいる事実は、きわめて興味深い。吉田には、『猫』の鈴木藤十郎に似た気軽な媒介者的資質がそなわっており、「不穏の言葉は無論、強請がましい様子は噯《おくび》にも出さなかった」が、それでいて島田の訪問を健三にあっさり承知させてしまう。今は落ちぶれたかつての養父の出現は、金の無心いがいの目的を持ってはいない。吉田という仲介者をたてて旧縁をとり結ぶことに成功した島田は、やがて、徐々に健三自身を新たな媒介者に仕立てあげる。吉田の報告によって健三の家計の豊かでない事情を知っているはずの島田にとって、かつての養子は、金策を依頼すべき代行者であればそれで十分なのだ。しかも彼は、さらに新たな仲介者を選んで健三にその意を伝えてもらう。

——ある日島田が突然比田の所へ来た。自分も年を取つて頼りにするものがゐないので心細いといふ理由の下に、昔し通り島田姓に復帰して貰ひたいから何うぞ健三にさう取り次いでくれと頼んだ。比田も其要求の突飛なのに驚ろいて最初は拒絶した。然し何と云つても動かないので、兎も角も彼の希望丈は健三に通じやうと受合つた。（『道草』・第六巻三六五頁）

仲介者への伝言の依頼、そして代行者たることの承諾。この多元化される代行と依頼は、まるで、島田が漱石における媒介の特権的機能を知りぬいていることに対応しているかのようだ。やがて、島田は、健三から何がしかの金銭をくすねとることに成功する。それを契機として彼は、今は島田と別れて暮すかつての養母に対し、また妻の父親に対し、自分が持っているわけでもない金の調達を請負うことになってしまうのだ。健三は、新たに友人を媒介者に仕立て、その妹婿への金策を依頼する。いっぽう島田も、完全な手切れ金として百円の支払いを要求し、その取立てに別の仲介者をさし向けてくる。「私も斯うして頼まれて上った以上、何とか向うへ返事をしなくっちゃなりませんから、せめて日限でも一つ御取極を願いたいと思いますが」と、漱石は、もはや名前さえ記してはいない何人目かの媒介者に、代行と報告の義務を強調させている次第だ。

ここで島田として登場する人物が、漱石自身の養父・塩原昌之助をモデルにしたものである点はよく知られているし、その養子縁組と夏目家への復籍をめぐって、不快な金銭的な軋轢が漱石を厭世的にしたことも周知の伝記的事実であろう。だが、『道草』の真の主題は、金銭そのものであるよりは、はるかに、依頼と代行と報告のめまぐるしい反復による媒介の劇というべきものなのである。そしてその媒介の劇は、健三その人が、養子として他人に委託された存在だという事実の上に築かれている。委託された存在。それは、実は依頼者も代行者も真に所有することのない曖昧な存在にほかならぬ。「健三は海にも住めなかった。山にも居られなかった。両方から突き返されて、両方の間をまごまごしていた」という眠っていたかつての記憶がよみがえってくる。「同時に海のものも食い、時には山のものにも手を出した」という健三が幼少の時から味わってきたこの居心地の悪さは、当然、後年の彼が、苦労して借りうけたかなりの金額を妻の父へと譲り渡す時の無関心といったものと通じあっているのだろう。依頼された金策を代行しえた自分への程よい満足感こそあれ、自分の手に一瞬委ねられただけでたちまち他人の手に渡ってしまう多額の金銭への執着は健三にはいささかもない。

従つて彼は自分の調達した金の価値に就いて余り考へなかつた。嘸《さぞ》嬉しがるだらうとも思はない代りに、是位の補助が何の役に立つものかといふ気も起さなかつた。それが何《ど》の方面に何う消費されたかの問題になると、全くの無知識で澄ましてゐた。(『道草』・第六巻五〇五頁)

流通する金銭に対しほんの一瞬の中継点の機能を果し、その方向と速度とをいささか変えてやるだけの媒介者的な役割りこそが自分にふさわしいと信じきっているかにみえるこの健三の姿勢が、多くの漱石的「存在」に共通して認められる点はいうまでもない。思いつくまま挙げてみても、「少し御金の工面が出来なくって?」と三千代からたずねられる『それから』の代助や、病床の三沢から「金はあるか」と求められる『行人』の二郎などは、おずおずと、あるいは確乎たる口調で依頼の言葉が相手の口にのぼってしまった瞬間から、職業を持たなかったり旅先きであったりする理由でまとまった金額を自由にしえないはずのおのれの身を、ただやみくもに代行者に仕立てあげることで、依頼者の意向にそって事態を処理していたではないか。また依頼者の三千代も三沢も、前者は、金策に「所々奔走してい」る夫の平岡が「已を得ず三千代に云い付けて代助の所に頼みに寄した」という事情によって一種の代行者となっているし、後者もまた、金はその手元に残らず「あの女の運命の陰」へと曖昧にまぎれこんでしまうという理由で、やはり一つの仲介者的役割りしか演じてはいないのだ。

幾重にも屈折しながら漱石的媒介の劇をつむぎあげる代行作用は、『三四郎』にあっては、その反復運動が一つの循環運動へと帰着し、誰が真の依頼者で真の代行者であるかの判別を曖昧にしてしまうほどの複雑な構造におさまっている。物語の表層的な水準にとどまる限り、借金を依頼するのは与次郎だし、それに応ずるのは三四郎だという単純な貸借関係があるにすぎない。だが、与次郎が明らかにする事の顚末は、錯綜した代行作用の循環運動を物語の深層部分に描きあげている。

与次郎の失くした金は、額《たか》で二十円、但し人のものである。去年廣田先生が此前の家を借りる時分に、三ケ月の敷金に窮して、足りない所を一時野々宮さんから用達つて貰つた事がある。然るに其金は野々宮さんが、妹にヴイオリンを買つて遣らなくてはならないとかで、わざ〳〵国元の親父さんから送らせたものださうだ。それだから今日が今日必要といふ程でない代りに、延びれば延びる程よし子が困る。よし子は現に今でもヴイオリンを買はずに済ましてゐる。廣田先生が返さないからである。先生だつて返せればとうに返すんだらうが、月々余裕が一文も出ない上に、月給以外に決して稼がない男だから、つい夫なりにしてあつた。所が此夏高等学校の受験生の答案調を引き受けた時の手当が六十円此頃になつて漸く受け取れた。それで漸く義理を済ます事になつて、与次郎が其使ひを云ひ付かつた。(『三四郎』・第四巻一九〇頁)

三四郎と美禰子を除いた登場人物のほとんど全員が加担しているこの錯綜した代行劇の糸を、借金返済の最後の代行者たる与次郎が競馬ですって再びもつれさせてしまうとき、漱石は当然のことながら、事件の局外者にとどまっていた一組の男女を介入させることで、すべてを解きほぐそうとする。つまり作者は、三四郎に美禰子を逢わせる挿話を導入しながら事件を落着させようとするのだが、ここで注目すべきは、怠惰で無自覚な仲介者たる与次郎が、本来であれば三四郎に直接返済すべき金額を美禰子から借りうける約束をとり結んだ上で、その取りたてを三四郎に依頼しているという事実であろう。つまり三四郎は、最終的な代行者たる与次郎から、その代行機能をさらに委託され、結局のところ、自分が貸した金銭を借金として美禰子から借りうけるという奇妙な媒介者に、自分自身仕立てあげねばならないわけだ。かくして『三四郎』のすべての登場人物は、均等にこの媒介の劇に加担しつつ、そこに生起する唯一の事件としてのヴァイオリンの購入を実現することになるのだ。何のことはない、この挿話での三四郎は、『道草』での島田と吉田と健三との役割りをたった一人で演じながら、主要な漱石的主題としての依頼と代行との対立関係をいかにも曖昧なものにしてしまっているのだ。

## 委託される決断、または謙虚な傲慢

金策を依頼され金の用達てを代行するものにとって、報告は一つの物語として言葉で綴られるものではなく、札束なり小切手なりを依頼者に手渡すことである。ところで、すでに見たとおりの事情によって、金銭の貸与として姿をみせる漱石的報告の一形態は、きまって遅延すべき宿命を担っている。借金の依頼者たちは、いささかの躊躇や逡巡も示しはしないが、借金の代行者たちはといえば、『それから』の代助にしろ『行人』の二郎にしろ、迅速に事を処理しうる機敏さの持主ではない。彼等が仲介者として借金を申し込む相手は本来なら男性であるべきなのに、実際の金が委ねられるのは多く女性の手を介してだからである。代助に対しては、兄ではなく嫂の手から、二郎に対しては、岡田その人ではなく妻のお兼から札束や小切手が渡されたり郵送されたりするのだ。現実に借金を頼むつもりで美禰子の前に姿をみせながら「厭じゃないが、御兄いさんに黙って、あなたから借りちゃ、好くない」と駄々をこねる三四郎の優柔不断は、嫂を前にした代助の我儘とほぼ同質のものである。そんな三四郎を前にして「御迷惑なら、強いて……」と冷淡を装う美禰子の身振りもまた、「仕方がないのね、貴方は。あんまり、偉過て。一人で御金を御取んなさいな。本当の車屋なら貸して上げない事もないけれども、貴方には厭よ」と代助の依頼を拒絶する『それから』の嫂のそぶりと、ほぼ同質のものである。なぜなら、依頼者と代行者との関係がいったん宙に吊られ、男たちが懇願を中断してしまうと、女たちは、やや時間をずらせたかたちで、彼等に遅ればせな報告をもたらしているからだ。美禰子は、散歩の途中で不意に三四郎を銀行に走らせ、三十円を引き出させた上でその金の処理には触れぬまま、展覧会に出かけることを提案する。結局のところ、誰もが知るとおり金は男の隠袋《かくし》の中にとどまり続けるだろう。また、嫂の梅子からも後日一通の手紙がとどく。「この間わざわざ来てくれた時は、御依頼通り取り計いかねて、御気の毒をした」といった書き出しの書状が、先日の拒絶が装われたものでしかなかった事実をすぐさま明らかにしてくれる。

手紙の中に巻き込めて、二百円の小切手が這入つてゐた。代助は、しばらく、それを眺めてゐるうちに、梅子に済まない様な気がして来た。此間の晩、帰りがけに、向から、ぢや御金は要らないのと聞いた。貸して呉れと切り込んで頼んだ時は、あ、手痛く跳ね付けて置きながら、いざ断念して帰る段になると、却つて断わつた方から、掛念《けねん》がつて駄目を押して出た。代助はそこに女性の美くしさと弱さとを見た。さうして其弱さに付け入る勇気を失つた。此美しい弱点を弄ぶに堪えなかつたからである。え、要りません、何うにかなるでせうと云つて分れた。それを梅子は冷かな挨拶と思つたに違ない。其冷かな言葉が、梅子の平生の思ひ切つた動作の裏に、何処にか引つ掛つてゐて、とう〳〵此手紙になつたのだらうと代助は判断した。（『それから』・第四巻四二九頁）

いったん断わられた依頼事項が一定の時間を経た後に改めて承諾されるという過程を代助なりに分析したこの引用にあって、着目すべき第一の点は、いうまでもなく女性に特有の「美しい弱点」につけ入るまいとする男の断念が、実は女を不決断の居心地の悪さの中に置き去りにした結果、かえって女に時期遅れの決断を迫っているという事実であろう。「どうにかなるでしょう」という一見したところ謙虚さから出たかと思える代助の辞意の表明は、「そうですか。じゃ借りても好い。——然し借りないでも好い。家へそう云って遣りさえすれば、一週間位すると来ますから」という三四郎の言い訳と同様に、実は選択を相手に委ねる無意識の傲慢さにほかならぬのだ。依頼の撤回は、漱石的媒介劇にあっては、依頼の至上形態として、無言のうちに代行権を相手に委託するこの上なく図々しい振舞いだというべきものなのだ。女性の「美しい弱点」につけ入るまいとして漱石的存在たちが一歩後退するとき、実は、彼等はその「美しい弱点」そのものにつけ入ることになるのである。

この、謙虚さを装った傲慢さが典型的な媒介劇をかたちづくっているのは、おそらく『明暗』で手術後の身を横たえる津田の枕元に姿を見せる女たちであろう。津田がただ病床にあるということだけで、妻のお延と妹のお秀とは、あい争って父親に断わられた金銭的援助を肩がわりしてもいいと言い張り、吉川夫人は吉川夫人で、温泉滞在の費用を請け持つことを提案する。

「置いて行きたければ置いといでよ」

「だから取るやうにして取って下さいな」(『明暗』・第七巻三五二―三頁)

兄と妹の対話は、差しだされた小切手の白い包を間にはさんで、おおむねこんな調子で展開されてゆく。兄の優柔不断な応対ぶりに苛立つ妹が、最終的には、「単に私の為です。兄さん、私のためにどうぞそれを受取って下さい」という懇願の言葉を残して立ち去る瞬間、金は兄の手の中に残されることになるだろう。妻が夫に手渡そうとする小切手もまた、夫によってこれに似た冷淡なあしらいを受けねばならない。金の出所を問いただす夫に向って、たかがこれしきの金額など、いざとなればどう融通することだってできるのだという妻の強がりの言葉が口にされるとき、夫はことの穿鑿をあっさり放棄してしまう。

津田は漸く手に持つた小切手を枕元へ投げ出した。彼は金を欲しがる男であつた。然し金を珍重する男ではなかつた。使ふために金の必要を他人より余計痛切に感ずる彼は、其金を軽蔑する点に於て、お延の言葉を心から肯定するやうな性質を有つてゐた。それで彼は黙つてゐた。然しそれだから又お延に一口の礼も云はなかつた。（『明暗』・第七巻三五七頁）

決断を相手に委託したまま黙っていること。そして時間を曖昧にやりすごすこと。それは、「この四五日は掌に載せた賽を眺め暮らした。今日もまだ握っていた。早く運命が戸《そ》外《と》から来て、その手を軽く敲いてくれれば好いと思った。が、一方では、まだ握っていられると云う意識が大層嬉しかった」と語られる『それから』の代助の「彼の運命に対してのみ卑怯」なさまと通じあっているし、「恩人から逼られぬうちに、自分の嘘が発覚せぬうちに、自然が早く廻転して、自分と藤尾が公然結婚する様に運ばなければならん。——後は？　後は後から考える」という、『虞美人草』の小野の感慨にも結びあわされている姿勢だとみることができる。ここで漱石的主題としての依頼は、ほとんど依存の同義語となり、土居健郎氏が「甘え」と名づけた精神分析的な主題へと収斂してゆくかにみえる。金銭的援助を申しでる女性たちに向って、曖昧に態度を保留したり謙虚さを装って辞退を口にする漱石的男性たちは、ある意味で、女性への最も技法にたけた依存者というるからである。

だがここでは、小説家漱石の精神のありようへと依頼の主題を還元することなく、もっぱら物語の説話的機能という観点から、賽を握って眺め暮すことの「小説」的な意味を検討しなければならない。なぜなら、依頼、代行、報告の三主題が織りあげてゆく漱石的な媒介劇の風土にあって、みずから事態の変容に加担せぬまま黙って時間をやりすごすことこそが、探偵や裏切りといった顕在的な主題を統御する「作品」の潜在的な構造と密接に連なりあっているからである。漱石的「作品」にあって人が読みとる物語は、報告の義務を無限に引き伸ばしてゆくかにみえる代行者たちの手から、いつ賽がこぼれ落ちるかという宙吊りの状態に耐える言葉たちが綴りあげる、サスペンス豊かな物語なのだ。

## 報告者の怠慢

いうまでもなく、漱石における依頼者と代行者との関係は、金銭的な援助のみを契機として物語に運動を波及させるものであるとは限らず、特定の人間の言辞や行動を秘かに観察し、その報告を求めるといった依頼が媒介劇を始動せしめることになる作品もきわめて多い。たとえば、その緒言の部分で「成るべく面白いものを書かなければ済まない」といった意気込みが語られている『彼岸過迄』の中心となる挿話が、ある人物の行動の観察を依頼された敬太郎の探偵小説じみた振舞いと、その報告からなっている事実は、きわめて特徴的であるといえよう。しかも、親友須永の叔父にあたる田口と呼ばれる「篦棒な」人物からの依頼を承諾するにあたって、敬太郎が占いの女を訪れ、「進もうか止そうかと思って迷ってい」る状態に決着をつけ、「人の狗に使われる不名誉と不徳義」をあえて受けいれることにしている点は、殊のほか興味深い事実といえると思う。『門』や『それから』にも姿をみせる易断や迷信への漱石的傾斜は、他者の口を仲介として自分が自分の物語に耳を傾け、しかも決断の意図だけは放棄するという依存の特殊形態にほかならず、したがって、それがすでに始まっている媒介劇を同語反復的に支える時間かせぎにすぎないとみられぬこともない。それ故、敬太郎は、依頼された探偵のまねごとを、猶予の一時期として、許された迂回として享受することが可能となったわけである。すなわち、それを遊戯として遂行しうる心の余裕が残されていることになるのであり、またそうであればこそ、田口の視線になり代って、ことの顚末を仔細に観察してくることもできるのだ。ここでの敬太郎が、ときに緊張し、危惧の念にうちふるえることがあるとはいえ、総体として屈託のない猫の視線を獲得しているかに見えるのは、そうしたためであろう。

いずれにせよ、「今日四時と五時の間に、三田方面から電車に乗って、小川町の停留所で下りる四十恰好の男」を追って、「彼が電車を降りてから二時間以内の行動を探偵して報知」しろという田口の依頼を敬太郎は忠実に実行し、目の前に展開される男女の遭遇を視界におさめ続ける。そして「本当の夢」のような一夜の体験の報告が、まさに「報告」と題された一章の主要な題材を構成することになるのだが、もちろん、一晩の、それも相手にさとられぬ程度の距離をおいた観察では、探偵すべき男をめぐって何ほどのことが明らかになるわけのものでもない。やがて、田口がその「四十恰好の男」について自分以上の知識を持っていることに気づき、親類の一人だとさえ聞かされる敬太郎は、前夜の探偵がまさしく遊戯にすぎなかったことをさとり、松本と呼ばれるその男に興味を憶えはじめる。しかもその漠たる興味は、田口から紹介状をもらって松本家を訪れた折に、雨の降る日は人と面会しないという不可解な態度に接して抑えがたい好奇心となってたかまり、そのたかまりに対応したかたちで、「雨の降る日」と題された次章の物語が、千代子という当事者ではない他人の口を介して語られることになるのだから、田口による観察の依頼と敬太郎の報告とが『彼岸過迄』の説話的持続の上では、きわめて大がかりな迂回というか、無償の饒舌による遊戯にほかならぬという事実は、いまや誰の目にも明らかであろう。漱石自身の現実体験や意識構造の点からすれば殊のほか意義深い主題の一つと思われる探偵という現象が、ここでは、「作品」の媒介劇的な構造の上で時間的偏差を生み落とす言葉の停滞遊戯に加担している事実は、きわめて重要な問題だといわねばならぬ。

漱石的「作品」にあって物語ること、それは結論としての報告をかたちづくるべき言葉たちの性急な自己顕示に耳をかすことではなく、あえて報告の義務を宙に吊って、結論の到来を可能な限り遅らせようとする言葉たちの、幾重にも錯綜した媒介作用の戯れを逐一触知することにほかならない。金策の依頼に対して差し出される小切手が、きまって一定の時間的偏差を伴っていたように、言辞や行動や意向を観察し確かめる依頼を受けた代行者たちも、必ず報告の提出を遅らせずにはいられない。『虞美人草』の小野は、孤堂先生から娘の小夜子を妻に迎える意志があるかないかをたずねられて、「もう二三日待って下さいませんか」と答えるほかはない。「つまり要領を得た御返事をする前に色々考えて見たいですから」。だが、二、三日という余裕が、要領を得た報告に充分な時間でないことは小野自身が一番よく知っている。時間は、曖昧さのうちに事実の成立を援けるものでこそあれ、混乱した意識の整理に利するものではないからだ。だから小野が求めているものは、単なる時間かせぎにすぎず、できることなら返事をどこまでも引き伸ばしたいだけなのだ。

漱石的媒介劇において、報告の遅延を典型的な形態として描ききっているのは、『行人』であろう。「実は直の節操を御前に試して貰いたい」という兄の依頼に対し、「人から頼まれて他《ひと》を試験するなんて、――外の事だって厭でさあ。ましてそんな……探偵じゃあるまいし……」と答えるほかない二郎は、まず特権的な媒介者というべきだろう。ここで、事態は『彼岸過迄』の探偵遊戯に比べて遥かに切迫している。その切迫ぶりは、しかし漱石その人が現実の嫂との間に生きえたかも知れぬ特殊な心の連帯、もしくは不倫に近い関係といった伝記的事実から来るものではない。伝記的事実の穿鑿は、それなりに一つの意味を持っていようし、ことによったらありえたかも知れぬ嫂との関係の罪の記憶が、ここでの作者の筆を駆っていたことも全くないとは断定しがたい。だが、『行人』における嫂との和歌山一泊旅行の挿話が、兄と弟の間に緊迫した雰囲気を漂わせているとしたら、それは依頼、代行、報告の三主題がかたちづくる媒介劇と、遭遇と言葉の発生にかかわる特権的主題としての横臥の姿勢とが、ここで無媒介的に交わりあっているからだ。さらに、後に見るごとく「水」の主題もそこに介入してはくるのだが、台風で帰途を絶たれて和歌山の旅館に閉じこめられる二郎と嫂とは、『こゝろ』の冒頭で、自分と「先生」と二人して海の上に寝そべってみせたように、並んだまま身を横たえねばならない。すでに、これに似た状況は、名古屋で泊った旅館で三四郎が体験していたものであり、見知らぬ女が別れぎわに口にした「あなたは余っ程度胸のない方ですね」という台詞が、遥かにここにも反響してくる感じがあるが、重要なのは『行人』の二郎が、嫂に対してあの謙虚さを装った傲慢さで接し、事態の決断をすっかり相手に委託してしまっている点だろう。

> 自分は此時始て女といふものをまだ研究してゐない事に気が付いた。嫂は何処から何う押しても押し様のない女であつた。此方が積極的に進むと丸で暖簾の様に抵抗がなかつた。仕方なしに此方が引き込むと、突然変な所へ強い力を見せた。……自分は彼女と話してゐる間始終彼女から翻弄されつゝある様な心持がした。不思議な事に、其翻弄される心持が、自分に取て不愉快であるべき筈だのに、却て愉快でならなかつた。（『行

人』・第五巻五二―三頁）

並んで身を横たえる嫂の傍で二郎が捉えられる感慨、「不愉快であるべき筈だのに、却て愉快でならな」いという奇妙な実感、それをいったい兄にどう報告するか。おそらく、報告すべき唯一のことがらであろうこの翻弄ぶりであり、それを黙ってやり過しつつ一夜を明したことは、不倫以上の過失であるかも知れぬ。だとするなら、二郎に可能なのは、あの永遠の時間かせぎでしかない。「まあ東京へ帰るまで待って下さい」と、弟は翌日しばしの猶予を乞う。「その上で落付いて僕の考えも申し上げたいと思ってますから」。かくして、報告書の提出は延期され、二郎は、その延期が無期限であることを秘かに期待しつつ、帰京後も下宿に移り住んで兄を避けつつ生きることになるだろう。だが、果して、その猶予は永遠のものたりうるであろうか。

## 媒介の廃棄と時間

饒舌な語り手であるよりはむしろ寡黙な聴き手というにふさわしく、あたりにたち騒ぐ言葉に耳を傾け、あるいは行き交う人間たちの身振りや表情を目で追いながら時間をやり過しているだけの漱石的「存在」たちは、すでにみたことからも明らかなようにたえず受身のかたちでその媒介劇の構造を支えているように思われる。そこに、事件と呼ぶべきものがあるとするなら、それは他者の身の上にふりかかった体験談であるか、あるいは他者の依頼をうけて立ち会いえた光景であるにすぎず、いずれにせよ、漱石的「存在」たちが積極的に加担することの稀な他人の物語というべきにとどまっている。彼らと外界の事象との間には、きまって一つの、あるいは複数の存在や事物が介在し、そこに依頼と代行が黙契としてとり交わされた場合にのみ、事件への間接的な介入が可能となるのだ。この点に関して、『彼岸過迄』の説話的持続の構造は、いかにも漱石的物語の典型と呼ぶにふさわしい。

敬太郎は、まず「森本の口を通して放浪生活の断片を聞」き、次に「田口と云う実際家の口を通して、彼が社会を如何に眺めているかを少し知」り、「同時に高等遊民と自称する松本という男から其人生観の一部を聞かされ」、また「千代子という女性の口を通して幼児の死を聞」き、さらには「須永の口から一調子狂った母子の関係を聞かされて驚ろき、「彼と千代子との間柄を聞」きもする。その唯一の行動は依頼された探偵遊戯であり、あとは「作品」の至るところで聴き手にまわっている敬太郎は、一貫して局外者である自分に忠実であり続けているのだ。

敬太郎の冒険は物語に始まつて物語に終つた。彼の知らうとする世の中は最初遠くに見えた。近頃は眼の前に見える。けれども彼は遂に其中に這入つて、何事も演じ得ない門外漢に似てゐた。彼の役割は絶えず受話器を耳にして「世間」を聴く一種の探訪に過ぎなかつた。（『彼岸過迄』・第五巻三三二頁）

すべては明確にここに語りつくされているかにみえる。門外漢、探訪といった比喩が、これまで述べてきた漱石的媒介者の姿勢にこの上なくふさわしいものだと思われるからである。人は、そこから、漱石その人の人世観、世界解読の視点、文壇への距離、といったものを語りたい欲求に駆られもする。だが、「作品」という観点からして重要なのは、この引用のうちにあの誰もが口にする漱石的余裕＝超然の影を認めることではない。ここで注目すべきは、主人公敬太郎を除く他の登場人物のほとんど全員が、語り手すなわち話者の役割りを継起的に代行し続けているという事実なのだ。依頼と代行は、物語の水準で遭遇する人間たちがとり結ぶ関係であるにとどまらず、説話技法の水準で、話者の成立の契機ともなっているという事実こそが重要なのである。実際、作品の公式の話者であるはずの猫が、誰かがふらりと苦沙弥の家にやってくるその瞬間に、語りの視点を新たな訪問者に委託してしまう『吾輩は猫である』の説話的構造を思い起してみるまでもなく、漱石的「作品」のほとんどは、幾人もの代行者たちが語りついでゆく物語の物語なのである。迷亭のトチメンボーの挿話を語るのは、いうまでもなく東風であって猫ではないし、吾妻橋上の投身未遂を語るのも寒月であって猫ではない。『行人』の三沢が語る気狂い女の挿話、父親が語る失明女の挿話など、いずれも物語に挿入された別の物語であって、そこにはきまって話者の代行という現象が認められるのだ。作者自身が「成るべく面白いものを書かなければ済まない」という意気込みを表明している『彼岸過迄』が、めまぐるしい話者の代行の上に成立した作品である点は、きわめて興味深い事実であるというべきだろう。作中人物の一人が話者になりかわって物語の中にいま一つの物語を導入し、しかも新たに導入された物語が、本来の読者を聴き手の側に位置づけるという顚倒した説話的構造が、いわゆる漱石的「作品」を特徴づけるのだ。つまり漱石にあっては、話者たる人物が無知であればあるほど面白く、また、彼が語るべきものを欠いていればいるほど、興味深い挿話が説話的持続を活発にするのである。『坑夫』が比較的単調な印象を与えるのは、ほとんど物語の物語を持っていないからだが、それでも終り近く、地底の暗がりで偶然出遭う一人の坑夫の口から洩れる物語が、作品の重要な要素であることは明らかであろう。あるいは、話者が聞かされるその物語のほうが、遥かに漱石的な挿話にみちているとさえいえるのだ。

話者の代行を可能ならしめる技法の一つが物語の物語であり、それが『猫』いらい頻繁に用いられていたとするなら、それに対応するいま一つの着目すべき技法に、手紙があるといえる。この「手紙」という技法がはたす説話的機能をめぐっては、のちに「距離」という空間意識の視点から詳しく検討する機会もあろうが、いまは、話者の代行という点に限って簡単に触れておこう。『猫』にも苦沙弥がうけとる書簡類の引用がしばしばみられたが、説話技法としての手紙が決定的な役割りを演じているのは、いうまでもなく『行人』と『こゝろ』であろう。前者の手紙の差出人たるHさんは、二郎になりかわって兄の行状を観察し、それを逐一報告してくれるのだから、それが漱石的媒介劇にふさわしい仲介者である点はすぐさま見てとることができる。だが『こゝろ』のほぼ半分近いページを費して書きつがれる先生の手紙は、何の媒介として機能しているのだろうか。

まず、「自分」から受け継いだ話者の座に身を据え、語りを代行しているという意味で、「先生」は『彼岸過迄』の語り手たちに似て媒介劇の一要素にふさわしい相貌におさまっているといえる。つまり三部構成の「下」にあたる「先生と遺書」は、明らかに物語の中の物語をかたちづくっているのだ。「自分」は、そこに語られている事実に関してはひたすら門外漢の位置にとどまり、ただ耳を傾けているばかりである。だが、「先生」の手紙は、他者の言動を代行的に観察したものの、いささか時期遅れの報告書にとどまるものではない。依頼、代行、報告が必然的に生み落とす言葉の媒介劇がここには欠けているのだ。孤堂先生に意向を打診された『虞美人草』の小野が、否定的な返答を仲介者浅井に託したような意味での媒介作用は、ここには見当らない。『こゝろ』の「先生」は、「適当の時機」に自分の過去を残らず話してきかせるという約束に忠実なまま、いま、媒介を排して自分を語っているのだ。だが、ここで問題なのは、告白されている事実の衝撃性でも、語る姿勢の真摯さでもない。報告者が、いかなる媒介の手段をも絶っていることで、漱石的「作品」の構造が蒙る不可逆な変容が重要なのだ。もし、依頼＝代行＝報告というサイクルの円滑な連動ぶりが漱石的「作品」を特殊づけるものだとしたら、『こゝろ』は漱石的「作品」とはほとんど異質の構造を持っていると断言せざるをえないほど、この変容は決定的だといえる。確かに報告書の提出に時間がかかってはいるが、その時間は曖昧にやり過されたものではなかった。「先生」は、自分をあくまで漱石的媒介劇の役者になぞらえ続ける『行人』の二郎と異なり、結論の提示が宙に吊られて引き伸ばされてゆけば、媒介劇が媒介劇として完成されるだろうとは思っていない。彼は、「適当の時機」を選ぶべく耐え続けている時間的偏差の重みが、不意に言葉たちを無＝媒介劇へと向けて解き放つ瞬間が訪れることを、知っているかのようだ。「先生」は、なぜ媒介＝代行を回避し、自分自身を語ってしまうのか。これを誠実さという「倫理」の問題として口にするのは正しくない。では何の問題として問うべきなのか。いうまでもなく、それを「文学」の問題として提起すべきなのである。というのも、ここでの「先生」の姿勢は、代行を排するという点において、「文学」が「倫理」の媒介たり続けることをも禁じているからである。では、「先生」は、漱石的媒介劇の特権的な否定者だというのか。そうではない。「文学」が言葉を介してしか自分を支ええない以上、「文学」は媒介を否定しつくすことはできない。だがまた、たえず何ものかを代行しつづける限りにおいて、「文学」は遂に「文学」たりえない。だから「文学」とは、媒介と無＝媒介との不断の戯れというべきものなのだ。媒介が「文学」の日常的な相貌であるとするなら、無＝媒介はその非＝日常の極点ともいうべき死の相貌にほかならぬ。そして『こゝろ』を待つことによって、はじめて真の漱石的「作品」がその言葉の磁場を確定するのである。漱石的「作品」が、物語の物語や手紙で充満し、めまぐるしく話者の代行を繰り返していたのは、だからある時、たった一つの物語が、たった一人の話者によって語られ、そこにたった一つの「作品」があらゆる媒介を排して出現する機会をうかがっていたためなのだ。

　このとき、『行人』の意味が改めて明らかになる。二郎は、依頼、代行、報告の過程にこだわり、媒介劇の構造に親しみすぎていた結果、媒介なしに口にされた言葉、決して声としては響かぬ二つの言葉を聴く耳を持っていなかったのだ。二郎は、確かに嫂の言動を観察し、それを報告すべく兄から依頼されてはいた。だが、兄の真意は、嫂の心を自分に代って問いただせという点にあったのではない。媒介なしに、自分自身を語ってはくれぬかと依頼されたのである。二郎は、したがって、「適当の時機」に、先生の遺書と同じ性質の報告をしたためるべきであったのだ。そしてその義務は果たされなかった。また代行者二郎にとっての依頼者は、兄一人ではなかった。真の報告は、嫂に向って提出されるべきものだったのである。「不愉快であるべき筈だのに、却て愉快でならな」いというあの嫂の「翻弄」、それこそがこの上なく雄弁な依頼の言葉ではなかったか。だが、その声にならない言葉に対して、二郎は、それが言葉を媒介としては語られていないという理由で答えようとはしない。彼は、兄と嫂に対して、二重の意味で媒介の俘囚となっているのだ。兄に報告すべき言葉は、「先生」の遺書の途方もない長さを必要としているし、嫂に報告すべき言葉は、代助が三千代に投げかけた言葉の、「簡単で素朴」で「寧ろ厳粛の域に逼った」調子を帯びていなければならない。そして、そんな言葉が可能となる瞬間に、漱石的「作品」は媒介劇であることをやめるだろう。他者の言動を代行的に観察し、世界との程よい距離を保持していた漱石的存在は、そのとき、不意に、自分自身を媒介なしに語りはじめているだろう。それはまた、言葉が、世界だの思想だの歴史だのの媒介であることをやめ、言葉自身を語りはじめる瞬間でもあるに違いない。横臥の主題と、依頼、代行、報告の主題との遭遇は、ほとんど無償の饒舌かとみえる迂回と、遊戯を反復しながら、その瞬間の到来を「適当の時機」に準備しているのだ。

# 第四章　近さの誘惑

## 聴覚的な愛撫

「他《ひと》の玄関で、妙齢の女の在否を尋ねた事はまだない」という三四郎がはじめて美禰子の家の門を潜り、「自分ながら気恥かしい様な妙な心持」で取次ぎの女に来意を告げると、思いもかけぬ丁寧さで応接間へと案内される。「重い窓掛の懸っている西洋室」の正面には二本の蠟燭立をのせた煖炉があって、その上に鏡がはめこまれている。この「少し暗い」空間に一人とり残された三四郎は、いったん腰をおろしてから、「左右の蠟燭立の真中に自分の顔を写して見て、又坐った」。あたかも鏡の表面に自分の影を映してみることが漱石的「存在」にふさわしい行為だと確信しているかのように、彼はいったん坐った上で改めて立ちあがり、『それから』の代助や『明暗』の津田と同じ仕草を演じてみせるのだ。すると、尋ねた女は、鏡という表層の戯れを不意に活気づける影としてこの部屋に登場することになるだろう。

三四郎が半ば感覚を失つた眼を鏡の中に移すと、鏡の中に美禰子が何時の間にか立つてゐる。下女が閉てたと思つた戸が開いてゐる。戸の後に掛けてある幕を片手で押し分けた美禰子の胸から上が明かに写つてゐる。美禰子は鏡の中で三四郎を見た。三四郎は鏡の中の美禰子を見た。美禰子はにこりと笑った。（『三四郎』・第四巻二〇一頁）

鏡を介して交錯する視線。それは、すでに見た騎士ランスロットとシャロットの女との遭遇の瞬間をそっくり再現した光景だといえるだろう。「いらっしゃい」という女の挨拶はとうぜん背後から響くことになるので、「三四郎は振り向かなければならなかった」からだ。そこではじめて「女と男は直に顔を見合せた」のである。この視線の方向転換は、鏡から窓辺へと駆けよるシャロットの女の身振りが示したものとほぼ同質のものである。だが、ここで問題なのは、『薤露行』と『三四郎』との間に認められる細部の類縁関係を指摘することではない。ふと鏡の上に移行する三四郎の瞳が、なぜそれまで「半ば感覚を失っ」ていたのかという点が肝腎なのである。いったいどうして、青年は鏡の中の美禰子の影に不意撃ちされねばならなかったのか。いうまでもなく、「妙に西洋の臭い」がたちこめ、「加徒力《カソリック》の連想」へと思考を誘う洋風の応接間という特殊な環境が、この九州出身の田舎者の心を奪っていたからであろう。だが、そうした理由にもまして、三四郎が、一時的に視覚機能を放棄していたという事実を見落してはなるまい。青年がこの鏡の部屋に身を落ちつけたとき、最初に刺激を蒙った感覚器官は、耳なのである。そこで、彼は聴覚による誘惑に身をまかせていたのだ。三四郎は、すでに述べたごとく、おまじないでもするかのように鏡に自分の顔を映してから腰をおろして女を待つ。

　すると奥の方でヴイオリンの音がした。それが何処からか、風が持つて来て捨てゝ行つた様に、すぐ消えて仕舞つた。三四郎は惜い気がする。厚く張つた椅子の背に倚りかゝつて、もう少し遣れば可いがと思つて耳を澄ましてゐたが、音は夫限《それぎり》で已んだ。約一分も立つうちに、三四郎はヴイオリンの事を忘れた。（『三四郎』・第四巻二〇〇頁）

そこで彼は一時的に視覚を回復し、鏡を視界におさめ、漠たる連想として加徒力のことを思う。だが、再び聴覚が視覚を排斥してその神経を耳に集中させるのだ。

　其時ヴイオリンが又鳴つた。今度は高い音と低い音が二三度急に続いて響いた。それでぱつたり消えて仕舞つた。三四郎は全く西洋の音楽を知らない。然し今の音は、決して、纏つたもの、一部分を弾いたとは受け取れない。たゞ鳴らした丈である。その無作法にたゞ鳴らした所が三四郎の情緒によく合つた。不意に天から二三粒落ちて来た、出

鰐目の雹の様である。(『三四郎』・第四巻二〇〇頁)

この出鰐目の雹の様な響きにその感覚が快くすぐられていたからこそ「半ば感覚を失った」三四郎の目は鏡の存在を忘れていたのである。すでに触れたように、鏡の表面に展開される影の戯れは漱石にあっては無限の変容を生きるものであった。そしてそれに眺め入る存在を現在へ、表層へと誘うものだったはずだ。だが、漱石的な鏡といえどもあらゆる感覚器官のうちで、たちどころに視覚の絶対化を実現するものではない。それが反映しうるものの領域は必然的に限られ、どれほど身近に置かれていようと、壁の彼方にある存在や事物を映しだすことはできないのだ。視線は壁を貫きえないからである。鏡が超自然的な神秘の小道具ではないと何度も強調してきたのは、そうした理由があってのことだ。鏡は護符として機能はしえても、壁のかなたから接近するものの出現の予兆たることはできない。いま、この瞬間には不在でありながら、やがて視界に登場しうる至近距離に身を潜めたものが、その接近の前触れとして漱石的「存在」に投げかけるものは、だからその聴覚をふるわせる響きなのだ。響きといってもあれやこれやのもの音がすべて接近の前触れとなるわけではもちろんない。こうした場合、漱石的「作品」にあっては、ヴァイオリンとか琴とか、ときにはピアノといった弦楽器の音が、しかるべき人物の登場を告げる前奏としてしばしば響いてくるのである。それは、遠くもなければ近くもなく、ほどよい距離を介して二つの存在を結びつける。そして視覚の無力を補うかたちで漱石的「存在」の官能を快くまどろませる。いってみれば、これは聴覚的な愛撫のようなものだ。その聴覚的な愛撫がここでヴァイオリンの弦の響きであったという事実は、ある程度まで物語的必然として説明しうるものかもしれない。ここでの訪問の直接的な口実は、厳密には借金とはいいがたい金の工面を美禰子に頼むためであり、しかも複雑なやり方で登場人物の全員が貸借関係にあるその金額は、もとはといえば、野々宮さんが妹のよし子にヴァイオリンを買い与える目的で国元から送られたものに相当しているからである。

　だが、「報告者漱石」の章で簡単に触れておいたこのヴァイオリン借金事件の大団円ともいうべき美禰子訪問の場面にあって重要なのは、ヴァイオリンという楽器の種類ではない。人物登場に先立って弦楽器の弦が震え、その響きを耳にする立場にあるものが漱石的「存在」に限られているという点があくまで重要なのだ。空間的には遠くも近くもなく、ただ視線が達しえない物影に身を隠しているが故に視界に捉ええなかった存在が、不意に出現するにあたって伴奏音楽として選ぶ調べが、ヴァイオリンによって奏でられねばならぬ必然はどこにもない。たとえば、『虞美人草』の場合のようにそれは琴の音であってもよいわけだ。

「京都という所は、いやに寒い所だな」という宗近君と「寒いより眠い所だ」と応ずる甲野さんとが、「古い京をいやが上に寂びよと降る糠雨」に外出をはばまれて過す宿屋の一日は、「障子は立て切ってある」隣の家の座敷から洩れる琴の音に導かれて物語られてゆく。「寝ながら日記を記《つ》けだした」といういかにも漱石的「作品」にふさわしい甲野さんは、「一奩楼角雨《いちれんろうかくのあめ》、閑殺《かんさつす》古今人《ここんのひと》」と五言絶句の起承を書きはじめ、それに「忽聴弾《たちまちきくだん》琴響《きんのひびき》、垂楊惹恨新《すいようううらみをひいてあらたなり》」と転結をそえようとするが、「気に入らぬと見えて、すぐ様棒を引いた」というのだから、琴の音には敏感に反応しているのは間違いない。その後、形而上学的な散文を横臥の姿勢のまま書き続けようとする甲野さんに対して、宗近君は風流を解するわけでもなく、琴の音から「宇宙の謎」へと連想をのばすわけでもなく、縁側の籐椅子に腰をおろしたまま、「只漫然と聴いているばかりである」。彼は、「ころりんと掻き鳴ら」されたものを「ころりん」と聴いている。日記を綴るものにとって、その「ころりん」と耳に響くものは「物の本体ではない」。「本来空の不可思議を眼に見、耳に聴く為めの方便」だという「象徴」を介して、何ものかをこの「ころりん」の背後に捕えなければならぬと思っている。こうして琴の音をめぐって、二人の登場人物の性格の対照的なさまが徐々に明らかになってくるのだが、そうした小説技法にたち至った考察を加えることより、ここでは彼らがともに琴の音に憑かれている事実の方が重要であろう。

琴の手は次第に繁くなる。雨滴《あまだれ》の絶間を縫ふて、白い爪が幾度か駒の上を飛ぶと見えて、濃かなる調べは、太き糸の音と細き糸の音を綯《よ》り合せて、代る〳〵に乱れ打つ様に思はれる。（『虞美人草』・第三巻五一頁）

視覚的にはその形態を奪われた存在が、弦を震わせることでほとんど物質化された響きとなって空間を貫き、遠からぬ距離に位置する二人の聴覚を同時に刺激する。そして彼らが蒙る聴覚的な刺激が、視覚の優位をつき崩しながら、瞳がいま捉えずにいる琴の主の不在の現存ぶりを、物語の中心に据えることになるのだから、この琴の響きは、きわめて重要な説話的機能を帯びているというべきだろう。いうまでもなく、不可視の琴の主がこれから濃密な人称性を帯び、主人公となって物語を支えようとしているのではない。そうではなく、ごく慎しい希薄な存在感ながらもその人物が二人の旅行者の間に入りこみ、しかも同じ列車で東京まで移動することによって、やがては一人の女性の死の直接の原因にもなるからこそ、琴の響きは重要なのだ。それは、『三四郎』の場合のように、一人の男の前に一人の女が出現するにあたっての前奏曲というより、一つの「存在」が「作品」に登場するにあたっての前奏曲に近い役割を果しているという意味で、より濃密な説話的機能を発揮しているといえるのだ。

この雨に降りこめられた宿での琴の一件は、とうぜん東京の留守宅にも仔細に伝えられた模様で、小野さんと糸子と藤尾とがとり結ぶ妙に緊張した会話の話題ともなる。糸子はただ無邪気に三条の蔦屋という宿屋に記憶があるかと小野にたずねる。小野はその答えを曖昧にしておくことしかできない。蔦屋の隣の琴の音の洩れる家こそ、いま藤尾を前にした小野がもっとも思い出したくない空間であるからだ。糸子は、そんな宿屋があったような気もするという小野の言葉を素直に信じて、「そんな有名な旅屋《はたごや》じゃないんですね」と口にする。すると藤尾が挑発的に切り返す。

「有名でなくつたつて、好ゝぢやありませんか。裏座敷で琴が聴えて――尤も兄と一さんぢや駄目ね。小野さんなら、屹度御気に入るでせう。春雨がしと〳〵降つてる静かな日に、宿の隣家で美人が琴を弾いてるのを、気楽に寐転んで聴いてゐるのは、詩的でい、ぢやありませんか」(『虞美人草』・第三巻一〇四頁)

藤尾は、「想像すると面白い画が出来ますよ」というこの雨の日の裏座敷の光景が、小野さんから言葉を奪ってしまう記憶につながっていることを知らない。そこで「琴の音は自分に取って禁物である」小野の沈黙に苛だちながら、「家庭的の女子」糸子の想像を越えた「女詩人の空想」へと没入してゆくのだが、そのとき彼女は、やがてこの京の旅屋の裏座敷に響く雨の日の琴の弾きてが、自分から小野の存在を奪うことになるとはもちろん気づいていない。だから、この東京での会話を過度に活気づける琴の音は、小野にとっては過去の危険を掘り起し、藤尾にとっては未来の危険を準備するきわめて不吉なものなのである。それは小野と藤尾との仲を決定的に引き裂き、「女詩人の空想」の戯れを完璧なまでに打ち砕くことで結末を迎える『虞美人草』の物語の、いわば負の中心に位置しているのだ。その意味でこの小説は全篇が不可視の存在の奏でる琴の音に憑かれているということができる。琴が聴えてしまったことが決定的なのだ。そしてその事実を意識しているものは、琴の主をはじめとして誰ひとりとしていない。というのも、琴そのものは物語の中にはいささかも描かれてはおらず、たえず視界からは身を潜めたまま、裏側から物語を操作するものだからである。おそらく、無意識ながらも事態を正確に見ぬいていたのは藤尾ばかりであろう。

『虞美人草』の終り近くに、宗近君と甲野さんとがちょうど京の宿の裏座敷におけるがごとく二人で向かいあう場面がある。その場面はごく短かく、そこでとりかわされる語調は裏座敷でのそれより遥かに真剣で緊張したものだ。舞台装置も、仏蘭西窓だの栓釘《ボールト》だのがある洋間の書斎で、東山や加茂川が見える蔦屋の日本間とは対照的な環境だといえる。だがこの場面は、物語としてではなく「作品」の構造の上で冒頭の京の宿と対応しあっている。というのは、宗近君と甲野さんとが二人だけで同じ一つの空間を占有する場面は、これ以外に存在しないからである。宗近君は外交官試験に受かって日本を後にしようとしている。甲野さんは、母を捨てて家を出ようとしている。そして甲野さんは、宗近君に、妹の藤尾への執心を絶てという。宗近君は甲野さんに妹の糸子を嫁に貰ってくれと懇願する。そうした話がとりかわされる空間は、外界からかたく隔離されている。というのも、甲野さんは「扉に似たる仏蘭西窓を左右からどたりと立て切」り、「上下の栓釘を式《かた》の如く鎖」した上で、入口の扉に「かねて差し込んである鍵をかちゃりと回」していたからである。この密閉された書斎では、京の宿屋の縁側から望まれた隣家の座敷の障子が「立て切って」あったことと状況が逆転したかたちで対応している。そして、みずからを完璧な不可視性に仕立てあげた二人に対して外側からもの音が響いてくるのだ。「かちゃりと入口の円鈕《ノップ》を捩ったものがある。戸は開かない。今度はとんとんと外から敲く」。甲野さんはそれを無視しろという。すると今度は、藤尾に違いない外側の人間は、「入口の扉に口を着けた様にホホホホと高く笑った」。このホホホホが京都の宿の「ころりん」に相当する響きなのだ。それは藤尾独特の「癇声」であり、二人はここに閉じこもる直前に、「雉子の鳴く様に、けたたましく笑う声」としてすでに耳にしているものである。そして、「作品」のあらゆる要素が琴の音に憑かれたかたちで組織されてゆくさまに本能的に抗うべく、藤尾はこのホホホホを壁ごしに内部の二人に投げかけたのである。いうまでもなく、宗近君と甲野さんとは、京都の宿で耳にした琴の音に示したのと正確に反対の態度によってこの不可視の声の主を無視することになるだろう。だから、琴の音が小夜子の登場に対する前奏曲であったのに対して、ホホホホは藤尾が「作品」から退場する直接の契機となるはずである。

事実、小野さん自身の口から、「立て切っ」た障子の奥で琴を響かせていた女を妻とするという告白を受けとった瞬間、藤尾の口からは最後のホホホホが洩れるだろう。そしてその「歇私的里性《ヒステリせい》の笑は窓外の雨を衝いて高く迸った」のである。藤尾は、雨の日の琴の音の前に敗れ去ったのであり、歇私的里性の笑は、その最後のむなしい抵抗なのだ。いささか否定的な色調で描かれている藤尾の人物像が読むものになお鮮明な印象となって迫ってくるのは、その驕慢さという個人的な性格の徹底ぶりからのみくるものではない。何よりもまず、「作品」という言葉の磁場を統御する不可視の中心といってよい琴の響きにただ一人で抗うという、その説話的な力学の充実ぶりによって藤尾の身振りは感動的なものとなるのだ。

## ヴァイオリン談義

琴の音に抗うというだけのことであれば、説話的な力学圏とは無縁の場で、すでに小野さんが心理的に演じているだろう。心理的にというのは、「作品」の磁力とは無関係に、ただ物語の展開を容易ならしめ作中人物の記憶や想像を可視的なものたらしめるのに恰好の手段として、ということだ。つまり、「琴の音は自分に取って禁物である」という小野さんが、その琴の音に象徴される京都での生活と、その中心に位置する小夜子の思い出から遠ざかり、できればその記憶を意識の表層に浮上させまいとしている状況を、読者に納得させる一つの方法として、物語の上で琴の音に抗わせるということは充分にありうるのである。事実、小野さんは、そうした心理的必然に従って「近日うちにヴイオリンの稽古を始めようとしている」のだ。ヴァイオリンの修得によって琴の音の記憶を逃れること。それが、東京という「目の眩む所」で「色を見て世を暮らす男」たる小野さんの演ずる、物語的な役割である。少なくとも、『虞美人草』の冒頭にかかげられるヴァイオリンと琴との対照は、読者をそうした理解へと誘うものだろう。そして、その事実はあながち間違いではない。漱石的「存在」を遭遇へと導く聴覚的な刺激としては、楽器の種類は何の意味も持っていないが、漱石の小説には、たしかにこうした対立が存在しているのだ。物語の上で、ヴァイオリンは進歩を肯定する楽器だし、琴は変容に無感覚な楽器なのである。「加徒力の連想」へと三四郎を招く美禰子の家の応接間で、壁ごしに琴の音が響いたのではそれらしくはないのだ。

実際、時代の先端部分とたえず波長をあわせていなければ気のすまない連中は、多かれ少なかれ小野さんのようにヴァイオリンに執着を示し、その響きに惹きつけられる。話者たる猫の記述を信頼するなら、『吾輩は猫である』の苦沙弥先生までが、「俳句をやってほとゝぎすへ投書をしたり、新体詩を明星へ出したり、間違いだらけの英文をかいたり、時によると弓に凝ったり、謡を習」うかと思うとあげくのはてに「ヴァイオリンなどをブーブー鳴らしたり」もする人間なのだ。もちろん苦沙弥の周辺にはこうした素人芸の域をこえたヴァイオリン奏者が出没する。女性二人をまじえて「ヴァイオリンが三挺とピヤノの伴奏で」合奏会を行うほどの腕前を持った寒月がそれである。寒月は、知ってのとおり、「世の中が面白そうな、つまらなそうな、凄い様な艶っぽい様な文句ばかり並べては帰る」無駄話の達人だ。彼はヴァイオリンをかかえて令嬢やら令夫人やらが出入りする合奏会という合奏会に頻繁に顔を出し、苦沙弥の家にふらりとやってきてはそのつど嘘としか思えない珍談を披露してみんなを煙にまく。例の女の声に導かれて欄干から橋の真中へと飛びおりたという逸話も、彼がヴァイオリンを携えて参加した「忘年会兼合奏会」からの帰途に起ったできごととされている。その演奏ぶりを直接耳にしたものは誰ひとりとしていないし、「蛙の眼球の電動作用に対する紫外光線の影響」を研究すべく実験室でガラス球を磨いている科学者というのがその実態なのだが、ただこの弦楽器を器用に響かせてみることができるというだけのことで、この理学士は『吾輩は猫である』の登場人物の中で唯一の艶福家たる資格を獲得している。とにかく寒月の言動のことごとくは、どこかでヴァイオリンに操作されているとさえいえるだろう。

いる。全篇の終章にあたる「十一」は、その半分以上が寒月のヴァイオリン談義にあてられている。土産に持参した鰹節のさきが欠けていたことから、それが故郷から東京へ戻る途中の船の中でヴァイオリンとともに鼠に噛《かじ》られたものだという話が始まる。やがて、東京の下宿ではそれを寝床に入れて抱いて寝たといった話を経由し、いつ、どんな動機からヴァイオリンを習いはじめたか、望みの楽器をいかにして手に入れたか、苦労して買ったヴァイオリンをどこに収《しま》ったか、それをどんな場所ではじめて弾いたか、またそれにどんな困難がともなったかといった話題が、いかにも苦沙弥家の客間にふさわしい曖昧で大がかりな迂回と逸脱とを介して数十ページに亘って続けられるのだ。そして何ら積極的な結論を導きだすわけではないこの壮大な無駄話は、そのいっさいが、寒月君の結婚報告への導入部となっていた事実をやがて人は理解するだろう。金田嬢に慕われる艶福家の理学士は、いつも手離したことのないヴァイオリンとともに、九州出身の膚の浅黒い女を妻として東京につれてきたのである。その事を知らされた一座のものたちはいっとき夫婦論のような議論をかなり真面目にたたかわせるが、もはや苦沙弥家が魅力的な言葉のとび交う空間ではなくなったと察知したように、気づまりな沈黙の後にその場を去ってゆく。事態を決定的なものとするのは、もちろん金田嬢を嫁に迎えるという多々良三平の出現であるが、その無邪気な俗物ぶりで苦沙弥をすっかり不機嫌にする多々良が、あたかも寒月のヴァイオリン談義の終るのを待ってでもいたかのように、ころあいを見はからって座敷の唐紙を開けている点はきわめて象徴的だ。しかも多々良は、披露宴に楽隊が演奏する東風の新体詩の作曲を、寒月に依頼しているのだ。かくして多々良家と金田家との結婚式には、寒月が譜をつけた音楽が高らかに響きわたることになるだろう。

「先生私は生れてから、こんな愉快な事はないです」と多々良が呷るように飲んだビールの残りが吾輩たる猫の死を遥かに準備している点は人も知るとおりだが、こうしていささか唐突に終る『吾輩は猫である』の説話論的な構造が、寒月のヴァイオリンを軸に成立しているという事実は、注目に値いする。遂に苦沙弥家では響くことのなかった弦楽器、その存在すらが直接描写の対象とはならず、ただ語られる言葉の連らなりを円滑化させる役割のみを帯びたヴァイオリン。あからさまに舞台に姿を見せることなく対話を活気づけているこのヴァイオリンには、言葉の精霊のようなものが宿っているのかもしれない。とにかく漱石的「作品」にあっては、ヴァイオリンの一語が言葉の磁場を統御していることは確かなのだ。

だが、全篇の構成を仔細に検討してみると、ここでもヴァイオリンが琴に抗うものとして位置づけられている事実がたちどころに明らかにされる。物語の水準に立つなら、二つの結婚、つまり寒月と多々良のそれで終るとみなされうる『吾輩は猫である』という長篇は、ヴァイオリンが琴を凌駕することで語りつがれる小説なのだ。はたして彼らの結婚が愛の成就と呼びうるものか否かは問わずにおくが、この小説には、成就することのない愛が間違いなく語られている。それはいうまでもなく、吾輩が三毛子に寄せる恋心である。猫と猫との恋など、全篇の物語にとってはとるにたらぬ逸話にすぎぬと人はいうかもしれない。だが、漱石的「作品」を読まんとしているものにとって、三毛子との漠たる愛は、重要な説話的機能を帯びている。というのも「この近辺で有名な美貌家」として知られる猫の三毛子の主人は「二絃琴の御師匠さん」であり、二人というか二匹の猫の心が妙に親しい接近を演じる瞬間、「障子の内で御師匠さんが二絃琴を弾き出す」からである。言葉としては耐えず流通しながら現実に響くこともなくまた描写の対象ともならなかったヴァイオリンとは対照的に、琴の音は、現実の響きとして聴覚を刺激するのだ。閉めきった障子の奥から洩れる琴の音とは、『虞美人草』の京都の宿に響いたものと同じである。それを「宜い声でしょう」と自慢する三毛子は、藤尾や『三四郎』の美禰子を思わせる。「宜い様だが、吾輩にはよくわからん」と応ずる猫は、美禰子の家の応接間における三四郎そのものである。舞台装置の背後から響く楽器の音が二匹の猫に甘美な瞬間を共有させているという点も、『三四郎』と酷似している。だからここでの雌猫と雄猫とは、いかにも漱石的「作品」にふさわしい漱石的「存在」として遭遇を演じきっているのだ。吾輩が猫であるのは、もっぱらとりあえずのことにすぎない。

この愛は、人も知るとおり、三毛子の突然の死によって成就することなく終り、以後、二絃琴が響く機会は失なわれる。そしてその瞬間を境として、猫はみずから行動する「存在」たることをやめ、聴き手に徹し、やがてその存在感をいちじるしく希薄なものとすることだろう。つまり吾輩は、もはや現実の琴の音への執着を放棄し、語られるものとしてのヴァイオリンが統御する物語にそっとよりそうだけの役割を演ずるばかりなのだ。いわば、琴の響きはもはや聴覚を刺激しまいという猫の諦念が、この長篇の説話的持続を支えているのである。その意味で『吾輩は猫である』は、琴に抗いこれを凌駕するヴァイオリンの物語と読むことができるのだ。みずから響くことなくあたりに饒舌のみを繁茂させる楽器の物語。だが楽器の主題に関する限り、吾輩たる猫は寒月や多々良三平と比較して遥かに充実した漱石的「存在」だと断言すべきだろう。

## 視覚的機能の低下

初期の小品の一つに『琴のそら音』と題された短篇があるが、そこではいかなる弦楽器も響きはせず、ただ犬の遠吠えだけが虫の知らせという主題を彩るべく夜の静寂を切りさくばかりだ。漱石的「作品」にあって重要なのは、たんなるもの音でも楽器の響きでもなく、あくまで隠されていながらも響きによってその存在を示し、遠からぬ距離から存在を愛撫しながらその視覚的機能を低下させるものでなければならない。だから『行人』の「塵労」の章で二郎の下宿を嫂が訪れるとき、「只時を区切って樋を叩く雨滴の音丈がぽたりぽたりと響いた」というそのぽたりぽたりにも琴やヴァイオリンの音と同じ効果がこめられているとみなすこともできようが、聴覚的刺激と同時的な視覚機能の低下という点についてみるなら、『行人』になぜ謡曲『景清』が登場しなければならないか、その理由を問うてみたほうが遥かに有意義であろう。

「生来交際好の上に、職業上の必要から、大分手広く諸方へ出入していた」父のもとには、しばしばかなりの地位の客がくる。そんな客たちとともに、父は『景清』をうたうのだ。この曲をかねてから「何だか勇ましいような惨《いた》ましいような一種の気分で」愛好している二郎は、兄夫婦と並んで耳を傾けることになる。もちろんそうした素人芸は二郎を感動へとは導きはしない。だが、ここで音楽と盲目の主題が一つに結びあわせられている点が重要なのだ。というのも、無事に謡をうたい終った父は、「こういう妙な話を沢山頭の中にしまっていた」人物にふさわしく、「景清を女にしたような」女との奇妙な因縁話をはじめるからである。

その話というのは、ごく曖昧に「後輩に当る男」としか明らかにされていない知人の一人が、かつて婚約まで結んだ女と破約して家庭を持って二十年後に、その捨てた女と偶然に再会してみたら、彼女が視力を失ってしまっていたというものである。父親はその後輩に頼まれて女の家を訪れたりもするのだが、重要なのは、代理としての父に対する盲目の女の毅然たる態度でもなく、またこの逸話に示す兄一郎の愛の形而上学ともいうべき反応ぶりでもない。父の軽薄な語り口と兄の生真面目な対応とは、たしかに物語の水準でその二人の作中人物の性格をきわだたせてはいるが、漱石的「作品」という見地からこの挿話が読まれるとするなら、その核心部分は明らかに二十年後の再会が演じられる舞台装置に存している。それは「有楽座で名人会とか美音会とかのあった薄ら寒い宵の事」なのである。父の後輩は、家族とともに予約席に腰をおろす。

　すると彼等が入場して五分経つか立たないのに、今云つた女が他の若い女に手を引かれながら這入つて来た。彼等も電話か何かで席を予約して置いたと見えて、男の隣にあるエンゲージドと紙札を張つた所へ案内された儘大人なしく腰を掛けた。二人は斯ういふ奇妙な所で、奇妙に隣合はせに坐つた。猶更奇妙に思はれたのは、女の方が昔と違つた表情のない盲目になつてしまつて、外に何んな人が居るか全く知らずに、たゞ舞台から出る音楽の響にばかり耳を傾けてゐるといふ、男に取つては丸で想像すらし得なかつた事実であつた。(『行人』・第五巻五六七—八頁)

ここで奇妙の文字が三度繰り返されている点に注目しよう。そして漱石的「作品」に多少とも馴れ親しんで来たものにとっては、それがいささかも奇妙でないばかりか、むしろ逃れがたい必然でさえあることを確認しようではないか。遭遇が可能である場所は、楽器の鳴り響く空間いがいには考えられないのである。演奏が行なわれているのは舞台の上で、そこには楽器の存在を瞳から隠す壁も障子もない。だが、壁も障子もないからこそ女は自分の視覚的機能を低下させ、聴覚的刺激のみに身をまかせ、かけがえのない人物を招き寄せているのである。だからここでの漱石的「存在」が、「黒い眸を凝と据えて自分を見た昔の面影が、何時の間にか消えていた女の面影」に愕然とする男でも、またその経緯を語る父でもなく、「わが隣にいる昔の人を、見もせず、知りもせず、全く意識に上す暇もなく、ただ自然に凋落しかかった過去の音楽に、やっとの思いで若い昔を偲ぶ気色を濃い眉の間に示すに過ぎな」い盲目の女の方であることは、いまさら指摘するまでもない。音の愛撫に身をまかすことで遭遇を生きるというこの漱石的な体験、それを遥かに導入すべく、『景清』が登場しているのだ。その意味で、『行人』における美音会という空間は、『三四郎』の美禰子の応接間と、『虞美人草』の京都の宿と、『吾輩は猫である』の御師匠さんの庭などと無媒介的に通底しあって、そこで漱石的「存在」が演ずべき身振りの豊かな統一性を視界に浮かびあがらせる重要な説話的細部だといえるだろう。

## 響きから香りへ

ヴァイオリンの音も琴の響きも、それが音楽であるかぎりにおいて漱石的「存在」の膚に甘美な愛撫を浴びせかけはするが、肉体の表層にいかなる刻印も残さぬまま消えてゆくしかない。空間を甘美に充たしはするが、音は瞬間的な戯れしか可能にはしない。この一瞬を逃さず自分のものにすること。それが漱石的「存在」に課せられた宿命である。応接間での三四郎は、ただほんの一瞬鳴り響いただけですぐに消えてしまったヴァイオリンを「もう少し遣れば可いがと思って耳を澄ましていたが、音はそれぎりで已ん」でしまったのだ。だから「惜い気がする」が、存在の表面や内部につなぎとめることのできないものこそが音なのだ。それは、たえず更新される現在としてこの上なく希薄なものなのである。ヴァイオリンや琴の音は、それ故、漱石的「存在」をひたすら希薄な表層へと誘うそれじたいがいかにも希薄で捉えがたい符牒だといってよい。この希薄な表層への誘惑が漱石的「存在」の身振りを着実に方向づけるには、有楽座の盲目の女のように視覚機能を低下させもっぱら聴覚性に徹するのでなければ、楽器の音が何度か繰り返して響くことで聴覚的刺激の愛撫を習慣化しなければならないだろう。『こゝろ』の先生が学生時代の下宿で後に妻となる人とめぐりあうのは、そうして習慣化された琴の音によってである。「先生と遺書」の章で「私」として語られている先生がある未亡人の下宿に移り住んだ日、「私」は「其室の床に活けられた花と、其横に立て懸けられた琴」とを目にとめる。「私」つまり先生は「詩や書や煎茶を嗜なむ父の傍で育った」ためか、「こういう艶めかしい装飾を何時の間にか軽蔑する癖が付いていた」。だが、そうした装飾が想像させる年若い異性の存在が「私」の趣味と美意識とを往々に変化させることになる。床の間に活けられてしおれたためしもない活け花も、立てかけられた琴もむしろ快い眺めを提供してくれるものにさえなっている。

　私は自分の居間で机の上に頬杖を突きながら、其琴の音を聞いてゐました。私には其琴が上手なのか下手なのか能く解らないのです。けれども余り込み入つた手を弾かない所を見ると、上手なのぢやなからうと考へました。（『こゝろ』・第六巻一七六頁）

好きでもない琴の音に、しかもまずそうに弾かれたその響きに聴き入ることを習慣としてうけいれる「私」は、身近かながら唐紙の向うから響いてくるその弦楽器の音を、ほとんど音楽としては聴いていない。ちょうど三四郎にとってのヴァイオリンがそうであったように、下宿屋の令嬢の琴も「ぽつんぽつん糸を鳴らす丈で、一向肉声を聞かせない」からだ。おそらく『行人』の父とその仲間がうたう謡曲のように素人芸にすぎなかったわけだろう。しかも活け花のほうも、「御嬢さんは決して旨い方ではなかった」が、それでも「私は喜んでこの下手な活花を眺めては、まずそうな琴の音に耳を傾むけ」たというのだから、先生ははじめから誘惑に屈していたということができよう。誘惑といっても、異性そのものの誘惑というのではない。令嬢がそのへたな活花と琴の音とで新たな下宿人を不器用に招いていたというのではもちろんなく、琴の響きによる希薄なる表層への誘惑に屈していたというのである。後に「先生」の妻となるべき令嬢は、女として誘惑の何たるかを意識しうるほどに成熟しきってはいない。彼女は、ただ無意識のうちにあまたの漱石的「存在」を模倣し、きわめてぎこちない身振りではあっても、「私」を漱石的「作品」にふさわしい人物に仕立てあげようとしているだけなのだ。

もし二人が、充分に成熟しきった男女とはいわないまでも、ある決意をもって愛と戯れうる状況にあったとしたら、床の間に活けられた花をたんなる視覚的な符牒として交換しあうことで満足したりはしなかったろう。かりに習慣化されたことで琴の音が漱石的「存在」の身振りを一定の方向に固定しえたにしても、響きは存在の表層を愛撫するだけでいかなる刻印も残しはしないのだから、この聴覚的な刺激をさらに強調すべく、別種の刺激を大気中に充満させえたはずだ。その別種の刺激とは、いうまでもなく嗅覚的なもの、つまり香りである。花は、見られることで瞳を孤立させ、必然的に距離をきわだたせる。そして匂いによって異なる感覚主体に同一空間の共有を許す。だから花の香りは、琴の響きのように複数の人間を同時に愛撫する触覚的な環境ともなりうるのだ。

その事実を熟知していたのは、『それから』の代助である。目をつむることで視覚から消滅してしまう花が、なお、香りとして存在を刺激し続けるという現象に彼は自覚的なのだ。しかも香りは、響きが大気を震わせて消えてしまってから後も、なお空間にとどまって濃密な刺激を維持しうる。だからこそ「自然の児」になろうと決意した代助は、訪れる三千代を待ちながら、大量に買い入れた白百合の花を部屋中に活けるのだ。そして「百合の花を眺めながら、部屋を掩う強い香の中に、残りなく自己を放擲した」のである。そして「二人は孤立のまま、白百合の香の中に封じ込められた」のである。その後、代助と三千代との間に何が起ったかは誰もが知っている。男の告白も女の涙も、すべては香の中で起ったできごとなのだ。それに加えて雨に閉じ込められた二人という状況も考慮されねばなるまいが、それはいずれゆっくり時間をかけて検討することにしよう。ここではさしあたり、部屋に溢れる白百合が視覚的対象としてはいささかも描写されてはおらず、ひたすら嗅覚的な刺激としてあたりを充たしているさまを改めて指摘するにとどめておこう。聴覚的な愛撫は、甘美なものではあったがさし迫った危険とは無縁のものであった。だが、嗅覚的な刺激は、ある決定的な事件を「作品」に導入する機能を帯びている。劇的環境としての香りに包まれた漱石的「存在」は、それと身をもって戯れうる成熟ぶり故に、ある不可逆的な変化を生きざるを得ないのだ。生きざるを得ないというより、むしろその変化を生きるがごとき演技をするというべきかもしれぬが、『薤露行』のランスロットとギニヴィアとが、「薔薇の香に酔える病」として別れがたい存在となっている点は、この短篇の冒頭から読まれうるとおりである。カメロットの館の「濃やかに斑を流したる大理石の上は、ここかしこに白き薔薇が暗きを洩れて和《やわら》かき香りを放」っている。「贈りまつれる薔薇の香に酔いて」とつぶやくのは騎士ランスロットである。この宿命的といわれる恋が香りにつつまれて始まることは、たやすく見落されてはならないと思う。ちょうど聴覚的刺激において楽器の種類が重要でなかったように、ここで問題なのも花の名前でなく、人を酔わせるまでの濃密さで空間を充たしている香りの愛撫なのである。だから「贈りまつれる薔薇の香に酔いて」というランスロットのつぶやきは、アストラットのエレーンのもとでその髪を彩どる白薔薇の三輪を目にするとき「白き香り」となって「鼻を撲」つ嗅覚的刺激を再現してギニヴィアを思い出させるという説話的機能を演じることになるだろう。

もちろん、恋する女の記憶が、彼女とともに身をまかした香の汪溢と結ばれているという発想には、いかなる文学的な独創も含まれてはいまい。ここで注目すべきはそうした挿話の連らなりを統御する意義深い細部の効果的な配置にあるのではない。漱石的「作品」において芳香がたちこめるとき、琴やヴァイオリンの響きの源を隠していた壁や障子の存在が消滅し、視覚的機能の低下が舞台装置の構造に従属することがないという点だ。香りは、音にもましてより親密に存在同志を結びつける。弦楽器の響きがいわば遭遇の前奏であったとするなら、嗅覚的な刺激はそのより進んだ段階を示しているという説話的体系の一貫性が問題なのだ。事実、『三四郎』という小説には、ヴァイオリンの響きからヘリオトロープの香りへと伸びる遭遇の過程が、説話的有効性を超えた「作品」の必然として刻みつけられているではないか。美禰子が楽器の音とともに青年の前に姿を見せたのは、彼が彼女からしかるべき額の金を借りうけるべく訪れたときである。そしてしばらく時をおいてからその金を返済すべく教会の前で美禰子に会う場面をしめくくるのが、女の懐からとりだされるハンカチーフにしみこんだヘリオトロープの香りなのだ。

美禰子は、「じゃ頂いて置きましょう」と半紙にくるんだ金をうけとる。

女は紙包を懐へ入れた。其手を吾妻コートから出した時、白い手帛《ハンケチ》を持つてゐた。鼻の所へ宛て、三四郎を見てゐる。手帛を嗅ぐ様子でもある。やがて、其手を不意に延ばした。手帛が三四郎の顔の前へ来た。鋭い香がぷんとする。

「ヘリオトロープ」と女が静かに云つた。三四郎は思はず顔を後へ引いた。ヘリオトロープの罎。四丁目の夕暮。迷羊《ストレイシープ》。迷羊。空には高い日が明かに懸る。（『三四郎』・第四巻三〇五―六頁）

この記述に続いて「結婚なさるそうですね」という言葉が青年の口から洩れるのは誰もが知るとおりだ。四丁目の夕暮が何であるかも説明の要はあるまい。三四郎が買物に入った「唐物屋」で偶然美禰子とよし子とに逢った日のことは誰でも憶えているだろう。青年は二人の女から香水選びの相談をうける。迷っていたシャツの買物を、女たちの選定にまかしたからその返礼の意味もある。

> 今度は三四郎の方が香水の相談を受けた。一向分らない。ヘリオトロープと書いてある罎を持って、好加減に、是はどうですと云ふと、美禰子が、「それに為ませう」とすぐ極めた。三四郎は気の毒な位であった。（『三四郎』・第四巻三三一頁）

借金の挿話と返済の挿話との間にこの買物の挿話が位置していることはいうまでもない。そして偶然の出逢いに導かれたこの香水の選定がヴァイオリンの響きと匂いたつ芳香とを一つに結びつけることになる。もちろん三四郎は、代助やランスロットのように、みずから嗅覚的刺激の横溢に身をまかせるほど成熟しきってはいない。だから思わず顔を後へ引いたのである。その身振りによって美禰子を「森の女」のカンヴァスの中に閉じ込めることで『三四郎』は終りとなるのだが、その点は後に詳しく論じることとしよう。いまはさしあたり、教会の前の戸外にたちのぼるこのヘリオトロープの香りが、三四郎と美禰子との遭遇のもっとも親密な形態にほかならず、そのむなしくついえさる親密さを遥かに準備しているのがあの「不意に天から二三粒落ちて来た、出鱈目な雹の様」なヴァイオリンの響きだとのみ記しておくにとどめよう。『三四郎』は、漱石的「作品」における音と香りとの戯れを生なましく刻みつけたきわめて重要な小説なのである。音は近さの前触れであり、香りは実現された近さそのものといってよい。だが音から香りへと伸びる漱石的接近の儀式は、あるいは人物の年齢的な未成熟ぶりによって、あるいは性格的な弱さから、完璧なものとして演じられる以前にそのほとんどが儀式たることなく宙に吊られてしまう。音から香りへとたどりつつ実現される近さはいたるところに意義深い連繫の契機を配置しながら、説話的持続を分節すべく強力に機能することはごく稀なのだ。その意味で、音と香りとはそれじたいが人目に触れがたい希薄な表層をかたちづくっているというべきだろう。漱石的「作品」にあって触知可能なものは、響きや芳香の愛撫が実現する近さであるよりは、越えがたい距離としての遠さにほかならない。遠さは、見落す気遣いのない確かな結節点として説話的持続を統御している。いまや、その遠さの劇を読んでみなければならない。

# 第五章　劈痕と遠さ

## 遠い国または始まりの距離

「健三が遠い所から帰って来て」で始まる『道草』の冒頭の一句は、「駒込の奥に世帯を持ったのは東京を出てから何年目になるだろう」という時の流れと空間的な距離の意識とを強調する帰朝者の感慨で結ばれているが、そこには、たしかに伝記的事実と呼ばれる堅固な文学史的「和」の圏域へと人を誘うことで歩みをとめる意味作用ともいうべきものが含まれていて、事実、読むものは、明治二十八年から三十五年にかけて作者漱石がたどった困難な生の軌跡を律義にあとづけながら、「東京を出てから」の背後に松山、熊本時代の反映をさぐりあて、「新らしく後に見捨てた遠い国」とのみ曖昧に繰りかえして触れられている「遠い所」を世紀末の大英帝国の首府と正確に限定することもまた可能なわけだが、しかし、読むことが、またしても「虚構」を透かして「現実」にさぐりを入れ、「言葉」を「生活」と呼ばれる抽象に遅れればせながら馴致せしめることで成就するあの単調な儀式に尽きるのであれば、夏目漱石もまた、はからずもその自伝的要素を小説化してしまったという事態からして、いずれは修正されるだろう瞬時の逸脱、最後には許容されることもなかろう畸型性の戯れが、束の間の夢を禁じられて洩らす悔恨のため息のみが谺するあの「文学」と呼ばれる廃墟ににた言語空間を、いつまでも漂いつづけるほかはあるまい。それが、「文学」という名の悪しき記憶に無意識に汚染し、不意撃ちをどこまでも遅延させることにしか貢献しないという点はすでにみたとおりだが、こうした逸話的事実と読むこととの曖昧な妥協を組織することほど快適な体験もまたとないかにみえる。というのも、多くの人がいともたやすくその誘惑に屈してしまうからだ。かくして作者漱石の「生」の不安とやらがもっともらしく取り沙汰される楽天的な場が論者にもたらされることになるのだが、倖いなことに、というかむしろそれこそが「文学」の不幸というべきものだろうが、人がロンドンと名付けうる地球儀上の一点は、『道草』を読もうとする現在の意識をいささかも安心させてくれたりはしない。なぜロンドンではなく、遠い所などと婉曲な言いまわしが選ばれているのか。どうしてそれは松山や熊本ではないのか。少なくとも「作品」としての『道草』は、この問いにいささかも答えようとはしていないし、またそれが、そうした土地である可能性すらをもほのめかしてはいない。では、その遠い所とはいったいどこなのか。

どこか、と「作品」に向って問うこと。それじたいがいかにも文学的に怠慢なこの問いかけは、世界地図の表面にはいささかも正当な答えを持ってはいない。すでに触れたとおり、「作品」はひたすら婉曲な言葉しか洩らしてはいないからである。では、作者漱石の想像の世界に描かれる象徴的な地図の中にそれが隠されているというのか。そうでもあるまい。冒頭の数行のうちに「遠い所」、「遠い国」と婉曲な語法が二度まで繰り返されているのは、それをロンドンとは直接に名づけがたい心理的、もしくは修辞学的な配慮が漱石に働いていたからというより、書くという体験を始動せしめる契機として、あくまで「遠い」という言葉が必要とされていたからなのだ。実際「遠い所」や「遠い国」は、地球儀の上にも想像の宇宙にも存在しはせず、ひたすら漱石的「作品」と呼ばれる言葉の磁場の表層に「遠い」そのものとして露呈されており、空間的距離にも心理的距離にも還元されえない言葉の体験を、書く人と読むものとに同時に強いるフォルムそのものなのである。漱石が書き残した多くの長篇にあっては、彼自身の筆に抗いかつまた読む意識をも刺激する一定の言葉の磁場ともいうべきものが張りめぐらされており、物語は、そこで「遠い」の一語に触れて始まり、複雑化され、また終熄する。繰りかえすが、それは「遠さ」という概念ですらなく、ひたすら「遠い」という一語の配置が示す運動といったものが問題なのだ。まさにその言葉こそが、作者の想像力とやらの律義な翻訳としてではなく、逆にその想像力を刺激しつつあまたの言葉を物語として綴らしめる力学的な契機と理解すべきものなのである。事実、多くの漱石的「作品」は、いたるところで「遠い」の一語と遭遇し、豊かな展開を示している。だから、人はただ、その磁力の目指す方向に鋭敏でありさえすればそれでよい。そして、漱石を読むとはすでに述べたようにその錯綜した言葉の磁場を、客観的世界にも主観的宇宙にも還元されないどこにもない場所として解放することにほかなるまい。

## 離れること＝還ること

漱石的な言葉の磁場における「遠さ」とは、「後に見捨てた遠い国」への距離を介して心情化される遥かな場所への郷愁であるよりは、何よりもまず言葉の運動として姿を見せている。このことをまず確認しておこう。しかもその運動は、離れることがそのまま戻る仕草をもかたちづくるという漱石的世界の構造を明らかにしながら、「物語」の基盤となるべき新たな遭遇を準備し、幾つもの葛藤の萌芽をいたるところに指摘してまわる。多くの意味で自伝的な作品と呼びうる『道草』が、作者自身のロンドン滞在を暗示する文章で始まっていながら、新帰朝者の慨嘆といった荷風的世界をいささかもかたちづくりはせず、かえって漱石的「作品」の普遍的相貌に矛盾なくおさまってしまうのはそのためであるし、また、そのまま還ること、戻ることに通じる「遠さ」の運動が、すぐさま「思ひ懸けない人にはたりと出会」う契機を第一頁目から可能にしているのもそうした理由によるのだ。

漱石的「作品」にあっては、「遠い」の一語が口にされる瞬間、それが直接言葉として述べられている場合であれ、あるいはそれを体現する行動によって暗示的に示されている場合であれ、いずれにしても、出会いを介して人間たちが作品の風土にふさわしい人物像におさまり、また還りついた土地がその葛藤にふさわしい舞台装置へと変貌する。『道草』の健三は、新帰朝者たる自分にまつわりつく「遠い国」の臭いを苛立たしげに振り払いながら、そこに滲みこんでいるはずの特権性をあくまで意識の表面には浮上させまいとして東京の街に接する。

> 彼は斯うした気分を有つた人に有勝な落付のない態度で、千駄木から追分へ出る通りを日に二返づゝ、規則のやうに往来した。(『道草』・第六巻二九二頁)

「遠さ」が彼に課するこの落付きのない往復運動こそが、実は作品の劇を準備する発条として機能しているものである点は、誰もが知っているはずだ。『道草』は、文字通り、冒頭に露呈している「遠い」の一語が操作する言葉の運動で始まる作品なのである。

そうした視点に立ってみた場合、人は、漱石的「作品」の多くの場所で、この種の「遠さ」に遭遇して何らかの刺激を受けとめずにはいられないはずだ。たとえば職業作家としての漱石にとって処女作ともいうべき『虞美人草』の冒頭に、「随分遠いね。元来何所から登るのだ」という台詞が、「遠さ」を言葉そのものとして露呈しながら据えられているのを見逃すものはあるまい。いうまでもなく、その「遠さ」は「動かばこそと云った様な按排」で聳えたつ比叡山の頂上と、いささか疲労気味の旅行者甲野さんとを距てる空間的な距離であるには違いない。だがここで見落しがたい点は、この「遠さ」をめぐって、ひたすら「何処から登るのか」にこだわる甲野さんと、「どこからか分るものか、高の知れた京都の山だ」と言いはなつ宗近君との性格上の相違が明らかにされていることであろう。つまり、作中人物の対立関係が、「遠い」の一語が文中に姿を見せる瞬間にたちまち顕在化されるのだ。一方が「計画ばかりして一向実行しない男」なら、相手は「人を連れ出して置きながら、何処から登って、何処を見て、何処へ下りるのか見当がつかん」人間なのだ。そしてこの幕開きの瞬間から強調される対蹠的な人物像は、後に見るごとく、この『虞美人草』と呼ばれる作品のいたるところに、運動としての「遠さ」を波及させることになるだろう。と同時に、漱石的「作品」の意義深い細部を彩どる別の「遠さ」を、言葉の始まる契機として誘き寄せもする。それは、誰もが知っている『それから』の冒頭に描かれた日醒めの瞬間や、『三四郎』の始まりをつげる汽車旅行の挿話に姿を見せる「遠退く」運動にほかならない。

誰か慌たゞしく門前を馳けて行く足音がした時、代助の頭の中には、大きな俎下駄が空から、ぶら下つてゐた。けれども、その俎下駄は、足音の遠退くに従つて、すうと頭から抜け出して消えて仕舞つた。さうして眼が覚めた。（『それから』・第四巻三一三頁）

足音が「遠退く」につれて消滅する俎下駄の宙吊りのイメージ。それは、すでに多くの象徴的な解釈へと人を誘う何ものかをはらんだ文章によって描きだされているが、ここには、もっぱら文字としての「遠退く」が『道草』や『虞美人草』の「遠い」の一語と同様に作品の冒頭に据えられている事実に着目し、それと全く同じ語句が、すでに『三四郎』の第一頁目から使用されている点との関連で、漱石的作品の構造を明らかにする方向に進まねばなるまい。

ところで、故郷の熊本から東京の大学へと向う途中の三四郎は、当然のことながら離れる運動と近づく運動とを同時に成就しつつ列車に揺られているわけだが、睡眠と覚醒の中間をうつろにさ迷う彼は、京都から乗った一人の女に瞳を惹きつけられる。乗車した瞬間から、女の肌の黒さが彼を刺激したからである。しかも、その黒さが、「遠退く」運動と密接に結ばれている点に注目しよう。

三四郎は九州から山陽線に移つて、段々京大阪へ近付いてくるうちに、女の色が次第に白くなるので何時の間にか故郷を遠退く様な憐れを感じてゐた。それで此女が車室に

這入って来た時は、何となく異性の味方を得た心持がした。(『三四郎』・第四巻五頁)

「遠退く」運動が女性の皮膚の色を介して実感されていること。そしてその事実が作品の冒頭から語られていること。しかも、人も知るごとくこの「九州色」の肌をさらした女と過す名古屋での一夜が、三四郎にとっての最初の冒険をかたちづくりつつ、同時にその性格を的確に描く契機にもなっていること。そうした事実を重ねあわせてみると、漱石的「作品」の多くのものが、『道草』の書き出しの二行に含まれる「遠い所」を幾重にも変奏しながら冒頭に据えている事実が理解できようかと思う。そこでは、「遠さ」が「遠い」または「遠退く」といった語句として口にされた瞬間、登場人物の性格が決定され、舞台装置が葛藤の発条をたかめ、遭遇が準備されるのだ。その関係を『三四郎』を例としていささか詳細にたどってみよう。

## 三つの世界＝三つの遠さ

東京に到着して最初の眩暈をやりすごした三四郎にとって、世界は三つの軸に分裂する。「三四郎には三つの世界が出来た。一つは遠くにある。与次郎の所謂明治十五年以前の香がする」と述べられているごとく、第一の軸には母が位置しており、そこでは「凡てが平穏である代りに凡てが寝坊気ている」。また「第二の世界のうちには、苔の生えた煉瓦造りがある」ともかかれているのだから、次にくるのは広田先生を中心とした軸であり、俗を離れたその学問の世界は、すでに野々宮君の「穴倉」のような実験室によって象徴されていたものだ。「燦として春の如く盪《うご》いている」という第三の世界、それはいうまでもなく美禰子やよし子があでやかな媚びを振りまいて行きかう女性の世界にほかならないが、それは目と鼻のさきにありながら、ただ近づき難く、「三四郎は遠くから此世界を眺めて、不思議に思う」ばかりだ。そして、この三つの世界の二つまでが、三四郎にとっては「遠い」ものとして意識され、しかもその第三の世界におずおずと踏みこもうとすれば、「此内の空気を略《ほぼ》解し得た所にいる」といわれる第二の世界までが、たちどころに遠のいてしまう点を見逃してはなるまい。実際、野々宮君の妹よし子を病院に訪ね、部屋の扉のハンドルをまわした瞬間、「青年の頭の裡には遠い故郷にある母の影が閃めいた」という一行で第一の世界と第三の世界との通底の可能性を作者は語っているのだが、それが同時に、「三四郎の魂がふわつき出し」た瞬間でもあることを、漱石はいささかも隠そうとはしない。つまり、第二の世界までが、その時、急速に彼から遠ざかるのである。「講義を聴いていると、遠方に聞える」という指摘は一度や二度にとどまらない。三四郎が、むしろその「苔の生えた煉瓦造り」の世界の「遠さ」に、積極的に馴れようとすらしている事実を、次の引用が如実に語っている。

三四郎はふわ〳〵すればする程愉快になつて来た。初めのうちは余り講義に念を入れ過ぎたので、耳が遠くなつて筆記に困つたが、近頃は大抵に聴いてゐるから何ともない。（『三四郎』・第四巻七〇頁）

つまるところ、東京で三四郎が接することになった三つの世界は、たがいに共存することをこばみあう相関的な「遠さ」におさまり、しかもそのそれぞれが、彼にとっては程良い「遠さ」を保ちつづけているのだ。にもかかわらず、三四郎は、それが若さというものであろうある無謀さから、この三つの世界の矛盾なき融合を夢想さえする。

三四郎は床のなかで、此三つの世界を並べて、互に比較して見た。次に此三つの世界を掻き混ぜて、其中から一つの結果を得た。——要するに、国から母を呼び寄せて、美しい細君を迎へて、さうして身を学問に委ねるに越した事はない。（『三四郎』・第四巻八七頁）

名高い「迷羊《ストレイシープ》、迷羊《ストレイシープ》」のつぶやきで終る『三四郎』の物語は、いわばこの結論の抽象性が現実と触れ合って徐々に崩壊してゆく過程にほかならず、三つの「遠さ」が織りあげる葛藤の劇と呼びうるものだろう。この作品は文字通り「遠さ」で始まり、「遠さ」

の矛盾が露呈する諸々の段階を、決定的な破局には至ることのない優柔不断と曖昧さとで彩どりながら進展する小説なのである。これに加えて『それから』と『門』とを三部作と呼びうるとするなら、それはその三篇にあって、三つの「遠さ」としてあった世界の三つの相貌が、その融合の不可能性ゆえに、主人公から一つ一つ奪われる運動を描き続けているからにほかならない。『それから』の代助が捨てるのは、第一の世界、つまり肉親を軸とした世界である。第二の世界、つまり学問の世界は『門』の宗助によって捨てられている。そしてその時、「燦として春の如く盪いて」いたはずの第三の世界は、「本当に難有《ありがた》いわね。漸くの事春になって」という御米の言葉を否定する宗助の「うん、然し又じき冬になるよ」のつぶやきによって鈍い薄明りの中に閉されてしまう。これは、文字通り「遠さ」の悲劇ともいうべきものではなかろうか。

## 還ることの遠さ

「遠さ」が言葉として口にされた瞬間に漱石的「作品」がその物語を始動せしめ、三つの「遠さ」が張りめぐらせる矛盾を解消する試みが必然的に蒙る傷の痛みが物語を彩どる一つの要素だとするなら、その「遠さ」はさらに多くの変奏の可能性をはらんでいようし、事実、すでに『虞美人草』において簡単に触れておいたごとく、いたる所で異質な「遠さ」が物語に活況をそえているのだ。『虞美人草』の場合、その「遠さ」は、甲野さんと宗近君の京都旅行と、その留守中に東京で具体化する小野さんと藤尾の接近とによってまず説話的な力学を確立する。そして、二人の旅行者の帰京と同時に進行する、孤堂先生の五年ぶりの東京移転によってまぎれもない物語的条件として顕在化するに至る。そこには『道草』の冒頭に見られる「離れること」と「還ること」との同義語的運動としての「遠さ」が、文字通り「作品」の言葉として姿をみせているのだ。父とともに新橋のプラットフォームに立つ小夜子は、忘れがたい小野に出会ってたちどころに「遠さ」を意識せずにはいられない。藤尾に惹かれている小野の態度は「遠い所」から帰ってきた旧師父娘にとってどこかよそよそしい。彼は変ってしまったと小夜子は思う。

色の褪めた過去を逆に捩ぢ伏せて、目醒しき現在を、相手が新橋へ着く前の晩に、性急に拵らへ上げた様な変りかたである。小夜子には寄り付けぬ。手を延ばしても届きさうにない。変りたくても変られぬ自分が恨めしい気になる。小野さんは自分と遠ざかる為めに変つたと同然である。（『虞美人草』・第三巻一四七頁）

還りつくことがそのまま離れることにもなる運動としての「遠さ」があからさまに露呈していることの引用部分について、漱石はすでに次のごとき状況説明を行っている。

自分の世界が二つに割れて、割れた世界が各自《てんで》に働き出すと苦しい矛盾が起る。多くの小説は此矛盾を得意に描く。小夜子の世界は新橋の停車場《ステーション》へ打突《ぶつか》った時、劈痕《ひゞ》が入った。あとは割れる許りである。小説は是から始まる。是から小説を始める人の生活程気の毒なものはない。（『虞美人草』・第三巻一四三頁）

処女作『虞美人草』の凝りぬいた修辞的饒舌にふさわしくアフォリスムめいた文章で物語に介入する作者漱石は、まさしくここで、小夜子の心の劈痕とともに作品の真の物語が始まることを告げているわけだが、その劈痕が、不意に露呈された「遠さ」に触れて傷口を拡げたものであった点は、きわめて重要である。作者は、「天に懸る日よりも貴しと護るわが夢を、五年の長き香洩る『時』の袋から現在に引き出して、よも間違はあるまいと見較べて見ると、現在ははやくも遠くに立ち退いて居る」と小夜子の「遠さ」の意識を改めて比喩的美文に綴りあげているのだから、漱石的「作品」における「遠さ」が、文字として、また言葉としていかに重要であるかはもはや強調するまでもあるまい。いわば、甲野さんの「随分遠いね」に始まる京都旅行を長い導入部とした『虞美人草』は、孤堂先生父娘の東京移転をもって本格的にその物語を生き始めるのだが、それの直接の契機となっているのが、小野さんと小夜子との間に拡がる「遠さ」そのものなのである。

事実、漱石的「作品」のほとんどにあっては、転地や小旅行が物語的持続に変化を及ぼすことなく行なわれることはきわめて稀である。作中人物の一人が場所を移動すれば、物語も決って新たな段階にさしかかる。「今度は鎌倉どころではない。大変な遠くへ行かねばならぬ」という『坊っちゃん』の中学赴任を始めとして、『それから』における平岡の上京、『門』の宗助夫妻の度重なる転任、「広島へ行っても苦しんだ。福岡へ行っても苦しんだ。東京へ出て来ても、依然として重い荷に抑えつけられていた」というあの不幸な移動、そしてその不幸の源流に位置する安井の転地療養、等々、数えたてればきりがない。中でも最も特徴的なものは、友人との関西旅行、家族同伴の和歌浦逗留、嫂との和歌山見物とその夜の台風騒ぎ、帰京と下宿住まいの始まり、そしてＨに伴われた兄の伊豆地方への小旅行といった按配に、転移によってそのつど運動化される「遠さ」を軸に構築された『行人』だというべきであろう。そこにあっては、誰かが何ごとかの使命を帯びて一つの土地を離れ、ある人間との距離を計測するという光景が幾つもの変調を伴って綴られているのである。二郎は和歌山市で一夜を伴に過した嫂の行状を兄に報告すべき義務を負っているし、また兄の友人さえも、同行者の精神の姿をそのまま二郎に報告しなければならない漱石的媒介劇の構造には、すでに触れてあるが、ここで注目すべき重要なことがらは、他者から依頼された調査の報告が、漱石にあってはしばしば「手紙」という小説技法の駆使へと馳りたてているという事実であろう。もちろん技法としての「手紙」は、漱石が充分に読みつくしているはずの十八世紀のイギリス文学のいわゆる「書簡体小説」を思い起すまでもなく、漱石独得のものでないばかりか、むしろ平凡すぎる説話的方法の一つにすぎない。だが、ここで見落しえない点は、この技法が「遠さ」が幾重にも変奏されてゆく過程で必然化されているという事実だろう。「手紙」とは、漱石にあっては、劈痕に直面した物語がまとう言葉の顔、その生なましい表層なのである。

『行人』の最後をしめくくるHさんの「手紙」は、まさしく運動としての「遠さ」が必然化するこの上なく漱石的な技法ということになろうが、ここで改めて着目すべき事実は、多くの場合、この「手紙」という技法が使用された瞬間に、漱石的物語は終りになるという点であろう。『彼岸過迄』の終盤に据えられた「松本の話」は、関西旅行に出発した市蔵からの手紙が、はじめは「画端書に二三行の文句を書き込んだ簡略なものに過ぎなかった」のに、それが「封筒入の書翰」へと発展し、やがて時間を追って一日の事件を刻明に語りはじめる長文の便りとなった瞬間に、作品からその説話的持続を奪ってしまう。

『こゝろ』の第三部にあたる「先生と遺書」が、もはや「手紙」とは呼びがたい長文の告白として物語を終結せしめる役割りをはたしていることはいうまでもない。しかも「私」がその長い文面に接するのは東京を目指す汽車の中なのだから、ここでも「遠さ」は、作品に還りつく運動と離れ去る運動とを同時に波及させていることになる。既に成就してしまっている遥かな土地での先生の死は、主人公を、故郷のそれも父の臨終の床から引き離し、すでに一変してしまっているであろうかつての舞台装置へと向けて急がせるのだ。そこに働いている磁力の方向は、『三四郎』の高校卒業生と広田先生、『虞美人草』の孤堂父娘と甲野さん、宗近君、『門』の宗助夫妻、『行人』の「帰ってから」の冒頭で夜の寝台車に乗りあわせる兄夫妻と母と私とがたどる行程を正確に指し示している。おそらくここには漱石的「作品」における説話的力学の典型的な姿が示されているといえるだろう。土地を変えること、つまり転地とか小旅行といったものは、たんなる挿話以上の重要さで物語を支え、それを介して人が遭遇し、葛藤を演じ、また別れてゆくのだ。そのとき漱石的「存在」によって踏破される距離は、きまって説話的持続に不可逆的な変化を導入する。その最も顕著な例が、しばしば作品の終りに据えられた「手紙」なのである。漱石的「存在」とは、だから、夏目漱石の小説に登場する主要な作中人物を意味するのではない。彼らは「作品」の題材やその風土の違いをこえて、還りつくことが必然的にもたらす説話的持続を変貌せしめる豊かな可能性を隠し持ちながら、「遠い所」から家へと戻ってくる「作品」の意義深い条件なのだ。『道草』の冒頭で語られている「遠い国」とは、「作品」の意義深い条件なのだ。だから、漱石的な言葉の磁場にあっては、ロンドンそのものであるよりは、遥かに豊かな変容の契機を秘めた運動としての「遠さ」というべきものなのだ。『吾輩は猫である』の「猫」が生まれたという「何でも薄暗いじめじめした所」とやらも、その「遠い国」がまとう多様な相貌の一つというべきものかもしれない。

## 危険な遠さ＝安全な遠さ

異性同志ではなく世代の違う二人の男が距離を介してたがいに心を惹かれあっていると き、しかもその意志疎通の手段としては書翰の交換しか考えられなかった時代に、返事を期待しない「手紙」が漱石的「作品」の説話的持続を断ち切る磁力をその全篇へと波及させることになる必然は、以上の点からして明らかであろう。では、この距離として姿を見せる「遠さ」は、書き出しの部分にみられたように、「作品」の終りにも言葉として書き記されているだろうか。

いうまでもなく、その幾つかの小説の末尾には、「遠さ」が言葉として露呈されている。たとえば、『彼岸過迄』で市蔵の手紙が世界との調和ある融合を予想させつつ中断された後に続く「結末」の一章は、三四郎が捉えられたのと同じ種類の「遠さ」の意識、つまりは程よい距離を回復した敬太郎の、遂に「遠さ」に積極的に加担することなくすべての語るべき挿話を聴きつくした時のもの足りなさと、ある限られた満足とを示す文章で始まっている。

彼の知らうとする世の中は最初遠くに見えた。近頃は眼の前に見える。けれども彼は遂に其中に這入つて、何事も演じ得ない門外漢に似てゐた。(『彼岸過迄』・第五巻三三二

152頁）

ここで、敬太郎を、あの漱石的傍観者の一人に分類し、やがては高等遊民として過すことになろう未来の安閑たる日々がここで決定されていると断言したりするのは、あまり意味深いことではなかろう。ここで読む意識が敏感に反応しなければならないのは、漱石的言葉の磁場に姿を見せる「遠さ」が持つ、二つの異った相貌の対蹠的な発現ぶりに対してである。つまり、危険な「遠さ」と安全な「遠さ」とが、そこに密接にからみあっているのだ。『道草』の冒頭に据えられた「遠さ」が、忌わしくも不吉な「遠さ」の系列を統御しているとするなら、『三四郎』の「遠さ」は、猶予としての選択放棄によって若い作中人物たちをその危険から護るいま一つの系列を構成することになるだろう。漱石のいわゆる青春小説ともいうべき作品にあっては、三四郎に水蜜桃をすすめながら広田先生が口にする「危険い。気を付けないと危険い」という謎めいた台詞の余韻といったものをどこかで反響させ続け、「遠さ」の不吉な表情にいかにも春めいた仮面をかぶせ、忌わしさをかりに一時的にであれ中断させようとする磁力が働いている。

だが、いったんこの仮面に何かの拍子で劈痕が入ってしまうと、「遠さ」はたちどころにその危険な素顔を露呈することになる。その邪悪な素顔に包まれて日々暮して行かねばならぬ者は、『行人』の兄が口にするごとく、「死ぬか、気が違うか、それでなければ宗教に入るか」その三つの方策しか残されていない。しかもその「死」と「狂気」と「宗教」とは、『三四郎』や『行人』にあっても、いわば予期せぬ陥没地点のように不意に「遠さ」として若い作中人物たちに襲いかかってくる。それはたとえば、野々宮君の下宿に泊る三四郎が秋の宵の静けさの中で耳にする自殺者のつぶやきに摑みついた「遠さ」である。

其時遠い所で誰か、

「あゝあゝ、もう少しの間だ」

と云ふ声がした。方角は家の裏手の様にも思へるが、遠いので確かりとは分らなかつた。又方角を聞き分ける暇もないうちに済んで仕舞つた。けれども三四郎の耳には明かに此一句が、凡てに捨てられた人の、凡てから返事を予期しない、真実の独白と聞えた。三四郎は気味が悪くなつた。所へ又汽車が遠くから響いて来た。(『三四郎』・第四巻五五―六頁)

この決して長いとはいえない引用文のうちに、「遠さ」が文字として三回まで反復されていることは、何か尋常ならざる事態の到来を予告しているかのようだが、実際、三四郎は、遠くから彼の耳を打った二つの音響の間の因果関係を即座に理解せずにはいられない。この作品にあっての轢死事件の挿話は、衝突しあう二つの危険な「遠さ」として彼の存在を揺るがせているのだ。「凡てから返事を予期しない」の一句に着目するなら、ここで執拗に語られている「遠さ」は『こゝろ』の「先生の遺書」に代表される漱石的な「手紙」と共鳴しあい、「遠さ」と曖昧に折り合いをつけて暮す三四郎の存在の底に、やがては不気味な「遠さ」を目覚めさせる遥かな契機となっているといえるかもしれない。

では、「狂気」の場合に「遠さ」はいかにして物語に介入するか。それをみるには、『行人』の「友達」の章で語られている、「ある纏綿した事情のために」三沢の家にあずけられた出戻りの女の、「精神に異状を呈し」た表情の描写を読んでみればよい。この「友達」の章そのものが旅さきで友人と落ち合う挿話からなっているのだから、それだけで「遠さ」と深い関係を示しているといえるが、「黒い眉毛と黒い大きな眸を有っ」たその「蒼い色の美人」は、三沢が外出する折にはきまって玄関まで送りに出て「必ず、早く帰って来て頂戴ね」と口にする。

其黒い眸は始終遠くの方の夢を眺めてゐるやうに恍惚《うつとり》と潤つて、其処に何だか便のなさうな憐を漂よはせてゐた。（『行人』・第五巻四一四頁）

あるいは狂者の視線の描写としては常識的すぎるかも知れぬこの「遠さ」に浸りきった

表情は、しかも三沢がいったん外出するとなると、「袖に縋」るように彼の存在にまといつく。ここでも、「遠さ」は、言葉として還りつく運動と離れる運動とを、ともに一つの仕草によって統御しているのだ。そして、やがて入院して死んだその女の三回忌のために、三沢は病身をおして帰京すべく梅田駅へと急ぎ、そこでの別れが第一章「友達」の最後の光景となっているのだから、この狂女の瞳の「遠さ」も説話的持続の変容に、秘かに、だが、積極的に加担しているといわねばならぬ。

　漱石的「作品」に於ける宗教といえば、それが重要な挿話として物語をあからさまに支えることになるのは『門』に限られているから、この中年の迷いは青年達のそれといささか事情を異にしているといわねばなるまい。しかし、鎌倉まで参禅にゆくという転地の主題という点で、やはり、彼は『行人』や『三四郎』の主人公と多くのものを共有している。宗助の参禅の動機が必ずしも純粋に宗教的でない点は、一方では、宗助夫妻の裏切りによって日本を離れて遠い土地で暮らさねばならなかった安井の不意の上京を知らされ、彼との遭遇を避ける理由で鎌倉を訪れていることからも明らかだし、また他方では、その理由を妻に隠して病気の療養を口実としていることからもはっきりしている。だが、知人から紹介された一窓庵へと通じる山門を入り、「静かな境内の入口」で「始めて風邪を意識する場合に似た一種の悪寒を催した」瞬間から、動機の不純さは消滅してしまう。彼は「細い線香を燻らして、教えられた通り坐蒲団の上に半跏を組」み、「聞達《ぶんたつ》程彼の心に遠いものはな」いという慢心の「銷磨し尽し」たその平凡な存在をあげて「懊悩と困憊」に耐え続ける。だが、下山が予定された日に宗助が手にしえたものといえば、あの『孟子』の言葉として名高い「遠さ」と「近さ」との謎めいた共鳴ぶりばかりなのだ。

「道は近きにあり、却つて之を遠きに求むといふ言葉があるが実際です。つい鼻の先にあるのですけれども、何うしても気が付きません」（『門』・第四巻八五二頁）

と、一窓庵の主は残念そうに宗助をなぐさめる。

この時、暗い過去を背負った妻帯者の宗助は、遠くに見えていた世界がいったん近づいたかにみえながら、遂にそれに加担しえず傍観者たり続けた青年敬太郎とほとんど同じ地点に立ちどまっているという点に注目しよう。それはほかでもない、『門』に至る『三四郎』、『それから』の三部作の主要人物は、「遠さ」の悲劇を作品ごとに深化させているかにみえながら、実は出発点にあった「遠さ」を遂に越えずにいるということなのだ。とするなら、漱石的「作品」とは、年ごとに地平線が狭まり、舞台装置が単調な冬の灰色に彩どられて行くとはいえ、結局のところは変容への契機を奪われた堂々めぐりの円運動に帰着するのだろうか。だがわれわれは、宗助の禅問答の前であらゆる身振りがその無償性を宣告される瞬間にたちあうべく、漱石的「遠さ」の磁力を吟味しつづけてきたのではない。そうではなく、「遠さ」をこともなげに凌駕し、高みから「遠さ」の運動そのものを統御し、時に応じて「近さ」と「遠さ」の磁力を程よく按配した上で、ある時、「遠さ」との戯れを一挙に断ち切りもする聡明な残酷さをそなえた漱石的「存在」の事情を、刻明に描きあげる仕事がまだ残されているからこそ、「遠さ」にこだわり続けてきたのだ。そして、その聡明な残酷さの持ち主は、いうまでもなく女たちである。

## 宙に吊られる遠さ

距離計測の術を本能的に心得た漱石的女性たち、それは『三四郎』の美禰子であり、『虞美人草』の藤尾であり、『行人』の嫂であり、ある意味では『明暗』の吉川夫人や『坊っちゃん』のマドンナも同じ系列の聡明な残酷さにつながっているといいうるだろう。だが、この聡明な残酷さをこの上ない自由闊達さで享受しているのは、『草枕』の那美さんをおいてほかにはあるまい。

那美さんはまず、那古井の宿で画工たる「余」が眠る第一夜を、「夢のなかの歌が、この世へ抜け出したのか、或はこの世の声が遠き夢の国へ、うつつながらに紛れ込んだのかと耳を峙て」ずにはいられない遠い歌声で陶然と乱す。「初めのうちは椽に近く聞えた声が、次第々々に細く遠退いて行く」。「余」は、「今までは床の中に我慢して聞いていたが、聞く声の遠ざかるに連れて、わが耳は、釣り出さるると知りつつも、その声を追いかけたくなる」というのだから、庭の奥の木の幹を背にたち現われる「朦朧たる影法師」たる那美さんは、この上なく巧みな「遠さ」の操作者として姿をみせていることになる。そして、「寤寐《ごび》の境にかく逍遥して居る」枕元から音もなく寝室を横切るかと思えば、温泉の「漲ぎり渡る湯烟り」の中にその裸身を漂わしもする。かと思うと不意の山鳴りに、地震と叫んで「膝を崩して余の机に靠《よ》り」かかる。また、野武士と呼ばれる久一に春の山中で金を渡す。あれは自分の夫、離縁されて満洲だかに旅立とうとしているかつての夫だと告白して、いきなり距離の意識を作品に導入しもする。そして、川舟で久一さんを鉄道の駅まで送る名高い光景が展開されるのだ。

「川幅はあまり広くな」く、「舟は面白い程やすらかに流れる」。滑りゆく川舟には、既に死の気配がまつわりついている。久一には、「御伯父《おじ》さんの餞別」として白鞘の短刀が渡されているし、「久一さん。御前も死ぬがいい。生きて帰っちゃ外聞がわるい」という那美の言葉が浴せかけられているからだ。「余」は思う。

運命の縄は此青年を遠き、暗き、物凄き北の国迄引くが故に、ある日、ある月、ある年の因果に、此青年と絡み付けられたる吾等は、其因果の尽くる所迄此青年に引かれて行かねばならぬ。(『草枕』・第二巻五四〇頁)

漱石的言葉の磁場における「遠さ」は、そのたち現われる姿かたちの相違にもかかわらず、すべてこの因果によって深く結ばれている。駅につくなり、那美さんが口にする「死んでおいで」の一語が、漱石的な男たちを一搦めに遠さへと押しやることになるからだ。ここにおいて、「遠さ」は文字通り言葉として「作品」をしめくくる圧倒的な磁力を発揮し、『道草』の冒頭で口にされた「遠い所」へと久一を送りだして終るのである。だから健三が行っていた土地がロンドンであるはずはないのだ。

車輪が一つ廻れば久一さんは既に吾等が世の人ではない。遠い、遠い世界へ行つて仕舞ふ。（『草枕』・第二巻五四六頁）

車掌が戸を閉めながら列車にそって走る。

一つ閉《た》てる毎に、行く人と、送る人の距離は益《ます》〳〵遠くなる。やがて久一さんの車室の戸もぴしやりとしまつた。世界はもう二つに為つた。（『草枕』・第二巻五四六頁）

その瞬間、那美さんの聡明な残酷さが不意にある弱さを露呈する。「余」がかつて目にしたことのない「憐れ」がその表情に漂いだしているからだ。「那美さんは茫然として、行く汽車を見送る」。そこには、『行人』の三沢に向けて注がれる気のふれた女の「遠い眸」に似たものが浮き出ていたに違いない。「死んでおいで」と言いはなつ冷静な「遠さ」の計測者が思いもかけず距離に敗れるその一瞬、「余」は、一つのありえない絵画の完成を体験する。そして、その「遠さ」の勝利によって『草枕』の物語が閉されることは、誰もが知っているとおりだ。「遠さ」を凌駕し、その機能を統御し、さらには「遠さ」と「近さ」との不断の調節に時を過していたはずの那美さんは、最後の瞬間に至って「遠さ」への至上権を放棄する。それはあたかも「文学」と呼ばれる言葉の磁場で、「作者」が言葉や思想への至上権を放棄した瞬間に、「作品」が成就するといっているかのようだ。

漱石的「作品」とは、思えば、那美さんと「遠さ」とが演じていた距離の戯れの、束の間の転位ともいうべきものではなかろうか。その転位の一瞬には、「現実」と「虚構」とが、「言葉」と「生」とが、人目を無効にする迅速さで立場を交換しあっているのではないか。あるいは「作者」と「作品」が入れ違ったとでもいうか、さもなくばその境界線を曖昧にしてしまうといってもよかろうが、それはほかでもない、残酷な聡明さによって距離を思いのままに操作しながら、「現実」を「虚構」にすりかえうると信じきっていた「作者」が、その特権的な「遠さ」への優位を放棄し、「作品」の生きる瞬時の逸脱、畸型化を許容しつつ、「生」でも「言葉」でもない曖昧な世界に、自分を宙吊りにすることだろう。漱石を読むとは、この宙吊りの漱石を不意撃ちすることにほかならない。「遠さ」とは、人をその曖昧な中間地帯へと誘う漱石自身の劈痕であり、また読むものの劈痕でもあろう。そして、読むとは、書くことがそうであるように、存在の表層に劈痕を走らせることなしには成就しえない生の試みでなくて何であろう。漱石的「作品」がわれわれにとってきわめて貴重で、刺激的な試みにみちているのは、その物語を、「遠さ」と劈痕との必然的な関係のうえに築きあげているからだ。「遠さ」が、たえず計測され踏破されうる距離でしかなく、劈痕がきまって修復される瞬時の亀裂にすぎないのだとしたら、「文学」と呼ばれる言葉の磁場に「作品」は決して実現されることはないだろう。それではまるで『虞美人草』の藤尾が勝ち誇った笑声をいつまでも高く響かせているようなものだ。

では、漱石的「存在」たちは、「遠さ」の至上権を曖昧に放棄しながら、その存在の劈痕をいかにして耐えることになるのか。つまり、宙吊りの姿勢をどのようにして引き伸ばそうとするのか。それには、彼らが、明るさと暗さとをいかなる身振りでうけとめるかを見てみなければならない。というのも、その行動がいかに広範囲な軌跡を描こうとも、彼らは結局のところは同じ地点にとどまり続けているのだから、あたりの風景にいささかの変化をもたらしうるものは、もはや光線の増減しかないからである。

# 第六章　明暗の翳り

## 菊人形、またはイニシエーションの儀式

菊人形を見に参りますという美禰子の端書に誘われるまま、そのいささかそっけなくもある文面をむしろ快く玩味しながら下宿を出る三四郎にとって、菊人形そのものがことのほか興味深い見世物であったりするはずはなく、彼が、「新調の制服を着て、光った靴を穿いて」いそいそと落合うさきの広田家を目指すとするなら、それは、そこで自分を待ちうけているだろう人たちが、美禰子はいうにおよばず、野々宮さんとその妹のよし子、そして広田先生といった顔ぶれであったからにほかならない。この四つの人影にそっと自分自身をまぎれこませ、他者の目には旧知の間がらと映りもしようさりげなさを装いながら、ごく他愛もない物見遊山にくりだすといっただけのことが、未知の甘美なる体験として『三四郎』の主人公の心をくすぐっていたであろうことは、作品の主要な人物たちがほぼ出揃ってしまったいま、誰にもたやすく想像できる。広田先生の引越しの折に、ほぼこ

れと同じ顔ぶれに囲まれる機会があったとはいえ、彼らとともに自分自身を人目にさらすことになるという意味で、三四郎にとっての菊人形見物は、いわば一種のイニシエーションの儀式とも呼ぶべきものだ。与次郎に、はしからはしまで引っぱり廻され、そのつど「どうだ」、「どうだ」と念を押されながらも何か物足らぬ思いが残った東京の街が、今日こそその表情を変え自分に親しく微笑みかけてきはしまいか。三四郎の心は、おおむねそんな思いにはずんでいたに違いない。だが、ここでわざわざ菊人形見物の挿話について語りはじめるのは、なにも、漱石の筆が直接分析しているわけではない田舎者の青年の心理を推察するためではない。そうではなくて、このイニシエーションの儀式が、漱石的空間ともいうべきものの基本的な構造と深く関わりながら、作中人物の心理を遥かに超えて、漱石の「作品」をかたちづくる言葉の磁場へと人を招き寄せているかにみえるが故に、この挿話を重視せずにはいられないのだ。それは、いったいどういうことか。

たとえばみんなが待ちうける広田家の庭に入ってゆくとき、三四郎は、そこに、自分ひとりが理解しえない言葉が謎のように飛び交っているのを認める。何やら、高い所だの地面に落ちて死ぬの、あるいは落ちて死ぬ価値があるの、それは残酷な事だのといった話題が野々宮と美禰子との間でしきりにとり交わされているのだ。この不可解なやりとりが、おそらく儀式の第一関門としてあるはずなのだが、四人は、その謎の答えを三四郎に告げることなく出発してしまう。彼は、横町を表通りへと遠ざかってゆく四人の後を追いながら、ある満足と不安とを憶える。

此一団の影を高い空気の下に認めた時、三四郎は自分の今の生活が熊本当時のそれよりも、ずつと意味の深いものになりつゝあると感じた。曾て考へた三個の世界のうちで、第二第三の世界は正に此一団の影で代表されてゐる。影の半分は薄黒い。半分は花野の如く明かである。さうして三四郎の頭のなかでは此両方が渾然として調和されてゐる。のみならず、自分も何時の間にか、自然と此経緯《よこたて》のなかに織り込まれてゐる。たゞそのうちの何処かに落ち付かない所がある。それが不安である。歩きながら考へると、今さき庭のうちで、野々宮と美禰子が話してゐた談柄が近因である。（『三四郎』・第四巻一二三頁）

ここで「三つの世界」と呼ばれているものは、すでに触れたとおり母親を軸とした「凡てが平穏」な故郷の世界であり、野々宮さんや広田先生が住まう「苔の生えた煉瓦造り」の学問の世界であり、「燦として春の如」き女性たちの世界であるわけだが、いま、いずれも「遠い」ものとしてあったその三つの世界の第一の世界から思い切り遠ざかろうとしている三四郎にとって、第二と第三の世界とが、明るさと暗さとの調和からなる同じ一つの人影として目の前に揺れていることに注目しよう。

影の半分は薄黒い。半分は花野の如く明かである。（『三四郎』・第四巻一二三頁）

そしていつしかその二つの影に自分を埋めこんでしまったかにみえる三四郎は、しかしまだ完璧な融合に達してはいない自分を感じている。「何処かに落ち付かない所がある」としたら、それは、明るさと暗さとを通底させる呪文めいた言葉の意味に、自分が通じてはいないからだ。明るさと暗さとが投げかけあっている謎めいた符牒を理解しえないからこそ不安なのである。高く飛びたくない人は我慢するまでだとか、安全で地面の上に立っているとか、女には詩人が多いとか、いったい何の話なのか。三四郎は、最後の一点で自分が暗さからも明るさからも排除され、拒絶されていると思う。結局のところは、「なに空中飛行器の事です」という「落語のおち」のような野々宮の一言で三四郎の疑念は解消するのだが、彼自身が加担する暇もないままその会話はついえさってしまう。暗さの言葉も、明るさの言葉も遂に口にしえなかったのだから、つまりは、この半分ずつの影のいずれにも三四郎は自分自身を発見できなかったわけで、その意味では、彼は明るさと暗さとの中間に、頼りなげに宙吊りにされていたにすぎないわけだ。「遠さ」との曖昧な関係しか見出しえなかった三四郎は、こんどはその「遠い」世界を彩どる光線の増減を前にして戸惑い、新たな曖昧さへと自分を放置するしかないのである。

菊人形見物が一種のイニシエーションの儀式であったとするなら、それは、不可解な符牒によって通底しあう明暗の二界を、同じ一つの人影として発見したからにほかならない。そこでは、ともに「遠い」世界の明るさと暗さがたがいに排斥しあうことなく、かえって親しい微笑すらかわしあっている。この発見が、いわば儀式の第二の関門の前に三四郎を踏みとどまらせるのだ。遥かな距離のむこうで通底しあう明暗の二界は、まるでそれが一つの世界であるかに三四郎を招きながら、触れようとする一瞬さきに解読しえぬ符牒へと変容しつくしてしまう。この変容に耐えること、それが儀式の第二の関門である。それはほかでもない、終ることのない試練そのものであろう。作品『三四郎』とは、実際、その全篇がどこまでも引きのばされてゆくイニシエーションの儀式にほかならない。そしてことは『三四郎』にとどまらず、あらゆる漱石的「作品」は、儀式の試練を遂にくぐりぬけることなく年老いてゆく、明暗二界の中間に宙吊りにされた存在たちの、凍結された疲労の物語である。この凍結された疲労は、ことによると人が漱石的「低徊」と呼ぶものと多くのものを共有しうる姿勢であるかも知れぬ。だが、いまは性急な断定を避けながら、終りなきイニシエーションの儀式に不可欠な幾つかの関門を、漱石的「作品」の空間構造との関係から吟味しつづけねばならない。それにはまず、全篇を通じて明るさと暗さの対極的な軸上を揺れ動く三四郎にとって、その明るさと暗さとが、決して心理的比喩にとどまりはしない点を確かめておかねばならぬだろう。

## 生誕と死、または絶対的明暗

世間の交渉を絶った学問の世界が暗く、異性たちが媚びをふりまく世界が明るい、というのであればことは簡単であろうが、漱石的「作品」の空間構造を律する対極軸としての明暗にはより微妙な陰翳の差が認められる。その最も顕著な対照は、いうまでもなく、物理的な光線の不在と氾濫とであろう。たとえば、理科大学にはじめて野々宮さんを訪れる三四郎のまわりでは、文字通り、「世界が急に暗くなる」のだ。そして、「夜になって、交通その他の活動が鈍くなる頃」でなければ始められない光学実験に従事する野々宮さんから、その「静な暗い穴倉」で過す冬の夜は「外套を着て襟巻をしても冷たくて遣り切れない」と説明されるとき、三四郎は、ここでの光線の不在が寒さと通じあっていることを実感する。やがて炎天下の地上にもどり、「穴倉の底を根拠地」として暮している野々宮さんの位置に自分を置いてみると、三四郎は「かつてない寂寞」を覚えずにはいられない。その「寂寞」を一挙にはらいのけるように、ほどなく美禰子として彼の言動を操作することになる一人の女性が、文字通りの光線の氾濫する中に、「まぼしいと見えて、団扇を額の所に翳し」つつ出現するのだ。この二人の登場人物を包みこむ舞台装置に投げかけられている照明の対照的なさまに注目しよう。「落ちかかった日が、凡ての向うから横に光を透してくる。女はこの夕日に向いて立っていた。三四郎のしゃがんでいる低い陰から見ると岡の上は大変明るい」と書かれているのだから、まるで美禰子のまわりばかりに光線が凝縮したかのごとき鮮やかな印象である。「この時三四郎の受けた感じは只奇麗な色彩だと云う事であった」と、漱石は女の衣裳の派手な色どりを伝えている。

この岡の上の明るさと穴倉の底の暗さとの対照は、たしかに冒頭から三四郎の行動半径を規制する対極軸をかたちづくっている。だが、こうして決定された物理的明暗の二極は、やがてさまざまな水準での異質の明暗に修正されて、漱石的「作品」の空間構造を支える明るさと暗さの何たるかを徐々に明らかにしてゆくだろう。その過程をやや図式的にたどってみるなら、次に問題とさるべきは比喩的な対極性である。つまり、ごく日常的な生活にまつわる雰囲気として、よし子は明るく広田先生は暗い。

たとえば、美禰子の華麗な鮮やかさに対してよし子の無邪気なふるまいを前にする三四郎は、「広い日当の好い畠へ出た様な心持がする」という。実際、いささか単調で翳りにとぼしく、人を迷わせることのまれな明るさの比喩がよし子についてまわり、「馬鹿とも思えなければ、我儘とも受取れない」その振舞いの屈託のなさは、とりわけ「兄との応対を傍にいて聞いて」いたりするときに強調されることになるのだ。こうした比喩的な明るさは、いうまでもなく、「偉大なる暗闇」と名付けられる広田先生の周囲に漂っている比喩的な暗さと対応しあっている。かなりの年にもなりながら妻君も迎えず、大学教授の職を夢みたりもせずにひたすら書物に囲まれて暮している先生のイメージは、実際、「偉大なる暗闇」の比喩にふさわしいと三四郎も思う。だが、作品『三四郎』は、この比喩的な明暗が、それぞれさらに異質の明暗二極へと分解しながら、明るさと暗さの豊かな変奏ぶりを示すだろう。暗さにつつまれて暮しているかにみえる広田先生の内面に、還元不能な本質的な明るさと暗さへの心的傾斜が潜んでいることを、彼はほどなくさぐりあてるだろう。たとえば、いまにも雨が降りだしそうな寒い日に三四郎とつれだって演芸会へと急ぐ広田先生の口から、不意に日本の芝居小屋の閉ざされた暗さへの増悪の言葉が洩れる。

「僕は戸外が好い。暑くも寒くもない、奇麗な空の下で、美しい空気を呼吸して、美しい芝居が見たい。透明な空気の様な、純粋で単簡な芝居が出来さうなものだ」（『三四郎』・第四巻二八七頁）

思いがけずこんな言葉を口にする広田先生が想い描いているのはいうまでもなく古代ギリシャの演劇である。「戸外。真昼間。さぞ好い心持だったろうと思う」と続けながら、透明な真昼の大気のような明るさへの欲求をアテネの劇場の構造の説明にかこつけて先生が語るとき、三四郎は、その言葉が喚起する明るさの印象がどこか「偉大なる暗闇」の比喩にふさわしくないと勘づいたのだろう。彼はただ「へえ、へえと感心している」ばかりだ。結局のところ、先生は演芸会の行なわれる薄暗い劇場には足を踏み入れぬのだが、この絶対的な明るさともいうべきものへの鮮烈なる夢は、書物に囲まれて生きる冴えない中年の独身者がまとうべき比喩的な暗さを垂直に貫き、ある逃れがたい絶対的な暗さを対極点に浮かびあがらせる。その不可避的な暗さとは、広田先生が「ハムレット」の文学的な比喩をかりて口にする先生自身の出生の秘密にほかならない。「例えば、ここに一人の男がいる」と広田はしきりに煙草をふかしながら三四郎に語りかける。

「父は早く死んで、母一人を頼に育つたとする。其母が又病気に罹つて、愈息を引き取るといふ、間際に、自分が死んだら誰某の世話になれといふ。子供が会つた事もない、知りもしない人を指名する。理由を聞くと、母が何とも答へない。強ひて聞くと実は誰某が御前の本当の御父《おとつさん》だと微かな声で云つた。――まあ話だが、さういふ母を持つた子がゐるとする。すると、其子が結婚に信仰を置かなくなるのは無論だらう」(『三四郎』・第四巻二八四頁)

この譬えばなしの真意を三四郎が充分理解しえたか否かを、作者漱石は明らかにしてはいない。この言葉もまた、引きのばされたイニシエーションの儀式にふさわしい謎めいた符牒として、三四郎の解読をこばむものであったのかも知れない。だが、漱石を読むものは、この絶対的な明暗の二極を手がかりとして、幾重にもつれあった明るさと暗さの糸が織りあげる漱石的空間の相貌をさぐりあてることができる。漱石的空間とは、方向だけはわかっていながらそこで自分の位置を確定しえない、明るさが同時に暗さでもあるような曖昧な中間地帯なのだ。決定的な明るさと暗さに触れること。それは、みずからの生誕と死との無媒介的な戯れにほかならない。ギリシャの野外劇場に氾濫しているはずの透明な明るさは、広田先生が無意識的に夢想する死のイメージというべきものであろう。この決定的な明るさを自分のものにすることは、生誕の暗さそのものを自分のものとすることと同様に、おそらくは生命と引き換えにしか実現しえない絶対的な危険を意味している。「危険い。気を付けないと危険い」。だからこそ、先生は明るさと暗さの中間に宙吊りにされた自分を耐えながら、「偉大なる暗闇」の比喩をうけいれるのだ。漱石を読むこともまた、この曖昧な宙吊りの状態をうけいれながら、明暗二極の間に作用する言葉の磁場に身をさらすことにほかならない。それはちょうど、「筆記をするには暗過ぎる。電燈が点くには早過ぎる」という「五時から六時まで」の「純文科共通の講義」の席で三四郎が体験した、明暗二界にまたがる曖昧な時間のようなものだ。五時と六時という両端の時刻ばかりははっきりしていながら、始まりと終りにはさまれた時間はいかにも漠然と漂いだして、意識はもはや自分自身を位置づけえないまま「暗闇で饅頭を食う様に、何となく神秘的」な持続へと埋没してしまう。漱石的「作品」の空間構造とは、この曖昧さそのものにほかならない。明るさが、そして暗さがどの方向であるのかはわかっている。しかし読むものは、いま、自分がどこにいるのかは定かではない。明るさと暗さとがいたるところで融合し、明るくもあり暗くもある世界がつきることなく拡がりだしてしまうからである。読むことは、その曖昧な地帯の彷徨を耐えることにほかならない。したがって漱石的世界には、余裕が可能にする低徊は存在しない。すべては猶予を禁じられた、せっぱつまった彷徨というべきものなのだ。

## 実験室と八番坑

作品の空間的構造という視点からすると、『坑夫』ほど漱石的な小説もまたとあるまい。素材そのものが他者の体験に根ざしているという意味でしばしば傍系的な作品とみなされている『坑夫』にあっては、実際その冒頭から、漱石的空間を特徴づける要素が一挙に意義深い統一性を顕示しはじめる。まず、主人公が確かに知っているのが、その歩む方向ばかりだという点が人目を惹く。「夜通しむちゃくちゃに北の方へ歩いて来た」というのだから、彼は、北のみを確信している。『坑夫』の直前に書かれた『虞美人草』で、「藤尾は北を枕に寝る」と記されたその北を男は目指す。まるで、藤尾の死の床からいきなり歩きはじめたように、彼自身は一直線に北に進んでいるつもりでいる。だが、あたりの松原の光景は、どこまで行っても「一向要領を得ない」。曖昧な中間地帯に踏みまどったまま、永遠に脱けだすことができないような気がする。

　この曖昧さが、漱石的空間を特徴づける第二の要素であることはいまみたばかりだ。しかも読むものは、この曖昧な中間地帯が、明るさと暗さの間に拡がりだしているさまをすぐさま知らされる。「日の照っている東京」を跡にした歩く男にとって、東京は「暖かな朗かな」世界であって、「おういと日蔭から呼びたくなる位明かに見える」。つまり、それは鮮明なまでに明るいのだ。そこから彼は、「只暗い所へ行きたい、行かなくっちゃならない」と思って遠ざかってきたわけだ。そこに、明暗の二極が姿を見せていることは、誰の目にも明らかであろう。だが、いま彼が横切りつつある世界は、明るくもなければ暗くもなく、ただ「漠々」と曇っている。「歩けば歩く程到底抜ける事の出来ない曇った世界の中へ段々深く潜り込んで行く様な気がする」のだ。「とても事に曇ったものが、一層段々暗くなってくれればいい」と念じつつも、曇天下の松林は尽きない。つまるところ、これから坑夫になるとも知らずに北を目指して歩き続ける男は、五時と六時の間を頼りなげに漂っていた教室の三四郎のように、「明るくなってくれず、と云って暗くもなってくれない」不得要領な世界に手足を捕えられたままなのだ。そうした意味で、『坑夫』の冒頭に語られている曇天の幽閉者の空間意識は、次に書かれることになる『三四郎』の空間的構造を凝縮したかたちで予言していることになる。漱石的「作品」とは、物語の筋やその背景、そして登場人物の表情や心理といったものを超えて、たとえば明暗二界の曖昧な融合という「主題」論的な統一によってたがいに緊密に結びあわされた言葉の磁場にほかならない。舞台装置や演技者の役割りの違いにもかかわらず、松林を歩きつづける男は、菊人形見物にでかける三四郎とまったく同じ構造を担った存在なのである。明るさと暗さの中間に吊りさがった曇り空の下の松林、いつ尽きるともなく曖昧に拡がりだす松林もまた、漱石的イニシエーションの儀式にふさわしい舞台装置というべきではないか。実際、『坑夫』の歩く男は、五時と六時の薄暗がりの中に閉じこめられた三四郎が「暗闇で饅頭を食う様に、何となく神秘的」な体験をしたように、この松林の中の茶屋で、「一昨日揚げた砂だらけの蠅だらけの饅頭」を、好きでもないのに三皿もたいらげてしまうのだ。神秘的とは、「餡も皮も油もぐいと胃の腑へ呑み下してしまったら、自然と手が又木皿の方へ出たから不思議なものだ」という不可解な食欲のことだろう。そして歩く男は、まるで喰べくらべのようにその食欲を競いあった相手の男の口から洩れる「君、儲かるんだぜ。嘘じゃない」という謎めいた符牒の反復に促がされて、徐々に自分を坑夫にしたてあげてゆくことだろう。曇り空の下の松林で食べる揚饅頭は、だから文字通りイニシエーションの儀式の一要素なのである。一緒に饅頭をたいらげたどてらをはおった正体不明の長蔵さんとやらの跡について、銅山を目指して歩きはじめるとき、松原の一本道は「さっきの長たらしいのに引き易えて今度は存外早く片附いちまった」のだ。

いま、『坑夫』における終りなきイニシエーションの儀式を、逐一跡づけている暇はない。ただ「暗い所へ行きたい」という歩く男の願望が銅山の坑道の底に、その心理的、肉体的な充足の場を発見したこと、つまり「娑婆に居ながら、娑婆から下へ潜り込んで、鉱《あら》塊《がね》土塊《つちくれ》を相手に、浮世の声を聞かずに済む」暮しほど自分にふさわしい状況はないと判断し、「頭から暗闇に濡れてると形容しても差支ない」地底にまでたどりついたとき、その寒さと湿りけと暗さにつつまれながら、「静な暗い穴倉」の研究室で光学実験に従事する野々宮さんを訪れた三四郎と同じ体験を『坑夫』の歩く男が演じているという点は指摘しておかねばなるまい。執筆年代からすれば『坑夫』が『三四郎』に先行しているから、より詳しくは三四郎の言動が歩く男の身振りを模倣しているというべきかも知れぬが、誰もが驚かずにいられないのは、彼らの体験が描く同一性である。

たとえば野々宮にすすめられて光線の圧力の試験に必要だという望遠鏡をのぞく三四郎の目の前には、一連の数字が動いてゆく。それは、明るさの度盛りの数字である。

　2が消えた。あとから3が出る。其あとから4が出る。5が出る。とう〳〵10迄出た。すると度盛がまた逆に動き出した。10が消え、9が消え、8から7、7から6と順々に1迄来て留つた。(『三四郎』・第四巻二七頁)

ジャン＝ジャック・オリガス氏によって、「この作品中、これほど短くて簡単な、ふざけた文章の繰り返しは、他に見られない。と同時に、これほど有効にアラビア数字を使った明治文学の作家はいないように思われる」(「夜の中の数字」、『國文學』昭和四十九年十一月）と指摘されたこの部分の数字は、しかし『坑夫』の坑道の闇の中で歩く男の意識を横切る日本文字の数字の脇に置いてみた場合、ふざけた調子とも、有効なアラビア数字の使用法とも異ったあるのっぴきならぬ漱石的空間へと読むものを閉じこめずにはおかない。「これがどん底だ」という八番坑の湿った暗闇に一人とり残された歩く男は、疲労のあまり「意識が稀薄にな」るのを感じる。「斯様に水平以下に意識が沈んでくる」状態こそ、明るい東京を捨てた自分の理想であったはずだ。それは「最も淡《うす》い生涯」のうちの「淡い喜び」ともいうべきもので、彼はこの状態が続く限り、満足し、嬉しさに浸っている。漱石が、その満足と嬉しさを数字で示している点に注目しよう。

> 意識を数字であらはすと、平生十のものが、今は五になつて留まつてゐた。それがしばらくすると四になる。三になる。推して行けばいつか一度は零にならなければならない。自分は此の経過に連れて淡くなりつゝ、変化する嬉しさを自覚してゐた。……所が段々と競り卸して来て、愈零に近くなつた時、突然として暗中から躍り出した。こいつは死ぬぞと云ふ考へが躍り出した。すぐに続いて、死んぢや大変だと云ふ考へが躍り出した。自分は同時に、豁《くわつ》と眼を開いた。（『坑夫』・第三巻六二七頁）。

意識を数字で計量するという着想が漱石の西欧的な教養と深い関連を持つものか否かはここでは問わずにおこう。そして、ただ、意識の濃淡が十からはじまって、五、四、三と徐々に低下し、遂に零へと接近しはじめるという体験が、理科大学の実験室で三四郎の目の前で変化するアラビア数字の目盛りの運動とあまりに類似している点に注目しよう。三四郎には理解しえなかった数字の意味を歩く男が豁然と理解したという違いはあっても、徐々に零に近づいてゆく数字のつらなりが、いずれも深さと寒さと湿りけとが強調されている地底の闇の中で主人公を不意撃ちにするという構造は両者に共通している。つまり、『坑夫』の「八番坑」と『三四郎』の「実験室」とは、曇天下の松林と菊人形見物がそうであったように、一つの「主題」論的統一をかたちづくっているのだ。松林と菊人形が漱石的空間の中間地帯と呼ぶべきものを表徴しているとしたら、八番坑と実験室とは、漱石的空間の一つの限界地帯を示す暗さとして、その対極構造の一端を明示することになるだろう。暗さとは、数字が零に接近しようとする危険な領域である。その危険は、アラビア文字であろうが日本文字であろうが変わりはしない。

数字の減少と危険の増大との相関関係という点からすれば、アーサー王伝説に素材をとった『幻影の盾』にもこれに似た例が見出される。この「霧深い国」のブレトンの騎士が「夜鴉の城」の娘に懸想する短篇は、その物語が夜の闇におおいつくされた暗さの中で進行するという意味でどこか「実験室」や「八番坑」と通底する雰囲気をもっているが、そこで戦いの日を待つウィリアムは、運命の瞬間の到来までに思いをかけた女への手紙を書きおえねばならない。「七日に逼る戦は一日の命を縮めて愈六日となった」。そのとき漱石が強調するのが数字の律儀なまでの減少ぶりなのだ。

> 五日目から四日目に移るは俯せたる手を翻がへす間と思はれ、四日目から三日目に進むは翻がへす手を故《もと》に還す間と見えて、三日、二日より愈戦の日を迎へたるときは、手さへ動かすひまなきに襲ひ来る如く感ぜられた。（『幻影の盾』・第二巻六九頁）

ここでの数字の使用法が『三四郎』や『坑夫』のそれとかなりの共通点を持っていることは誰の目にも明らかだろう。

だが、ここでことさら暗さと数字との関係に拘泥するのは、『三四郎』との秘かな連繋を指摘することによって、漱石の作品系列にあって『坑夫』がまとっている不幸な私生児性を救おうとするためではない。そうではなく、「作品」を作者の思想や小説的物語に還元することなく、あらゆる水準での異質なるものの共存を許す言葉の磁場にとどまりながら読むことに徹する限りにおいて、人はいつも、この種の予期せぬ驚きを驚く特権に恵まれうるという点を強調してみたいのだ。

## 水底と坑道

『坑夫』が、その直前に執筆された『虞美人草』の主要な人物配置を潜在的な出発点として持つという事実は、すでに多くの人によって指摘されている。歩く男がなぜ明るい東京を離れて北を目指すか。その理由は、「自分に対して丸くなったり、四角になったりする」一人の少女と、その少女の前で「自分も丸くなったり四角になったり」するさまを「恨めしそうに見ている」二人目の少女との「両立しない感情」を清算する必要を痛感したからである。第一の少女に藤尾の華麗な女っぽさを、第二の少女に小夜子の面影を認めることほど容易なはなしはなかろう。だからこそ、『坑夫』を、「北を枕に寝る」藤尾の死の床から真一文字に北を目指す小野さんの後日譚と読むことも充分に可能なのだ。さらにはまた、丸と四角の少女の延長上に美禰子を、そして恨めしそうな少女の延長上によし子を認めることも充分に可能なのだから、人物配置という点からすれば、『虞美人草』と『坑夫』と『三四郎』とを結ぶ類縁性の線は、一般に三部作と呼ばれたりする『三四郎』と『それから』と『門』とを結ぶ類縁性よりもさらに緊密なものだといえるかも知れない。だがわれわれは、物語の水準における「作品」の一貫性よりも、あくまで「主題」論的な統一に執着してみたい。そして、「主題」体系の上で『虞美人草』と『坑夫』とが交わしうる微笑に立ちあってみたいのだ。それには、改めて明るさと暗さの対極性に立ち戻らねばならない。というのは、明暗二界の曖昧な戯れを介して、『吾輩は猫である』から『三四郎』まで伸びる同質の暗さが視界に浮き上ってくると思われるからである。

『坑夫』の歩く男は、なぜ、冒頭から、明るい東京を離れて暗い北を目指すのか。その心理的必然は、いま物語の水準で確かめたばかりだ。だが、ここで問題なのは、漱石的「作品」としての必然である。その「作品」的必然の第一のものは、これもすでに見たごとく藤尾の死の床で口にされる「北」の一語にほかならない。その一語は、『薤露行』のランスロットが「後ればせに北の方へ行こう」という「北」とも通じあっているのだが、小説と呼ばれる言葉の磁場にあっては、虚構の人物のこれまた虚構の心理などよりも、言葉として露呈しているこの種の「主題」論的統一のほうが遥かに実質的な必然としての重みを持っているのだ。では、『虞美人草』には、『坑夫』の八番坑と共鳴しあう湿った暗闇を、言葉として「作品」の表層に刻みつけられているであろうか。

誰もが知っているとおり、『虞美人草』はある透明な明るさとともに始まっている。その明るさが「遠さ」と深い関連を示している点はきわめて興味深いが、叡山の登り口にさしかかって「汗ばんだ額を、思うまま春風に曝して」いる甲野さんと宗近君の頭上には、「無辺際に浮き出す薄き雲の倏然と消えて入る大いなる天上界」が拡がっている。この透明な明るさの印象は、その前景を横切る藤尾の衣裳の紫色によってときに絢爛と燃えあがりつつ、東京での小野さんの生活をも包みこんでいる。「小野さんは色相世界に住する男である」と漱石は書く。だが、「色を見て世を暮らす」小野さんは、華麗な色彩の氾濫するさなかに生まれたわけではない。漱石が「作品」の表層に暗さを刻みつけるのは、その生いたちを語ろうとする瞬間である。

　小野さんは暗い所に生れた。（『虞美人草』・第三巻六四頁）

「ある人は私生児だとさえ云う」という指摘は『三四郎』の広田先生の生誕の不幸と通じるものを持っているが、この暗さは、すぐさま湿りけと深い響応関係に入る。「水底の藻は、暗い所に漂うて、白帆行く岸辺に日のあたる事を知らぬ。……只運命が暗い所に生えて居ろと云う。そこで生えている。只運命が朝な夕なに動けと云う。だから動いている。――小野さんは水底の藻であった」。この水底の藻という比喩的イメージはつづいて坑道の比喩と結ばれて「主題」論的に一挙に『坑夫』との親近性を露呈するに至る。

　自然の径路を逆しまにして、暗い土から、根を振り切って、日の透る波の、明るい渚へ漂ふて来た。――坑の底で生れて一段毎に美しい浮世へ近寄る為には二十七年かゝった。（『虞美人草』・第三巻六六頁）

明るさと暗さとの対極性が冒頭から姿をみせているこの引用にあって、注目すべきはもちろん坑の底という表現であろう。問題は、「坑の底」の暗さから明るさへの上昇運動にほかならない。というのは、それが『坑夫』の歩く男がたどる明るさから「坑の底」の暗さへの下降運動と正確に対応しているからだ。『虞美人草』にあっては、上昇運動が暗示されているのみであるのに反して、『坑夫』にあって暗示されているのは下降運動の原因であり、「坑の底」の寒く湿った暗さへの運動の軌跡ばかりが詳細に語られている。『虞美人草』にあるのは、明るさの諸層ともいうべきものであり、寒く湿った暗さは「過去の節穴から覗」きでもしない限り視界に浮上することはあるまい。明るさと暗さのこの律義なまでの対応ぶりはどうであろうか。明暗二極のこの正確な対応関係を可能にするものが、漱石的「作品」の「主題」論的統一であることは、いうまでもあるまい。『坑夫』の歩く男が暗さを索めてひたすら北を目指すのは、過去の「節穴を覗く事を怠たる様になった」小野さんの怠惰によって視界から遠ざかった暗さを改めて捕捉しなおし、漱石的「作品」の空間構造の明暗のバランスを維持するという必然に促されてであるにすぎない。『三四郎』の広田先生の生誕をめぐる不幸な記憶が、ほとんど譬えばなしの気軽さで語られうるというのも、『坑夫』の北を目指す男の下降運動が、ある根源的とも呼びうる直線性をもって詳細に描かれているからである。『吾輩は猫である』の、「名前はまだ無い」猫が「どこで生れたか頓と見当がつかぬ」ながら、「何でも薄暗いじめじめした所でニャーニャー泣いていた事だけは記憶している」という冒頭の数行も、漱石的空間の対極構造にいかにもふさわしい指摘だと理解できる。また、「市蔵の太陽は彼の生れた日から既に曇っているのである」という『彼岸過迄』の一行も、不幸で複雑な生いたちと光線の翳りとの必然的な結びつきとして、対極構造の一貫性を証言しているといえるだろう。

いうまでもなく、あらゆる漱石的存在がその生誕を暗さの底に持つというのではない。発端としての暗さではなく、存在が徐々に馴れ親しんでゆく暗さもここできわめて重要な意味を持つ。たとえば、いささかも不幸な生誕の記憶を引きずっているわけではない『行人』の兄は、「雲が空に薄暗く被さった」ような日々を耐えねばならなかったし、『門』の宗助夫妻も、「夜が世界の三分の二を領する様」な生活をみずから背負いこんでいる。また、「私は暗い人生の影を遠慮なくあなたの頭の上に投げかけ」ますと予告して「倫理的に暗い」その内面を語りはじめる『こゝろ』の先生も、『行人』の兄と『門』の宗助の暗さをあわせ持っている。彼らは、「坑の底」を湿った暗さから明るい地表へとはいあがろうと足掻きはしないし、みずから決意して北を目指すわけでもなく、徐々に薄暗い寒さに感染してゆく。「靴ばかりじゃない。家の中まで濡れるんだね」と苦笑する宗助は、妻の御米とともに陽当りの悪い借家と穴のあいた靴によって、雨とぬかるみとを頼りなく避けようとするほかはない。また『行人』の兄の場合も、Hさんの手紙に読まれるごとく、「雲で包まれている太陽に、何故暖かい光を与えないかと逼るのは、逼る方が無理」というものなのだ。だから漱石的空間には、起点としての暗さと到達点としての暗さと同時に、天候のように、あるいは季節のように腰を落ちつけて居すわり、存在を徐々に日陰へと追いやってゆく暗さもが存在しているのである。それ故、いまはさしあたり、その幾つもの異る暗さが、漱石的空間の一方の限界領域を劃しているという点のみを記憶にとどめておくとしよう。

## 三つの明るさ

こうした数かずの異質なる暗さの共存に対応すべく、漱石的明るさが幾重もの変奏を演じていることはいうまでもない。すでにわれわれは、岡の上の夕日に向って立つ美禰子の華麗な明るさと、日当りの良い畠のようなよし子の単調な明るさと、ギリシャの野外劇場にみなぎる澄みきった明るさへの広田先生の夢とを『三四郎』において確めえたはずだ。この第一の明るさが画家の絵筆によってカンヴァスに定着され、「光線が顔へあたる具合が旨い。陰と日向の段落が確然して――顔だけでも非常に面白い変化がある」といった反応を惹き起すとき、華麗さは、「春を抽んずる紫の濃き一点を、天地《あめつち》の眠れるなかに、鮮やかに滴たらしたるが如き女」藤尾が身にまとう紫色の驕慢と相通じるものを持つことになるだろう。『虞美人草』の人目を惑わせる中心としての紫の衣は、明るさをも凌駕せんとする特権的な明るさ、華麗さにあきたらず華麗さから身を引き離そうとするほとんど狂暴といってよい明るさにほかならない。それは、みずからを超え過剰なる明るさに達せんとするものの狂暴な夢をはらみ持っており、一つの危険な符牒というべきものであるかも知れぬ。それに対して、第二の明るさは、自分自身に満足する従順な明るさ、受身の明るさであって、「硝子戸を開け放って、静かな春の光に包まれながら、恍惚とこの稿を書き終るのである」という『硝子戸の中』の最後にその反映を認めうるものだろう。実際、多くの漱石的「存在」は縁側に横になって陽光に身をさらしはするが、それは、太陽の運行と家の構造とに支配されたきわめて消極的な快楽であるにすぎないし、またその姿勢もきわめて日常的な凡庸さを露呈し、華麗さとはほど遠い。たとえば『吾輩は猫である』の苦沙弥が「偕老同穴を契った夫人の脳天の真中には真丸な大きな禿がある」ことを発見するのも日当の好い縁側のことであるが、漱石はその場所が決って相対的な明るさにすぎないことを強調する。

　主人は椽側へ白毛布《げっと》を敷いて、腹這になつて麗かな春日に甲羅を干して居る。太陽の光線は存外公平なもので屋根にペン〳〵草の目標のある陋屋でも、金田君の客間の如く陽気に暖かさうであるが、気の毒な事には毛布丈が春らしくない。（『吾輩は猫である』・第一巻一四五頁）

金田家の明るさと苦沙弥家の暗さとの対照は、すでに猫自身によって、「帰って見ると、奇麗な家から急に汚ない所へ移ったので、何だか日当りの善い山の上から薄黒い洞窟の中へ入り込んだ様な心持ちがする」というきわめて漱石的な比喩によって報告されていたものである。『門』の冒頭に語られている秋日和の縁側での肘枕の姿勢も、それと同じ構造におさまっている。廊下から座敷に入ると、家の残りの部分は、「庇に逼る様な勾配の崖が、縁鼻から聳えているので、朝の内は当って然るべき筈の日も容易に影を落さない」のだ。その崖の上の坂井家との対照で、宗助の家がたえず暗さと寒さにつつまれた空間として描かれているのはいうまでもない。「年は宗助夫婦を駆って日毎に寒い方へ吹き寄せた」といった按配に、この作品の至るところに、寒さ、湿りけ、淋しさ、暗さといった言葉がちりばめられているのだ。「植木屋が薦《こも》で盆栽の松の根を包んでいた」のを見る宗助は、自分も満足な外套がほしいと思うが、弟の小六の教育資金のことを考えればそれもはたせず、坂井がまとっている「獺の襟の着いた暖かそうな外套」を黙ってみているほかはない。つまるところ、日当りのよい縁側の暖かい明るさは、その背後に拡がる冷たい暗さを強調する役割りしか帯びてはいないのだ。

では第三の明るさ、つまりギリシャの野外劇場を吹きぬけてゆく透明な大気はどうであろうか。それは、『虞美人草』の冒頭で甲野さんと宗近君をつつみ込む「微茫《かすか》なる春の空の、底までも藍を漂わし」たさまと相通じるものがあろう。また、「余が心は只春と共に動いている」という『草枕』の画工の心境とも共鳴しあっているだろう。「あらゆる春の色、春の風、春の物、春の声を打って、固めて、仙丹に練り上げて、それを蓬萊の霊液に溶いて、桃源の日で蒸発せしめた精気が、知らぬ間に毛孔から染み込んで、心が知覚せぬうちに飽和されてしまった」という状況は、広田先生の西欧的教養とはいささか異質の東洋的語彙によって語られているとはいえ、「さぞ好い心持だったたろうと思う」という野外劇場の光景とどこかで親しく微笑しあうイメージだといえよう。そこにあるのは、世界に向ってその存在をありったけおし拡げ、その明るさと透明さとに無媒介的に合一せんとする意志である。それは『こゝろ』の鎌倉の海で先生とともに波の上に横たわる青年のまわりで、「眼の届く限り水と山とを照らしていた」強烈な陽光がもたらす無上の快楽への欲望でもあろう。欲望、意志というより、欲望や意志が存在を捉える以前に、欲望と意志の対象に存在が万遍なく融合しきってしまっているのを実感することの非人称的な快楽とでもすべきだろうか。実際、この第三の明るさは、比較の概念をある絶対的な明るさというか、それを現実に目にした者から明るさと判断する根拠をも奪ってしまうほとんど危険なまでの透明さにほかならない。それは、存在を垂直に貫き、生誕と死の条件を一瞬のうちに開示するまばゆい閃光のようなものだ。だからそのただならぬ気配を察知してか、広田先生はそれをほとんど不可能な夢として夢みるばかりだし、『虞美人草』や『草枕』の場合には、春霞の湿りけのようなものであたりの光景から輪郭の鮮明さをいささか奪うことが必要だし、『こゝろ』の冒頭にあっては、ほとんど無邪気といってよい青年の残酷な無意識が強調されねばならないのだ。いずれにせよ、主体と対象とがともに消滅しつくすことではじめて可能となる未知の澄みきった体験がそこに実現される。「則天去私」とか「自然」とか「無」といった漱石的な語彙が、思わず知れず人の口をついて出ようとしても不思議ではない何ものかが、その澄んだ大気のうちに潜んでいるかのようだ。実際、この透明さを前にすると、誰もが「自己抹殺」とか「死」とかの語彙をふと想起してしまう。

だが、漱石がこれほど言葉から遠ざかっている瞬間を、あえて言葉に従属させて曇らせるのは慎しもうではないか。ここに露呈しているのは、たんなる言葉としての明るさにとどまらず、言葉がそこで生成され消滅しもする危険なまでの透明さへの予感である。だからわれわれは、ただ、ひたすら透明さの領域に立ち戻らなければならない。透明さとは、とりもなおさず距離の計測を不可能にする差異不在の領域のことだ。それはどこにあるか。いうまでもなく、「作品」と呼ばれる言葉の磁場がそれである。言葉しかない世界。誰もが、一篇の小説を読もうとするからには、その言葉の磁場を通過するしかない。しかし、それが言葉しかない世界であるにもかかわらず、その言葉は「作品」たることのみに貢献するのではなく、みずからが言葉でしかないことののっぴきならぬ条件をも語ろうとして、自分自身の上にそり返る。そして、遂に完璧なるそり返しを果しえずに吐息をもらさずにはいられない。明るく澄みきった透明さとは、みずからの生と死の条件のみには触れえない言葉たちの、音としては響かぬ希薄な声なのだ。それ故、言葉の磁場の表層に刻みつけられているのは、決して言葉だけではないし、また意味だけでもない。そこには、遂に意味に触れることなく宙に吊られる言葉たちの、白熱した吐息が走りぬけてもいるのだ。もし「作品」が律義に対応しあった言葉と意味とからなっているとしたら、「菊人形」は決して「松林」ではないし、「実験室」も決して「八番坑」ではない。それらは、たがいに異った言葉として排斥しあい、背後に隠し持った異った意味によって相手を否定しつくすだろう。だが、「作品」と呼ばれる言葉の磁場にあっては、「菊人形」が「松林」と、「実験室」が「八番坑」と不意に親しい微笑を交わしあい、それを合図として両者が言葉としての自分を抹殺する。つまり、無媒介的に重なりあうことで透明さに徹するのだ。読むとは、この透明さから透明さへと存在を同化せしめる試みにほかならない。

## ダヌンチオの赤と青

「時々尋常な外界から法外に痛烈な刺激を受ける」という『それから』の代助は、「それが劇しくなると、晴天から来る日光の反射にさえ堪え難くなること」がある。そんなとき、彼は時刻にこだわらず横になり、「瞼を閉じて、瞳に落ちる光線を謝絶」して、枕元に置いた甘い香りの花に誘われて夢へと滑り落ちる。つまり、代助はギリシャの野外劇場を吹きぬける大気の透明さに耐ええない人間なのである。「八番坑」の湿った冷たさが、律義に減少しつつ次第に零に近づく数字の現存ゆえに、広田先生の夢想する野外劇場の対極に位置する絶対的な暗さとしての死の気配にみちた空間であったことを代助は本能的に察知しているのだ。だから、明るさを避け暗さを求めつつも、その暗さは「八番坑」の湿った冷い暗闇と同質のものではなく、水にさした芳香植物に似た淡い青さに近いものでなければならない。「海の底に立っている背の高い女を画いた」絵をみながら、「自分の頭だけでも可いから、緑のなかに漂わして安らかに眠りたい」とさえ思うのだ。

漱石的「作品」における「水底」の主題の重要さについて触れている暇はいまはないが、緑とか青といった寒色といわれる色彩への代助の執着は、明暗と深い連繋を持つ主題群の一つとして、見落すわけにはいかない。「沈んだ落ち付いた情調」は存在を包むはずだと彼は考えるのだが、それは、「ダヌンチオと云う人が、自分の家の部屋を、青色と赤色に分って装飾していると云う話を思い出した」からだ。この赤と青の対極性は、やはり漱石的空間の構造と深い関係を持っているだろう。

ダヌンチオの主意は、生活の二大情調の発現は、此二色に外ならんと云ふ点に存するらしい。だから何でも興奮を要する部屋、即ち音楽室とか書斎とか云ふものは、成るべく赤く塗り立てる。又寝室とか、休息室とか、凡て精神の安静を要する所は青に近い色

で飾り付をする。(『それから』・第四巻三七二頁)

自分を青の人間と信じきっている代助は、君子蘭の葉を剪って、切口に煮染む「緑色の濃い重い汁」の香りに惹きつけられ、「只不思議な緑色の液体に支配されて、比較的世間に関係のない情調の下に動いて」いたいと思う。だが、この緑の世界はたえず外界の刺激によって乱されがちであり、平岡の妻三千代との生活を決意する瞬間に、周囲のいっさいのものが赤一色に彩られてしまうことを読者は知っている。『それから』の最後でわれわれが立ちあうことになるのは、友人を裏切り家族との交渉を絶った一人の男が、「火の様に、熱くて赤い旋風」に煽られて「焦る焦る」とつぶやきながらあてもなく職さがしに家を出る姿である。すると「赤い郵便筒」が、「赤い蝙蝠傘」が、「真赤な風船玉」が、「小包郵便を載せた赤い車」が、「くるくると渦を捲い」て頭の中に侵入してくる。

　烟草屋の暖簾が赤かつた。売出しの旗も赤かつた。電柱が赤かつた。赤ペンキの看板がそれから、それへと続いた。仕舞には世の中が真赤になつた。(『それから』・第四巻六二二頁)

外界の刺激が最高度に達し、それに順応しえない頭脳が狂気に触れ合わんとする瞬間がこの赤の氾濫によって、象徴されているのは間違いない。だが、誰もが読み誤ることのないこの色彩の象徴性は、その対極に青を配置することではじめて漱石的「作品」にふさわしい構造におさまるのだという点を、見落してはなるまい。『それから』は「代助は自分の頭が焼け尽きる迄電車に乗って行こうと決心した」の一行で終っているが、それはいうまでもなく、三千代の不意の訪問にさきだつ午睡の折の、「あまりに潑溂たる宇宙の刺激に堪えなくなった頭を、出来るならば、蒼い色の付いた、深い水の中に沈めたい位に思った」と対応しあっている。赤さに囲繞されて焦げんばかりに熱を帯びる頭と、青い深さに浸りきって冷えてゆく頭。『それから』とは、赤さと青さの葛藤に耐えんとする一つの頭脳の物語である。そして、誰もが思い描くであろう炎と水といった二元論がここでなおも有効に機能しているとしたら、それはここでの赤と青との対極性が、明るさと暗さ、戸外と室内、光と影といった漱石的空間の構造の一つの変奏として姿を見せているからにほかならない。いうまでもなく、その双極軸の限界点にまで到達することは、漱石的「存在」にとっては途方もない危険を意味する。冷い暗さの底まで坑道を降下しながら「八番坑」にその肉体を放置せず、やはり東京へと帰りつくしかなかった『坑夫』の歩く男のように、彼らは極点に達しながらもそこで動きをとめることはないだろう。だから、『それから』の最後の一行に盛りこまれた赤さの極点への埋没の意志も、完璧な赤さからいずれは拒絶さるべき宿命を担っているのだ。事実、物語の上では代助のその後の運命を演じているはずの『門』の宗助は、赤さに焼け焦げた頭ではなく、湿気を帯びた暗い寒さにふるえる肉体を読むものの視界に浮かびあがらせることになるだろう。改めて繰りかえすまでもあるまいと思うが、漱石的空間とは、赤と青との双極の間に拡がる赤とも青ともつかぬ曖昧な領域であり、漱石的存在とは、もつれあう赤と青との戯れに埋没する男女なのである。そして漱石自身の文章体験もまた、明るさと暗さとをたえずからげるようにして進展する。実際、『虞美人草』で、謎の女と呼ばれる欽吾と藤尾の母親が宗近家を訪れ、「少し青味を帯びて、何だか、こう、夕方などは凄い様な心持」があるという浅葱桜だの荒川の緋桜だののとりとめもない話題から、夫に先立たれたことや欽吾が実の子でないといった話題へと移り、それとなく子供たちの結婚話をまとめあげようとするとき、漱石は、「謎の女の云う事は次第に湿気を帯びて来る。世に疲れたる筆はこの湿気を嫌う」と宣言する。そして「謎の女を書きこなしたる筆は、日のあたる別世界に入ってこの湿気を払わねばならぬ」とまで書いているのだ。彼にとって、書くとは、明るさと暗さとを交互に織りあげてゆく刺繡家の針の動きに似たものかも知れない。

## 赤い糸と紺の糸

謎の女の湿気を避ける漱石が選びとる日のあたる別世界に人が見いだすものは、奇しくも「床の前に縫物の五色を、彩と乱して、糸屑のこぼるる程の抽出を二つまであらわに抜いた針箱を窓近くに添える」糸子の裁縫する姿である。南に面した障子を開けはなって、あらゆる色の糸をからげてゆくこと。おそらく、それほどに漱石的な仕草はまたとあるまい。縫い糸を布にさしこんでゆくものは、布地が真赤になったり真黒になったりすることさえ避けていさえすればよい。赤糸を、あるいは黒糸を、さらには紫の糸を針に通そうと、縫物の全体が赤でも黒でもない色調におさまればそれぞれ充分なのだ。

糸子の前に陽を受けて抽出からあふれている糸屑は、読む者を『彼岸過迄』の敬太郎が訪れた占い婆さんの前へと導いてゆく。「常識があらゆる人に教える忠告」しか口にしない婆さんに向って、二つの道の二者択一を問いただすとき、相手は、どちらをとろうとまあ同じだと答えるなり、「先刻裁縫をしていた時に散らばした糸屑を拾って、其中から紺と赤の絹糸の可成長いのを択り出して、敬太郎の見ている前で、それを綺麗に縒り始めた」のだ。赤と紺の絹糸。それはいうまでもなく、ダヌンチオの赤と青の部屋とかさなりあうイメージである。

占いの老婆は、ほぼこんなことをいう。

「斯う縒り合はせると、一本の糸が二筋の糸で、二筋の糸が一本の糸になるぢやありませんか。そら派手な赤と地味な紺が」（『彼岸過迄』・第五巻八七頁）

ちょうど具合よく赤と紺とが一つに絡まっているからどちらを選んでも同じことだという老婆の絹糸の比喩に感心して、敬太郎はさらに問う。

「ぢや其紺糸を地道に踏んで行けば、其間にちら〳〵派手な赤い色が出て来ると云ふんですね」（『彼岸過迄』・第五巻八七頁）

紺地にちらちら赤い派手な色調が顔を出すような世界。それこそ、夏目漱石の文章体験の特質そのものではないか。と同時に、漱石的空間の構造も、漱石的「存在」の身振りもがそこに定着しているではないか。たがいに排斥しあうことなく相手を肯定し、その相互肯定によって自分を支える赤でも紺でもない糸の縺れ。それは、同時に明るくもあり暗くもある、五時と六時との間の純文科の講義室にただよっていた曖昧な光線でもあろう。漱石を読むことが、たがいにわかちがたくからみ合ったこの二つの糸を、赤と紺とに引き離す作業であってはならない。そうではなく、読むものは、明るさとも暗さとも断じがたい世界にどこまでもとどまっていなければならない。「世に住むこと二十年にして、住むに甲斐ある世と知った。二十五年にして明暗は表裏の如く、日のあたる所にはきっと影がさすと悟った」という『草枕』の画工にならって、人は、明の中に暗を、暗の中に明を読むべく漱石的「作品」の言葉の磁場にふみとどまらねばならない。そして、明るさに目を奪われているその瞬間に、自分が暗さそのものと交わしている無意識の対話に耳を傾ける必要があるのだ。『彼岸過迄』ではからずも探偵を演じ、謎めいた一組の男女を追跡する敬太郎は、料理屋の窓からもれる明るい光線に目をやりながら、実はあたりの暗さと親しい会話をかわしはじめていたのではないか。「今迄地面の上を照らしている人間の光ばかりに欺むかれて、丸で其存在を忘れていた此大きな夜は、暗い頭の上で、先刻から寒そうな雨を醸していた」ではないか。そしてこの寒そうな雨が「雨の降る日」の挿話を準備しているのだから、人は明るさと暗さとを同時に捉える瞳を鍛えあげねばならない。「要するに先生は私にとって薄暗かった。私は是非とも其所を通り越して、明るい所まで行かなければ気が済まなかった」という『こゝろ』の青年は、その明るさへの性急な視線によって先生を死に追いやりはしなかったか。

　明るさと暗さとを同時に捉えうる瞳を鍛えあげること。それは未決断の逃避でも、達観からくる余裕でもない。また、中庸の道を選ぶことでもない。それはむしろ、赤さの氾濫に頭脳が焦げる思いのする代助にもまして、狂気の淵の近くへと自分を送りこみ、そして「八番坑」の湿った暗がりで意識の零地帯への接近を実感する坑夫の青年以上に、親しく死と戯れることを意味しているのだ。人が漱石を繰り返し読みなおすのは、その心理的洞察や倫理的姿勢に惹かれるからではないし、ましてやその文明批判とやらに共感するからでも、物語に時の推移を忘れるからでもあるまい。そうではなくその「作品」が、言葉の余白、またはその陥没点といった地点へと人を誘ってやまず、そこで明がはらみ持つ暗と、暗がはらみ持つ明とを意味と言葉を超えて読めと強要しつづけているからだ。実際、文字通り『明暗』と題された一篇を宙吊りにしたまま消滅するといった芸当は、漱石のみに可能な狂気の身振りというほかはないものだろう。しかし、漱石のみに可能な狂気、という語句の意味をすぐさま例の発狂事件だの神経症だのといった、作家自身の伝記的事実や精神分析的な主題に還元するのはつつしまねばならない。たしかに『明暗』は作家漱石の死という動かしがたい事件によって中断され、終りを欠いてはいる。しかし漱石を読むものにとって、この宙に吊られた終りは、決して作者の死に起因する避けがたい宿命ではない。そうではなく、「作品」と呼ばれる言葉の磁場に一つの力学圏を形成している明るさと暗さとの対極構造が、その物語は終りえても、「作品」としての『明暗』は終りえないというまぎれもない真実を、作者に語り続けてきたことからくる必然として、この狂気の身振りが可能となっているのだ。つまり、漱石こそが、漱石的「作品」の磁力に忠実たろうとして、終りを宙に吊りつつ死ななければならなかったのだ。言葉が作者にではなく、作者が言葉に従属するというこの厳粛なる現実。そこには、いかなる神秘もなく、裸の言語体験が生なましく露呈している。この体験こそが漱石のみに可能な狂気にほかならない。漱石は彼が創造したいかなる作中人物にもまして漱石的「作品」に忠実な存在なのである。「作家」とは、この忠実さを実現しうる存在いがいの何ものでもない。そうした

「作家」がかつて存在し、しかもその言語体験の生なましさによっていまなおわれわれの生を刺激しつづけているという点が恐しいのだ。『明暗』は終りえない「作品」だと口にしているのは漱石その人ではなく漱石的「作品」の言葉たちだ。そしてその言葉を、作者漱石は存在の最深部において聞きとどけたのである。そんな事態を前にして、人はどうして脅えずにいられるであろうか。しかし、誰も、それに心底から脅えようとはしないのだ。なぜか。その理由は、言葉をめぐる漱石的な体験の生なましさは、きまって何ものかによって表層を蔽われ、むしろ狂気を排するかのごとく快い手ざわりの地肌として、読むことの生なましさをやわらげているからである。では、狂気を蔽うなめらかな表層とはなにか。いうまでもなく、漱石的な風景の前面を湿らせているこまかな水滴である。この水滴が、雨として、霧として、読むものの視線をなめらかに濡らしてくれるのだ。宙に吊られた読むものに、なお運動の錯覚を享受させるのも、この水の存在にほかならない。それ故まさにこの湿った表層と戯れてみなければならない。

# 第七章　雨と遭遇の予兆

## 濃密な水滴の拡がり

これみよがしにあたりの光景を浸しつくしているわけではなく、むしろ季節の推移を語り目前に拡がる風物を描写する筆のもとに慎しく身を隠しているかにみえる漱石の「水」は、しかし、いかにもそれが自分の生きる言葉の磁場にふさわしい事態だというかのごとき気取りのなさで、不意に、無数のこまかな水滴としてところかまわず形成されてしまう。それは、霞か烟を思わせる柔かさで視界を包むかと思えば、風に煽られる湿った砂粒のような激しさで人間と大地に襲いかかる。『二百十日』の阿蘇山腹の光景を思い出してみるまでもなく、「きのうの澄み切った空」を嘲笑するかのように、噴火の煙を溶かした黒い雨が、二人の青年を山頂とふもとの中間に閉じこめてしまうのだ。

濛々と天地を鎖す秋雨を突き抜いて、百里の底から沸き騰る濃いものが渦を捲き、渦を捲いて、幾百噸の量とも知れず立ち上がる。其幾百噸の烟りの一分子が悉く震動して爆発するかと思はる、程の音が、遠い遠い奥の方から、濃いものと共に頭の上へ躍り上がつて来る。(『二百十日』・第二巻五九九頁)

題名が告げている時期が時期であるだけに、この雨模様の阿蘇の風景は一つの自然描写として読まれ、賞味されることもできよう。『虞美人草』の冒頭で語られている叡山登頂の光景が、「菜の花を染め出す春の強き日」のもとに据えられていたように、ここで秋の雨が風景を湿らせて何の不思議もありはしないと人は思う。二百十日に近い日どりを選んで山に登ろうとすれば、阿蘇であろうが叡山であろうが、雨ぐらいは降ってもくるだろう。だから二人の青年が雨と烟りの中でたがいの姿を見失い、噴火の山鳴りに揺れる山腹の薄の原で下腹まで濡れそぼり、その一方が穴に転げ落ちたはずみに生爪を剝がしたと聞いてもそこに不運な登頂者の失敗譚を読めば充分だというかも知れぬ。事実、火山の山腹で雨に打たれる男たちの物語など、漱石にもそう沢山あるわけではない。

だが、たとえば『草枕』の場合はどうか。その冒頭で山道を急ぐともなく登る「余」もまた、阿蘇山の不幸な青年たちと同じ体験をしてはいなかったか。季節は春であり、歩く男はただ一人である。山腹をふるわせる噴火の轟音もここにはない。しかし山路を登る画工は無数の水滴にすっぽりとつつまれ、自分の位置も眼前の光景をも視界に捉えがたくなってしまう。

　煮え切れない雲が、頭の上へ靠垂《もた》れ懸つて居たと思つたが、いつのまにか、崩れ出して、四方は只雲の海かと怪しまれる中から、しと〳〵と春の雨が降り出した。菜の花は疾くに通り過して、今は山と山の間を行くのだが、雨の糸が濃かで殆んど霧を欺く位だから、隔たりはどれ程かわからぬ。時々風が来て、高い雲を吹き払ふとき、薄黒い山の脊が右手に見える事がある。何でも谷一つ隔てゝ向ふが脉の走つて居る所らしい。左はすぐ山の裾と見える。深く罩《こ》める雨の奥から松らしいものが、ちよく〳〵顔を出す。出すかと思ふと、隠れる。雨が動くのか、木が動くのか、夢が動くのか、何となく不思議な心持ちだ。（『草枕』・第二巻三九六―七頁）

　ここでも、歩く人をして何となく不思議な心持ちだと思わしめる雲に包まれた山の光景は、自然の描写としても充分念入りにできあがっている。『二百十日』の秋の雨の烈しさにくらべて、春の雨の烟るようなさまは、たしかにみごとに語られてはいよう。だが、ここで読むものを刺激するのは、雨そのものというより、ほとんど雲を思わせる濃密な水滴が視界をすっかり蔽いつくし、作中人物たちがその中をくぐりぬけてゆくといった姿勢が二つの作品に共通していることだ。雨と風に煽られつつ「血を流さない」「文明の革命」

を語る二人の青年は「右へ行っても、左りへ行っても、鼻の先にあるばかりで、遠くもならなければ、近くもならない」という山頂に達することなく引き返し、「茫々たる薄墨色の世界を、幾條の銀箭が斜めに走るなかを、ひたぶるに濡れて行くわれを、われならぬ人の姿と思えば、詩にもなる、句にも咏まれる」と思う画工たる「余」はその雨の彼方へと行きつくという違いはあるが、しかし彼らはいずれも、その濃密な水滴の向う側まで達すれば、そこに別の世界が存在すると信じているかのように、骨まで滲み通ろうとする雨に全身をさらしている。画工が「殆んど霧を欺く」雨にすっぽりと包まれて「夢が動くのか、何となく不思議な心持ちだ」と口にしているのは、水滴が支配する領野をくぐりぬけた後の世界の変容を本能的に察知していたからではないか。衣服を通して全身の膚にまといつく無数の水の粒子は、ことによると、自分自身の変容を可能にする儀式的な符牒であるかも知れぬ。

別の世界への入口で存在を迷わせる雲のような雨。変容の予兆としての雨のような雲。それは、「只暗い所へ行きたい」という欲求に衝き動かされて「日の照っている東京」を離れ、ひたすら「北」を目指す『坑夫』の「自分」が、長蔵さんとやらの後に従って銅山への道をたどる山中で、目的地に着く直前にくぐりぬけたものにほかならない。

自分は高い坂へ来ると、呼息《いき》を継ぎながら、一寸留つては四方の山を見廻した。すると其の山がどれも是も、黒ずんで、凄い程木を被つてゐる上に、雲がかゝつて見る間に、遠くなつて仕舞ふ。遠くなると云ふより、薄くなると云ふ方が適当かも知れない。薄くなつた揚句は、次第々々に、深い奥へ引き込んで、今迄は影の様に映つてたものが、影さへ見せなくなる。さうかと思ふと、雲の方で山の鼻面を通り越して動いて行く。しきりに白いものが、捲き返してゐるうちに、薄く山の影が出てくる。其の影の端が段々濃くなつて、木の色が明かになる頃は先刻《さつき》の雲がもう隣りの峰へ流れてゐる。すると又後からすぐに別の雲が来て、折角見え出した山の色をぼうとさせる。仕舞には、どこにどんな山があるか一向見当が附かなくなる。立ちながら眺めると、木も山も谷も滅茶々々になつて浮き出して来る。頭の上の空さへ、際限もない高い所から手の届く辺まで落ちかゝつた。長蔵さんは、

「こりや、雨だね」

と、歩きながら独言を云つた。誰も答へたものはない。四人《よつたり》とも雲の中を、雲に吹かれる様な、取り捲かれる様な、又埋められる様な有様で登つて行つた。（『坑夫』・第三巻五二八―九頁）

　この段落をあえて長ながと引用したのは、「こりや、雨だね」としか思えない濃い雲の流れに視界をさえぎられて方向感覚をあやういものにする『坑夫』の「自分」が、『草

枕』の画工や『二百十日』の青年たちとはまるで目的を異にしながら、渦捲き漂う水滴にすっぽりと身をまかせるという姿勢のみを共有しつつ、ある変容の予兆を滲み入る冷たさとして膚で察知している点を示したいからだ。雨のような雲の渦捲くさまは、たんにあたりの光景を絵画的に描写する細部であるにとどまらず、厚みをもった拡がりとして存在を前後左右から埋めつくしてしまう。したがって、『草枕』や『二百十日』の雨もまた、春や秋といった季節にふさわしい風物詩以上のある意義深い説話的機能を帯びているのではないか。厚く濃密な水滴の層をくぐりぬけること。それは、風景に湿り気を与えるにとどまらず、そこから距離や奥行きを奪い、すべてを表層に浮かびあがらせてしまう。であるが故に『二百十日』の二人の青年は道に迷うのだし、『草枕』の画工が夢を口にするのだし、『坑夫』の「自分」もすべてが「滅茶々々になって浮き出して来る」と思うのだ。だから、揺れ動く黒と白の濃淡模様を前にした漱石的「存在」を捉えるものは、季節につれて表情を変える自然の相貌ではなく、自分自身の生の条件にまつわる何かしら貴重な体験なのである。無数の水滴に犯されつつある存在は、そこで一つの始まりであると同時に一つの終りでもあるような瞬間の接近を感じとっている。ただ、その始まりと終りとが、定かならぬ視界のなかでどこまでも引きのばされてゆくかに思われるのだ。『二百十日』の阿蘇の山頂が「遠くもならなければ、近くもならない」ように、「自分は雲に埋まっている」という『坑夫』の場合も、「時計がないんで何時だか分ら」ず、「空模様で判断すると、朝とも云われるし、午過とも云われるし、又夕方と云っても差支ない」ほどあたりの光景は曖昧である。この「雲の中を迷って歩く連中」は、まるでそれを知らずにカフカかブランショの不可解な彷徨を模倣するかのように、濃淡の定かならぬ灰色の時空を身にまとったまま、どこまでも歩き続けてゆくかのようだ。

だが、ここでカフカやブランショとの類縁を強調しつつ漱石文学の前衛的側面を語ることは、意識の流れといった廿世紀小説の手法の実践家として『坑夫』の作者を評価するといった試みにおとらず意味のない話だ。問題は、濃い霞につつまれての無方向の放浪のうちに、何かしら象徴めいたものを読むことにあるのではなく、それが、小説と呼ばれる虚構の言葉の磁場で、意味を排したぶっきら棒なやり方で説話的持続を断ち切ろうとしているという点の確認である。まといつく無数の水滴は、漱石的「存在」に一つの変化をもたらす符牒、それも内面や裏側を欠いた生なましい符牒である。事実、『坑夫』の「自分」もそうした変化の接近にきわめて敏感である。朝とも夕暮ともつかぬ漠たる時間を雨に打たれつつ耐えている「自分」は、曖昧さの底で環境が蒙る不可避的な変容をこう表現しているのだ。

自分の精神と同じ様に世界もぼんやりしてゐるが、只一寸眼に附いたのは、雨の間から微かに見える山の色であつた。其色が今迄のとは打つて変つてゐる。何時の間にか木が抜けて、空坊主になつたり、ところ斑の禿頭と化けちまつたんで、丹砂の様に赤く見える。今迄の雲で自分と世間を一筆に抹殺して、此処迄ふらつきながら、手足丈を急がして来た許りだから、此の赤い山が不図眼に入るや否や、自分ははつと雲から醒めた気分になつた。(『坑夫』・第三巻五三〇―一頁)

長蔵が「やっと、着いた」と口にする以前に、「自分」は「愈到着したなと直覚的に」感得する。そこが、これまで耳にした記憶のない「シキ」という言葉が支配する世界であることを、「自分」は程なく体得するだろう。一つの始まりである終り。厚い水滴の層は、その始まりと終りの境界線を瞳から蔽ってしまう距離と奥行きを欠いた表層であったのだ。誰も、この湿った領域を自分自身として通過することはできないし、またその向う側では、世界はこれまでと同じ表情で微笑みかけることもない。水滴の厚い拡がりへと踏みまどうものは、その事実にことのほか鋭敏であるように思う。だからわれわれは、この水滴が無数の粒子となって空中を漂う曖昧な中間地帯で、漱石を不意撃ちしてみよう。そして、漱石的存在とともに、その湿った大気の冷たさにしばし身をまかせようではないか。

## 雨、遭遇と訣別の儀式

雨は、たえず霞か雲を思わせる烟となって視界を閉ざすわけではないし、山路で人を迷わせるとも限らない。東京にも、京都にも、その季節にふさわしい表情で降っている。そんなとき、あたりの湿った光景の向うにあるのは新たな土地、未知の世界ではなく、未知であったり既知であったりする人間たちである。漱石にあっては、雨が遭遇を告げる一つの符牒であるかのように、人と人とを結びあわせる。そして多くの場合、漱石的「存在」は、その遭遇によって後には引き返しえない時空へと自分を宙吊りにすることになる。

ある日小雨が降つた。其時彼は外套も雨具も着けずに、たゞ傘を差した丈で、何時もの通りを本郷の方へ例刻に歩いて行つた。すると車屋の少しさきで思ひ懸けない人にはたりと出会つた。(『道草』・第六巻二九一頁)

『道草』の冒頭に降るこの小雨が、「遠い所から帰って来て駒込の奥に世帯を持った」健三にとって決定的な遭遇を準備している事実はすでにみたし、また誰もが知っている。その思い懸けない人がかつての養父であり、彼が申しでる金銭的援助が、作品の全篇を通じて健三夫妻の精神的生活を暗い色調に染めあげることになる点を考慮すれば、この何でもない小雨の持つ説話論的機能の重要さはあまりに明瞭であろう。雨は、不吉な訪問者を誘きよせる小道具の役割を果しているのだ。この、雨と不吉な訪問者との漱石的な関係は、

「雨の降る日」と題された一章を持つ『彼岸過迄』を読んでみるとますますその緊密さをましてくるだろう。

『彼岸過迄』には、高等遊民を自称する松本と呼ばれる男が、「生憎寒い雨が降り出した」日に紹介状を持って訪れた敬太郎を、「雨の降らない日に御出を願えますまいか」と玄関払いをくらわせた事情が語られている。大学を卒業しながらしかるべき就職口がみつからず、学友須永市蔵の叔父にあたる田口から探偵めいた仕事をうけおい、高等淫売じみた女と松本との何やら仔細ありげな密会ぶりを敬太郎が観察し、報告する挿話がそれ以前に「停留所」、「報告」として語られているが、実はその密会の折にも雨が降りはじめているので、松本それ自身はかなり雨と関係の深い存在だといえよう。正体不明の男女が市電の停留所で落ち合い、洋食屋で長い食事をとっている間に、「大きな夜は、暗い頭の上で、先刻から寒そうな雨を醸していた」というのだから、敬太郎と松本の遭遇は、すでに雨によって媒介されていたと見ることができるのだが、やがて、女と別れた松本を追って乗り込む市電は、「窓硝子にあたって摧ける雨の音」につつまれて闇の中を走る。終点から、敬太郎は人力車に乗って遠ざかる男を、雨を透かして追うが、雨と暗さにまぎれてその姿を見失ってしまう。「敬太郎は車上に洋杖を突っ張った儘、雨の音のする中で方角に迷った」。

敬太郎は、雨の中に姿を消した松本を雨の日に訪問して面会をことわられたのだから、彼にとっての松本は依然として雨の向う側に身を隠し続けている。何故、雨が降ると面会を謝絶しなければならないのか。その理由を語るのは松本自身ではなく、その姪にあたる千代子である。彼女の話によると、「曇った空から淋しい雨が落ち出したと思うと、それが見る見る音を立てて、空坊主になった梧桐をしたたか濡らし始めた」というある秋の日に一通の紹介状を持って訪ねて来た客の相手をしている間に、松本の娘の一人が「ただ不思議というより外に云い様がない」唐突さで死んでしまったのだという。この挿話が、作者漱石自身の五女ひな子の死に題材をとったものである点はよく知られているが、ここで重要なのは、その突然の死の当日に現実に雨が降っていたか否かをめぐる伝記的事実の詮索にあるのではない。これまた作者の現実体験が色濃く滲みついている『道草』の思い懸けない人との遭遇が小雨の日のできごとであったように、物語の説話的必然が漱石的「存在」のまわりに冷い雨を降らせているという事実が問題なのである。そしてこの二つの作品にあっては、雨に導かれて視界に登場する不意の訪問者を迎え入れようとするものが、いずれも不幸の影を背負い込んで以前とは同じ状況を生きえなくなるという共通の構造をになっているのだ。

「固《もと》よりその人に出会う事を好まなかった」という思い懸けない人は、帽子も被らぬままに健三の前に出現し、「二人の間にはただ細い雨の糸が絶間なく落ちているだけ」という湿った風景の中で彼を不意撃ちする。その脇をすりぬけて家に戻ったものの、「とてもこれ丈では済むまい」という懸念にさいなまれ、事の仔細を妻に告げる勇気もない。その男は、「彼の不幸な過去を遠くから呼び起す媒介となるから」にほかならないが、その過去の不幸は、小雨の日の不意の遭遇によって、精神的にも肉体的にも健康をそこなっている妻とともに過す現在の不幸を深く結びあわされることになる。したがって、健三は、その小雨に包まれて演じられた不意の遭遇いらい、もはや引き返しがたい陰鬱な世界へと踏み込んでゆくわけだが、『彼岸過迄』の「雨の降る日」に松本が体験した不幸もまた、生ある存在によっては贖いがたい決定的なものである。暗く不幸な過去を現在へと投影する不意の遭遇と、まがりなりにも満ちたりた幸福な日常を暗く染めあげる原因不明の死。そこにはただ雨が降っていたからとしか説明しえない不条理な生の変容が語られている。だからこそ、高等遊民を自称していかにも余裕ある態度で人と接している松本も、「己は雨の降る日に紹介状を持って会いに来る男が厭になった」といささか迷信じみた見解を表明するほかはないのだ。雨の日の遭遇は、有無をいわせぬやり方で人を撃ち、理不尽な変容を強要するのである。

　雨と遭遇とをめぐるこうした漱石的関係がこの説話的機能を否定しがたい明瞭さとしてきわだたせているのは、おそらく『虞美人草』の最後をおいてはあるまい。そこでは、二つの決定的な別離が、登場人物の全員を捲きこんだかたちで雨に濡れつつ演じられている。決定的な別離とは、いうまでもなく藤尾の不意の死と、甲野の前触れのない家出である。だが、それ以上に、ここでは幾人もの人間が雨をついて俥を飛ばし、あらゆる地点での遭遇がめまぐるしく展開されている点に注目しよう。いささか大げさで芝居じみてもいる大団円といった感じの終幕で、「春に似合わぬ強い雨が斜めに降る」という雨だけが、遭遇と訣別とをめぐる説話的必然として、いかにも自信にみちたやり方であたりを湿らせているのはきわめて興味深い現象だといえる。すべては、漱石的な水滴の表情にふさわしく、終りであると同時に始まりでもある一つの変容として語られだしている。かつての恩人であった孤堂先生の一人娘との婚約を破棄し、藤尾とともに汽車に乗って遠出をするという約束が実行されようとしている日、小野さんは、それが「ルビコンを渡らねばならぬ」決定的な日であると充分に意識している。「賽は固より自分で投げた。一六《いちろく》の目は明かに出た」と彼は思う。だがこともなげにルビコンの河を渡ってみせたシーザーの傑出した英雄性とは縁遠い自分は、小夜子との関係の決定的な終りと、藤尾との関係の決定的な始まりとの中間に宙吊りにされるほかない。小野は、すでに数日前に孤堂先生から小夜子との結婚の意向を問われ、返答を曖昧にやり過しながら断ることのうしろめたさから友人の浅井に遠まわしな辞退の言葉を伝えてもらい、その代理訪問の首尾を待ちうけているのだが、いっぽう藤尾と大森に行く約束の時間も刻々と迫りつつもある。賽は固より自分で投げたにもかかわらず、彼は始まりと終りとをこの手でつかみえないでいるのだ。雨は、その曖昧な未決断にもっともふさわしい環境として、あたりの光景を湿らせる。そしてその雨をついて、「黒い幌を卸した」三挺の人力車が、別離を組織する遭遇を濡れた大地の上に雨をとおして結びあわせるのだ。

「小説はこの三挺の使命を順次に述べなければならぬ」と書く作者は、まず宗近の小野訪問から語りはじめる。宗近は、「やっぱり行く事にするか」と小野がつぶやく瞬間にその下宿へ「ぬっと這入っ」てきた。浅井から事情を聞かされている宗近は、自分も心を惹かれていないわけではない藤尾との仲を断ち、小夜子を嫁に迎えるのが「真面目な処置」であると小野を説得する。「僕の前で奇麗に藤尾さんとの関係を絶って見せるがいい、其証拠に小夜子さんを連れて行くのさ」。そして、「春には似合わぬ強い雨が斜めに降」り始めるのは、「雨が降っても行く約束」だった藤尾との待合せには出向くまいと表明する瞬間である。「空の底は計られぬ程深い。深いなかから、とめどもなく千筋を引いて落ちてくる」。即座に小夜子が呼ばれることになって手紙が「点滴の響の裡に認められ」る。作者は、あたかも雨の説話的機能を強調するかのごとく次のように書く。

　使が幌の色を、打つ雨に揺《うご》かして、一散に去つた時、叙述は移る。最前宗近家の門を出た第二の車は既に孤堂先生の僑居に在つて、応分の使命をつくしつゝある。（『虞美人草』・第三巻四〇二頁）

孤堂家にあるのは宗近老人である。孤堂は熱を出して伏っており、小夜子が氷嚢で看病している。老人は、その枕もとで、息子の小野説得の成果を待ちながら、事態がまだ絶望的でないさまを孤堂に語りきかせる。「――始めて御目に懸ったのだがどうか私を御信用下さい。――もう何とか云って来る時分だが、生憎の雨で……」。

まるでこの雨の一語が説話的持続を思いのままに操りうるかのように、次の一行が小野家からの吉報を孤堂家にもたらす。

雨を衝く一輛の車は輪を鳴らして、格子の前で留つた。がらりと明く途端に、ぐちゃりと濡れた草鞋を沓脱へ踏み込んだものがある。――叙述は第三の車の使命に移る。

（『虞美人草』・第三巻四〇五頁）

ぐちゃりと濡れた草鞋という表現があたりを湿らせる水滴の濃度をきわだたせていることの引用にあっても、雨が担う説話的機能はあまりに明確であろう。語り手に一つの場面を捨てて別の情景へと移行するのを許すものは、ほかならぬ雨への言及なのだ。雨の光景を描くというより、雨の一語を口にすること。それが物語に変化を導入する符牒であることはここに至って否定しがたい恒常性を獲得するに至る。第三の車に揺られているのは糸子であるが、彼女は甲野欽吾を宗近家へ迎えに行く。折しも、甲野家では突然家を出るという欽吾の言葉に驚く義母のとり乱した様子が語られている。欽吾の行動が信じられずに「出るって、御前本当に出る気なのかい」と呆然とする彼女に対する欽吾の態度には決然たるものがある。

「こんな雨の降るのに」
「雨が降つても構はないです」（『虞美人草』・第三巻四一〇―一頁）

この会話は、「兄が欽吾さんを連れて来いと申しましたから参りました」と宣言する糸子の出現に呆気にとられる義母によって、そっくり演じなおされている。

「だつて、こんな雨が降つて……」
「雨が降つても、御叔母さんは濡れないんだから構はないぢやありませんか」（『虞美人草』・第三巻四一五頁）

糸子の対応もまた、欽吾のそれにおとらず決然たるものだ。「所へ、雨の中の掛声がした」。宗近が、小野と小夜子を連れてきたのである。「雨の降るのに、まあ能く……」というのがせい一杯の義母に向って、宗近もまた、「能く降りますね」と対応する。その後に何が起ったかは誰もがよく知っている。それぞれに湿った外気をくぐりぬけて甲野家にほとんどすべての登場人物が集結したのだから、あとは新橋駅で小野との大森行きの約束をすっぽかされた藤尾が戻ってくれば、遭遇と訣別をめぐる漱石的雨の表情は完璧なものとなるだろう。

あとは――雨が降る。誰も何とも云はない。此時一輛の車はクレオパトラの怒を乗せて韋駄天の如く新橋から馳けて来る。

……………車は千筋の雨を、黒い幌に弾いて一散に飛んで来る。

…………降る雨の地に落ちぬ間を追ひ越せと、乗る怒は車夫の脊を鞭つて馳けつける。横に煽る風を真向に切つて、歯を逆に捩ると、甲野の門内に敷き詰めた砂利が、玄関先迄長く二行に砕けて来た。（『虞美人草』・第三巻四一八―九頁）

ここには、心理の分析もなければ外景の描写もない。あるのはただ、降り続く雨と、その厚く湿った層をくぐりぬける激しい運動ばかりである。その激しさは、幾重にも織りなされた雨中の訪問の線が、いまにも引きちぎられようとする瞬間を自分が演じようとするものの凶暴さとも呼ぶべきものだ。事実、自分の帰宅を待ちうけた者たちが、いずれも自分のもとを去る決意を共有していることを知った藤尾は、「ホホホホ」という「歇私的里《ヒステリ》性《せい》の笑」を「窓外の雨を衝いて高く迸」しらせることで自分を抹殺する。全身を化石のように硬直させ、「中心を失った石像の様に椅子を蹴返して」彼女が絶命するとき、人は、曖昧な関係をさらに曖昧化させてゆくことで成立していた『虞美人草』が、いまその曖昧を越えた地点に達しつつあることを生々しく感じとることだろう。新橋駅から自宅の門まで、藤尾はまるで自分の消滅を求めて雨の中をかいくぐっていたかのようだ。そして、雨が操作した幾重もの遭遇は、欽吾が甲野家を去り、藤尾が絶命する瞬間をそれと知らずに準備していたとしか思えない。『彼岸過迄』の松本にとってそうであったように、雨は、ある不条理な残酷さで人の生命を奪う。そのような雨を、作者が説話的必然として感じとっていたさまは、すべてが終った後で『虞美人草』の最後の一章を次のような一行で始めていることからも明らかである。

凝る雲の底を抜いて、小一日空を傾けた雨は、大地の髄に浸み込む迄降つて歇んだ。春は茲に尽きる。（『虞美人草』・第三巻四二三頁）

『虞美人草』は、「春の空の、底までも藍を漂わして、吹けば揺くかと怪しまるる程柔らかき中に屹然として」聳える叡山の光景ではじまっていながら、ひたすら雨に統御され、雨に操作された遭遇と訣別のドラマである。その事実は、後により詳しく述べることにしよう。いまはとりあえず、こう記しておくことにとどめよう。『虞美人草』と呼ばれる作品が、何をいわんとして書かれたかは明らかではない。だから、誰もが、多くのむなしい符牒をなげかけてその何かを読んだつもりにもなりうるのだ。だが、何かが書かれているのは明瞭である。言葉としての雨が、いたるところに書きつけられているのだ。

# 第八章　濡れた風景

## 水の女たち

雨と呼ばれる濃密な水滴を全身にまといつけて歩くこと。あるいはその厚い粒子の層を人力車の幌に隠れてかけぬけても事情に変りはないが、そうした体験は、漱石的「存在」たちを、ある決定的な変容の生起する時空へと埋めこんでしまう。しかし、その決定的な変容は、すでにみた『道草』や『彼岸過迄』、さらには『虞美人草』の終幕におけるがごとくひたすら不幸の影を宿した訣別の儀式としてあるわけではない。あと戻りの道をたたれた決定的な遭遇が、ある幸福の予感とともに準備されることもしばしばである。幸福、といってもその持続が確認されたわけではなく、ただ一時的な精神の解放感と官能の高揚であるにすぎないにしても、ある期待が漱石的「存在」の思考を未来に向けてははばたかせるような瞬間が雨とともに語られることもいたるところに読みうる現象だ。

たとえば『明暗』の終り近くで、吉川夫人から清子が湯治に行っていると聞かされた温泉場へと向けて出発しようとする朝の空模様は、『虞美人草』の場合に似て遠からぬ雨の到来を告げている。

「明る朝は風が吹いた。其風が疎らな雨の糸を筋違に地面の上へ運んで来た」の一行は、漱石的存在が踏みまどうにふさわしい環境を言葉そのものとして「作品」の表層に刻みつけているのだ。実際に雨が降りだすのは、同行を迫ってやまない妻のお延を説得して、津田が一人で列車の座席に身を埋めてからのことである。「先刻まで疎らに眺められた雨の糸が急に数を揃えて、見渡す限の空間を一度に充たして来る」というのだから、雨が、車窓の向う側に展開される自然の光景としてではなく、厚く湿った粒子の層として列車を蔽いつくしているさまはすぐに納得できる。それに続く雨をめぐる叙述は、『坑夫』や『二百十日』、あるいは『草枕』の冒頭にみられたものとほぼ同質の光景を読むものにゆだねている。

雨の上には濃い雲があつた。雨の横にも限界の遮ぎられない限りは雲があつた。雲と雨との隙間なく連続した広い空間が、津田の視覚を一杯に冒した時、彼は荒涼なる車外の景色と、其反対に心持よく設備の行き届いた車内の愉快とを思ひ較べた。（『明暗』・第七巻五八〇頁）

雲が視界を一面に蔽うという類似した状況にもかかわらず、津田は阿蘇山腹の青年たちのように直接水滴に犯されて道を見失うことなく、快く湿りけから保護されている。しかも、汽車が目的地へ着こうとするころには、雲の一角が風に吹き破られた恰好で、その「破れた穴から青い輝きを洩らしそうな気配を示し」てすらいる。雨を貫いて走る列車というイメージは、和歌山旅行の帰りの寝台車や、孤堂父娘の上京の夜汽車など、『行人』や『虞美人草』でも語られており、それぞれの説話的機能をめぐっては後に触れることもあろうが、ここではただ、車窓の外にたちこめている湿った水滴の層が、むしろ津田を外界から遮絶し、快い孤立へと導くものである点のみを記憶にとどめておこう。その快い孤立を、かつて曖昧に自分から去って行った清子とともに味わおうとしているのは、いうまでもないことだ。それ故、『明暗』の出発の日に降る雨は、津田を幸福なる遭遇、特権的な出会いへと導くものとして、いささかも不幸の影を宿してはいないのだ。

この湿った天候を列車に乗ってくぐりぬけた津田を待ちうけているのは、いわば水の変容とも呼ぶべき無数の水滴が刻々と表情を交換しあう戯れの世界である。そのありさまは、『草枕』の画工が「殆んど霧を欺く位」の雨をくぐりぬけた時空で体験したものと酷似している。「余」が足を踏み入れた世界は、水面を合掌して流れるオフェリアの幻想があり、烟のたちこめる湯舟があり、椿の花がぽたりと落ちる池があり、春の日のぬくもりが底まで浸み入ったかと思われる海が崖下に拡がり、舟が面白いほど滑る底の浅い川が流れている。いってみれば、それは遍在する水に支配された世界なのだが、その水辺には、そして幻想の中にさえ、きまって一人の女性が姿を見せる。もはや水滴は雲を思わせる濃い粒子として全景を蔽いつくしてはいないが、地面の窪みという窪みをなみなみと充たして、その淵へと女を誘き寄せ、その画家としての感性を湿らせるのだ。大気中に漂うことをやめた無数の水滴は、大地の陥没点という陥没点に群をなして流れこみ、その周囲を異性との遭遇の場に仕立てあげているのである。しかも念の入ったことには、その女性が画工の瞳に不意撃ちをかけ、詩的境地で無我の詩作にふけっていた姿を嘲笑するかに廊下を行きつ戻りつするとき、あたりには雨がかもされてゆくのだ。

花曇りの空が、刻一刻に天から、ずり落ちて、今や降ると待たれたる夕暮の欄干に、しとやかに行き、しとやかに帰る振袖の影は、余が座敷から六間の中庭を隔て、、重き空気のなかに蕭寥と見えつ、隠れつする。（『草枕』・第二巻四六一頁）

画工は、何ものとも知れぬその姿を追いつつ、あれこれ想像の世界を逍遥してみる。そのうちに、遂に雨が落ちはじめ、その湿った粒子の厚い層が、雲のように画工の視線を蔽ってしまうのだ。

女は又通る。こちらに窺ふ人があつて、其人が自分の為にどれ程やきもき思ふて居るか、微塵も気に掛からぬ有様で通る。面倒にも気の毒にも、初手から、余の如きものに、気をかねて居らぬ有様で通る。今度は〳〵と思ふて居るうちに、こらへかねた、雲の層が、持ち切れぬ雨の糸を、しめやかに落し出して、女の影を、蕭々と封じ了る。

(『草枕』・第二巻四六三—四頁)

女の影を蕭々と封じ了るという雨。後には那美さんと名前の知れる女は、冒頭に描かれる春の山路の光景がそうであったように、雨の向う側へと姿を隠すことで画工たる余を水とわかちがたく結びつけていたのだ。だとするなら、雲を思わせる雨をくぐりぬけて新たな時空へと踏みこんだはずの画工は、いまだに境界線を越えることなく、曖昧な灰色の世界に捉えられたままでいることになる。あるいはまた、あたりにたちこめていた濃い水滴の層は、それをくぐりぬけようとする漱石的「存在」を別の世界へと導きはせず、まさしく水の世界、水滴の支配する領土のさなかに宙吊りにしていたのだというべきかも知れぬ。さらには、「殆んど霧を欺く位」の雨の奥側には新たな世界など隠されてはおらず、ただ、「霧を欺く」雨の変奏のみが深さも知らずに戯れあっていたとでもすべきであろうか。いずれにせよ、『明暗』の出発の日の雨も、津田に水の変容との遭遇を約束していたが故に幸福な遭遇の予兆を漂わせることになるのだ。その事実を、津田のその後の足どりを追って確かめてみよう。

清子が、那美さんほど徹底して水に統御された女性でないことは明らかである。『草枕』の全篇は、うららかな春の陽ざしにもかかわらず、那美さんが操作する水辺の遭遇によって湿りきっている。それと比較してみたとき清子が水を弄ぶといった印象は遥かに希薄なのだが、それでいながら温泉地をめざす津田の周辺には、水が意義深い配置を示しはじめるのだ。彼が乗り換えた軽便が山あいの渓流ぞいに走りはじめるとき、その線路が仮橋のままで走っている事実を語る一人の老人の言葉が、「急に彼を夢の裡から叩き起した」。津田の想像力は、仮橋という言葉に触れ、たちまち水の氾濫する光景へと惹きよせられる。


本式の橋が去年の出水で押し流された儘まだ出来上らないのを、老人はさも会社の怠慢ででもあるやうに罵つた後で、海へ注ぐ河の出口に、新らしく作られた一構の家を指して、又津田の注意を誘ひ出さうとした。

「あの家も去年波で浚はれちまつたんでさあ。……」（『明暗』・第七巻五八七頁）

老人が語る去年の洪水の光景へと誘われる「彼の頭の中は纏まらない断片的な映像のために絶えず往来された」が、やがて、さまざまな連想のはてに、津田の思考は「是から行こうとする湯治場の中心点になっている清子に飛び移った」のだ。ここには、「車と共に前後へ揺れ出」す津田の心が、水の氾濫から必然的に清子へと移行するさまが明確に語られている。そして、「靄とも夜の色とも片付かないものの中にぼんやり描き出された町」が「寂寞たる夢」のように浮き上ってくるとき、彼は遂に水に操作された特権的な遭遇への準備が整ったのを実感する。「夢」の一語は、既に『草枕』の画工によっても口にされていたし、『坑夫』の「自分」が捉えられた何となく不思議な心持ちとも通じあっているだろう。だが、ここでは男の方がある不意撃ちを意識的に組織しようという決定的な違いがある。だが、果して不意撃ちは可能であろうか。

温泉に到着した以上、津田は当然ながら湯舟に身を沈める。だが、湯けむりの中に姿を見せるのは、清子ではない。『草枕』で白い裸身を同じ湯壺に沈めた那美さんの不在が、津田の期待をはぐらかす。そして、湯から上った津田は、長くもない宿の廊下で迷うのだ。人の気配のする場所が「凡て彼に取っての秘密と何の択ぶ所もなかった」と書かれているほどに、彼は方向感覚を失ってしまう。何でもない場所が不意に迷路じみた表情をまとうというのは、雲と雨に蔽われた山路がそうであったように、漱石にあってはある変容の予兆である。それで、不意撃ちが可能な環境が整ったというわけだ。ただ、欠けているのは濃密な水滴、水の氾濫である。水はどこにあるか。作者は、この瞬間を待っていたかのように、津田を洗面所の前に立ち止まらせる。そこには、水が、溢れんばかりに流れ落ちているのだ。

きら〳〵する白い金盥が四つ程並んでゐる中へ、ニツケルの栓の口から流れる山水だか清水だか、絶えずざあ〳〵落ちるので、金盥は四つが四つとも一杯になつてゐるばかりか、縁を溢れる水晶のやうな薄い水の幕の綺麗に滑つて行く様が鮮やかに眺められた。金盥の中の水は後から押されるのと、上から打たれるのとの両方で、静かなうちに微細な震盪を感ずるもの丶如くに揺れた。（『明暗』・第七巻六〇七―八頁）

絶えることのないこの水の汪溢。「水道ばかりを使い慣れて来た津田の眼は、すぐ自分の居場所を彼に忘れさせた」の一行が、山の湯治場の洗面所という何の変哲もない光景を、特権的な漱石的環境に変貌させている。「勿体ない」と思って手を伸そうとする瀬張のなかでは、「大きくなったり小さくなったりする不定な渦が、妙に彼を刺戟した」。不意撃ちが起るのは、その瞬間である。水の汪溢にその存在ごと惹きつけられていた津田は、いきなり人影を認めて眼を据える。それは、「等身と云えないまでも大き」な鏡に写った自分自身の影であったのだ。彼は、鏡の表面に何やら自分の幽霊めいたものを認める思いがして、それから目が離せない。落ちついたふりを装って「綺麗に自分の髪を分け」てみても、そこで凝視しあっているのが迷路の彷徨者であるには違いがない。そのとき、二階の廊下に足音が聞こえ、その足音が階段の上でふととまる瞬間に、思わず立ち竦む津田の視線は、清子の姿を「一種の絵」としてとらえるのだ。

その後の経過がどんなものであったかは、作者の死が言葉の連らなりを断ち切る瞬間までは誰もが知っている。ここでは、軽便の中で洪水のイメージが触発する連想が清子へとたどりついて終ったように、清子が豊かにあふれる水の前へと姿を見せているという点のみを強調しておこう。清子は、那美さんほど湿った存在ではないにしても、やはり水に支配された女性なのだ。列車の窓に保護されて濃密な雨をくぐりぬけた津田の歩みは、いま洗面所の溢れる水のかたわらで足をとめたのである。そこに、漱石的遭遇の特権的表情が認められることは、いうまでもない。雨と呼ばれる水滴の厚い層をくぐりぬけること。その仕草は、より豊かな水の汪溢へと漱石的存在を導いてゆくのだ。水は、どこまでも尽きることのない環境というか、表層であり続ける曖昧な中間地帯なのである。水にはその向う側というものがない。実際、その夜の津田は、「雨としては庇に響がないし、谿川としては勢が緩漫過ぎる」奇妙な水音に悩まされて眠れぬままに、「殆んど夢中歩行者」のそれを思わせる先刻の体験を幾重にも反芻しつづけるのだ。

## 雨と孤立

溢れる水は漱石的存在に異性との遭遇の場を提供する。しかも、そこで身近に相手を確認しあう男女は、水の汪溢によって外界から完全に遮断されてしまっているかにみえる。事実、「静中に渦を廻転させる水」のかたわらで、まるで人里離れた山中の霧の中ででもあるかのような孤立ぶりが見つめあう男女をとり囲んでいたではないか。世界は、一瞬のうちに遠ざかってしまったかのような闇と静寂とが二人を硬直させる。ことによると、その遭遇の場は、世界の中には見出しえないのかも知れない。

　男と女とを外界から孤立させるものとしての水。それはたとえば、『それから』の決定的な瞬間に代助と三千代の周囲に降りつづける雨としてその湿った表情をきわだたせるものであろう。世界は、すでに前日から「五月雨の重い空気に鎖されて」おり、夜中過ぎから降り出す強い雨に、「釣ってある蚊帳が、却って寒く見える」ほどだ。「湿っぽい縁側に立って、暗い空模様を眺め」ながら、代助は三千代を家に呼ぶ算段をめぐらせる。「今日始めて自然の昔に帰るんだ」と胸中で自分にいいきかせながら、たちこめる白百合の香の中で彼女の到達を待つ。

　雨は依然として、空から真直に降ってゐた。空は前よりも稍暗くなつた。重なる雲が一つ所で渦を捲いて、次第に地面の上へ押し寄せるかと怪しまれた。其時雨に光る車を門から中へ引き込んだ。輪の音が、雨を圧して代助の耳に響いた時、彼は蒼白い頬に微笑を洩しながら、右の手を胸に当てた。（『それから』・第四巻五五七頁）

ここには、すでにわれわれに親しいものとなった雨と遭遇をめぐる漱石的な光景が描かれている。前半の雨雲が低く渦捲くイメージは『明暗』の津田が車窓から目にしたものと同質の暗さと湿りけとをたたえている。雨を衝いて疾走する人力車の到着という後半のイメージは、『虞美人草』で幾度となく接してきたものに酷似している。だから読むものは、これからのっぴきならぬ関係の糸が結ばれようとしていることをもはや疑いえない。だが『虞美人草』の場合とは対照的に、ここではあらゆる登場人物が舞台から一掃され、代助と三千代だけが雨に包まれた座敷にとり残され、『明暗』の洗面所に似た状況がかたちづくられている。溢れる水にかわるものとして、空から真直に降る雨と渦を捲く雲が世界を濡らしている。

　雨は依然として、長く、密に、物に音を立て、降った。二人は雨の為に、雨の持ち来す音の為に、世間から切り離された。同じ家に住む門野からも婆さんからも切り離された。二人は孤立の儘、白百合の香の中に封じ込められた。(『それから』・第四巻五五九頁)

「僕の存在には貴方が必要だ」という言葉が代助の口から洩れ、「残酷だわ」と三千代が応ずるのは、こうした雨による孤立の中でである。おそらく、「存在」にしろ「残酷」にしろ、作品の背景となった時代にしてはいささか硬質な、翻訳口調を思わせるものを含んでいようが、この決定的な瞬間にとり交わされる言葉が何の摩擦もなく溶けこんでゆく環境として、降りやまぬ雨があるのだろう。

世界から切り離され、雨の中で孤立すること。そうした体験が水ともっとも密接な関係をとり結ぶのは、『行人』においてであろう。実際、二郎が嫂と和歌山の宿で過ごす一夜ほど、水に支配されつくした光景もまたとあるまい。妻の「節操を試す」という兄の異様な申し出に呆然としながらも、それとなく嫂をうながして和歌山の街を目指す電車へと二郎が乗りこんだとき、この義姉弟の頭上ではすでに雲が重く湿気をはらみはじめている。市内見物を口実に嫂を兄から遠ざけ、兄の懸念を晴らす目的で容易ではない会話を持とうとしている二郎は、「何時驟雨が来るか解らない程に、空の一部分が既に黒ずんでい」るのが気がかりでならない。「要領を得た如く又得ない如く、無暗に駆け」る車夫がいかにも曖昧に二人を乗せた人力車を茶屋の玄関前に横付けにしてからも、二郎は、肝腎な用件を切り出す瞬間を無限に引き伸ばそうとするかのように、天候ばかりを気にしている。「そんなに御天気が怖いの。貴方にも似合わないのね」という嫂の言葉に、「怖かないけど、もし強雨にでもなっちゃ大変ですからね」と応ずる二郎の前に、その気がかりな雨が「ぽつりぽつりと落ちて来た」のだ。

どこかの座敷から聞えてくる芸者が弾くのだろう三味線の調べとともに茶屋の座敷にと

じこめられる二人の心に、どんな思いが去来していたかを漱石は詳細に分析してはいない。嫂の心はひたすら外面に露呈される身振りとして、二郎のそれは決断を避ける曖昧な言葉として語られているに過ぎず、ここには『虞美人草』の小野や『それから』の代助のように、みずから賽を投げて緊迫した事態を誘きよせるものはいない。だが、事態は、雨とともに緊迫化する。というのも誰もが知るとおり、激しい風を伴った雨によって和歌の浦への帰途をたたれた上に電話線まで切断され家族との連絡をとる道もないまま、嫂と二人で和歌山の街に泊らざるをえない破目に陥るからだ。つまり『それから』の場合とは比較にならない徹底したやり方で、世間から孤立してしまうのである。しかも、家族を残してきた和歌の浦の旅館街が海嘯にさらわれる危険まで口にされる始末だ。彼らは余儀なく近くの宿屋で一夜を明かさねばならない。二人は、黒い幌の陰で雨に煽られる水滴を避けながら、周旋された宿へと俥を走らせる。雨をかいくぐって疾走する人力車。それは、既に何度も目にしたいかにも漱石的な遭遇の儀式を特徴づける光景だ。そして、その到着を待ちうけていたように消える電燈が、彼らをいっそう孤立させることになる。

二人は暗黒のうちに坐つてゐた。動かずに又物を云はずに、黙つて坐つてゐた。眼に色を見ない所為か、外の暴風雨は今迄よりは余計耳に付いた。雨は風に散らされるので夫程恐ろしい音も伝へなかつたが、風は屋根も塀も電柱も、見境なく吹き捲つて悲鳴を上げさせた。……四方共頑丈な建物だの厚い塗壁だのに包まれて、縁の前の小さい中庭さへ比較的安全に見えたけれども、周囲一面から出る一種凄じい音響は、暗闇に伴つて起る人間の抵抗し難い不可思議な威嚇であつた。（『行人』・第五巻五〇五頁）

この抵抗しがたい不可思議な威嚇のもとに二郎は自分を嫂から隔てている距離の感覚を失うに至る。「自分の傍にたしかに坐っているべき筈の嫂」から鼓膜に響いてくることを予期した声が、暗闇に溶け入ってしまったかのように聞こえないからである。「電気燈の消えない前、自分の向うに坐っていた嫂の姿を、想像で適当の距離に描き」ながら投げかける声に、彼女は「何だか蒼蠅《うるさ》そう」にしか応じない。二郎は、遂にその存在そのものが闇にまぎれてしまったかのような不安を憶え、「居るんですか」と口にする。「居るわ貴方。人間ですもの」と、嫂の言葉は大儀さと挑発の境を揺れ動く。「嘘だと思うなら此処へ来て手で障って御覧なさい」。

もとより二郎にその勇気はないが、雨に閉じこめられた二人が、ここでもっとも漱石にふさわしい遭遇を演じていることは誰の目にも明らかである。彼らは、同じ一つの部屋で蚊帳の中で蒲団を並べて寝なければならない。眠れない二郎が便所の窓からみるものは、濃密な水滴が荒れ狂う戸外のただならぬ黒さである。

今迄多少静まつて居た暴風雨が、此時は夜更と共に募つたものか、真黒な空が真黒いなりに活動して、瞬間も休まない様に感ぜられた。自分は恐ろしい空の中で、黒い電光が擦れ合つて、互に黒い針に似たものを隙間なく出しながら、此暗さを大きな音の中に維持してゐるのだと想像し、かつ其想像の前に畏縮した。（『行人』・第五巻五〇九頁）

紙巻煙草をくわえてみても、彼は落ちつきをとり戻しえないほど湿った雲の黒さに動揺している。

自分の頭の中には、今見て来た正体の解らない黒い空が、凄まじく一様に動いてゐた。夫から母や兄のゐる三階の宿が波を幾度となく被つて、くるり〳〵と廻り出してゐた。それが片付かないうちに、此部屋の中に寐てゐる嫂の事が又気になり出した。（『行人』・第五巻五一〇頁）

湿った雲の流れから洪水、そして異性へと、ここには漱石的存在にふさわしい想像の動きが明確に刻みつけられている。嫂とともに雨で外界との交渉を絶たれて一夜を過すこと。自分が兄に断った任務を余儀なく演じねばならぬこの状況は、途方に暮れるほかないものでありながらも甘美な体験でもある。と同時に底知れぬ深淵と向きあったような恐しさでもある。それは、自分自身の消滅につながる未知の予感のようなものだ。

恐ろしさと云ふよりも、寧ろ恐ろしさの前触であつた。何処かに潜伏してゐるやうに思はれる不安の微候であつた。さうして其時は外面を狂ひ廻る暴風雨が、木を根こぎにしたり、塀を倒したり、屋根瓦を捲くつたりするのみならず、今薄暗い行燈の下で味のない煙草を吸つてゐる此自分を、粉微塵に破壊する予告の如く思はれた。（『行人』・第五巻五一〇―一一頁）

外界を遮断し、孤立させる環境としての水。その水は、いまや崩壊と消滅の環境へと変容しつくしているかにみえる。事実、床の中で次第に興奮してゆく嫂もまた、「大水に攫われる」といった水の氾濫に身をゆだねることを夢想しはじめているからだ。「妾ゃ真剣にそう考えているのよ」と、嫂の言葉が二郎を嘲笑するように宣言する。「嘘だと思うならこれから二人で和歌の浦へ行って浪でも海嘯でも構わない、一緒に飛び込んで御目に懸けましょうか」。

汪溢する水に身をゆだねること。その漱石的意義については後に詳しくみてみるとしよう。ここでは、『行人』の嫂もまた、『それから』の三千代や『明暗』の清子におとらず、『草枕』の那美さんに似て深く水に犯された存在であることを記憶にとどめておこう。その記憶は、和歌山旅行を終えて東京へ戻った後も、二郎と嫂にまといついて離れないだろう。実際、家を出て独立した二郎のもとに思いがけなく彼女が訪ねてくる夜も、雨が降ってはいなかったか。「昼間吹募った西北の風は雨と共にぱったりと落ちたため世間は案外静かになっていた」という日の夕刻に二郎を不意の訪問で驚かせる嫂は、「只時を区切って樋を叩く雨滴の音だけがぽたりぽたりと響」く中で、その「白い指を火鉢の上に翳し」はしなかったか。そして彼女が姿を消してしまってからも、「静かな雨が夜通し降った」晩を、「枕を叩くような雨滴の音の中に」、二郎は「何時までも嫂の幻影を描い」て過しはしなかったか。「自分の想像と記憶は、ぽたりぽたりと垂れる雨滴の拍子のうちに、それからそれからと留度もなく深更迄廻転した」。

和歌山の旅荘を揺がせた暴風雨と、東京の下宿の雨樋を叩く静かな雨とは、ここに描かれている挿話の裏に作者の現実体験を透し見るにはあまりに濃密に視界を蔽いつくしている。生きられた体験、それも漱石個人にとっては殊のほか貴重な忘れがたい記憶が小説として言語化されたであろう可能性は誰も否定しがたいが、だがこうして「作品」から「作品」へと浸み入るように拡がってあたりを湿らせる漱石的な「水」は、われわれをより親密な水の戯れの舞台へと招かずにはおかないのだ。風景を濡らす厚い水滴の層は、まだその表情をことごとく人目にさらしたわけではない。

# 第九章　縦の構図

## 垂直の世界

鏡が池へと通じる熊笹に蔽われた道を踏みわけながら、木の枝ごしにその水面のみが見えている池が「どこで始まって、どこで終るか」の見当をつけようとする『草枕』の画工にとって、池とは、何よりもまずその表面が描く形態であるに過ぎない。彼は、池に近づいて行く人の常として、とりあえずその周囲がどんな輪郭におさまるかを確かめようとする。だが、画工は、程なく、大地の窪みにたたえられた水が、縦の世界にほかならぬことを発見するだろう。漱石における「水」は、それが池であれ、河であれ、あるいは海であれ、奥行きを持って拡がる風景ではなく、人の視線を垂直に惹きつける環境なのだ。思えば、雨すらが、厚みを帯びた水滴の層として存在を湿らせながらも、しばしば地上へと天から伸びる「糸」として描かれていたではないか。「二筋、三筋雨の糸が途切れ途切れに映る」と読まれるのは『虞美人草』であるし、「幾條の銀箭が斜めに走るなかを」と語られているのは『草枕』である。「余が茵《しとね》は天然に池のなかに、ながれ込んで、足を浸せば生温い水につくかも知れぬと云う間際」に腰をおろす画工は、その垂直な環境としての水を徐々に体得しはじめる。

画工の最初の仕草は、「眼の届く所は左迄深そうにもない」池の底を覗いてみることだ。この視線の垂直性は、しかしさして特殊なものではない。そこに「往生して沈んで居る」水草の成仏をいのるかのように、画工は小石を拾って投げる。重要なのは、大気と水とを垂直に貫くこの運動である。というのは、この石の衝撃につれて、画工の瞳は不意に日蔭に咲く一群の深山椿に惹きつけられ「見なければよかった」と思うからだ。それは「しらぬ間に、嫣然たる毒を血管に吹」きこむ「妖女」のように「人を欺す花」だ。「屠られたる囚人の血が、自ずから人の眼を惹いて、自から人の心を不快にする如く一種異様な赤」さに染ったその花が、画工の眼前でぽたりと水に落ちる。

また落ちる。あれが沈む事があるだらうかと思ふ。年々落ち尽す幾万輪の椿は、水につかつて、色が溶け出して、腐つて泥になつて、漸く底に沈むのかしらん。（『草枕』・第二巻五〇〇頁）

「崩れるよりも、かたまった儘枝を離れる」深山椿の花は、視線をその落花の運動によって上下の軸に限定した上で、こんどは見るものの想像を水底へと誘う。この縦の世界の運動は、「枕元を見ると、八重の椿が一輪畳の上に落ちている」という『それから』の冒頭の一行にも通じあっているわけだが、ここで重要なのは、椿の花それじたいではない。というのも、やがて出現する薪木運びの男から鏡が池の命名の由来を聞かされる画工は、椿の落下が描く垂直の軌跡の上を、虚無僧に懸想して鏡を手に身を投げたという女性の落下運動によってなぞりなおさずにはいられないからである。彼は、この池を画にするなら、縦の構図におさめねばならぬと合点するが、「岩の高さが一丈あれば、影も一丈ある」といった次第で画面にはおさまりがつかぬのである。では、如何に描くか。そうした思いに捉われる画工の視線が、無意識のうちに垂直の動きを見せている点に注目しよう。

余は水面から眸を転じて、そろり〳〵と上の方へ視線を移して行く。一丈の巌を、影の先から、水際の継目迄眺めて、継目から次第に水の上に出る。潤沢の気合から、皴皺《しゆんしゆ》の模様を逐一吟味して漸々と登つて行く。やうやく登り詰めて、余の双眼が今危巌の頂きに達したるとき、余は蛇に睨まれた蟇の如く、はたりと画筆を取り落した。（『草枕』・第二巻五〇六頁）

この不意撃ちは、いうまでもなく、「しなやかな体軀を伸せる丈伸して、高い巌の上に一指も動かさずに立って居る」水の女那美さんの「蒼白き」顔によるものだ。動きを奪われた画工の手が「はたりと画筆を取り落した」という表現をたんなる驚きを示す比喩として捉えるのはやめにしよう。われわれが惹きつけられるのは、落下する筆が描く垂直の軌跡そのものである。その垂直性をみずから演ずることによって、画工は、遭遇の場としての水辺が、空間を垂直に貫く縦の世界である事実を完璧に理解するのだ。すでに夕暮の廊下を行きつ戻りつして画工の視線を惹きつけた折にも、那美さんの存在はその手に握られた鉛筆を床まで滑り落させていたのだ。そしていま、「帯の間に椿の花の如く赤いもの」をちらつかせながらひそりと地上に飛びおりる那美さんの仕草は、漱石における水の女が、存在を垂直の世界に閉じこめて動きを奪うものであることを、身をもって示しているのだ。落下すること、あるいは取り落すこと。その垂直の運動もまた遭遇の一つの形態なのである。たとえば、鎌倉の海岸という水辺で演じられる『こゝろ』の冒頭の遭遇劇を思い出してみよう。「私」が「先生」とはじめて口をきく直接の契機となっているのは、浴衣についた砂を払おうとして振った瞬間に板の隙間から地上に落ちた「先生」の眼鏡ではなかったか。この振り落された眼鏡の挿話は、あらゆる精神分析的な接近をしりぞけながら、その運動の垂直性において『草枕』の鏡が池の深山椿のぽたりと落ちる運動と無媒介的に響応しあうことになるのだ。水辺に咲いた椿の赤さが那美さんを誘きよせていたように、落下する眼鏡もまた「私」と「先生」とを結びつける。しかもその新たな遭遇者たちは、二人して「海へ飛び込ん」でゆくのだ。落ちることは、だから水と深くかかわりあった運動なのである。そしておそらくは、遭遇と同時に遭遇の廃棄をも目ざす力学圏にその垂直の軸がはしっているのであろう。「嘘だと思うならこれから二人で和歌の浦へ行って浪でも海嘯でも構わない、一緒に飛び込んで御目に懸けましょうか」という、『行人』の嫂の言葉を二郎が「物凄」いと思うのも、「きっと浪の中へ飛込んで死んで見せるから」と「歇斯的里《ヒステリ》風なところは殆んどな」く口にされるその言葉が、垂直の世界を一挙に開示することになるからだ。とすれば、あまたの漱石的「存在」が雨と呼ばれる厚い水滴の層をくぐりぬけたはてに出合うべきものは、ときに那美さんと呼ばれ、あるいは清子、あるいは嫂と呼ばれもする具体的な一人の女性ではなく、そうした水の女たちが体現する垂直の力学圏というか、縦に働く磁場そのものだということになろう。雨の奥にあるかと見えた未知の世界、そこで他者との遭遇が可能であるかにみえた新たな領域とは、雨の雫そのものの生きる垂直の運動性にほかならない。そして、遭遇にふさわしい環境としての水は、大気中をみたす濃密な水滴であれ、大地の窪みに身を寄せあって池のごとき水たまりをかたちづくるものであれ、まるでそれが儀式に不可欠な仕草であるといわんばかりに率先して全身を濡らし、あるいは水面に瞳を向ける者たちを、天から地底へと上下に貫くすばやい運動へと誘っているのだ。そして、その縦に走る運動は、想像することも、思い出すこともできないが故に、人を惹きつけるのだ。想像し、思い出すことのできるものは、その運動の軌跡であるにすぎない。運動とは、現在として生きられることしか知らぬ存在と非在を超えた体験だからである。

ところで『草枕』の画工たる「余」は、『行人』の二郎がそうであるように、鏡が池をめぐってその垂直の運動をまだ自分のものとしてはいない。それが「身を投げるに好い所です」と聞かされる彼は、「近々投げるかも知れません」という那美さんの言葉に、まだ軌跡を描いておらぬ運動を未来に投影する。また、薪木運びの老人から、那美さんの家の「ずっと昔の嬢様」がその池に身を投げたと聞かされ、「鏡を懐にした女は、あの岩の上からでも飛んだものだろう」と過去の運動の軌跡を不在の記憶として蘇えらせてみる。つまり画工は、過去か未来としてしか運動を把握しえずにいるのであり、那美さんの存在は、画工を、現在へと誘き寄せているのである。漱石的存在は、だからあまたの水の女たちに向ってきわめて曖昧な、二律背反的な態度でしか応ずることができないのだ。女たちが現在へと誘うとき、彼らはきまって過去か未来へと逃れ、運動そのものを回避してその軌跡や予測図と戯れる。だが、それには充分な理由がある。というのも、現在として生きられる運動はきまって死への契機をはらんでいるからだ。縦の世界、垂直に働く磁力に身をさらすことは、とりもなおさず生の条件の放棄につながっているからである。水滴の厚い層をくぐりぬけること、そして溜った水の表面に視線を落すこと、それは未来と記憶とを同時に失うという代償なしには実現しえない身振りだ。漱石的存在とは、その危険を本能的に察知しながらも、水の手招きにはことのほか敏感に反応してしまう者たちなのである。この背理は、しばしば彼らに優柔不断な相貌をまとわせ、それが「低徊趣味」とか「余裕派」とかの言葉を神話化することにもなるのだが、しかし水の誘いに鋭く反応してしまうというのは決定的な事態なのだ。漱石的な優柔不断は、もっとも危険の近くあるもののみに可能な、せっぱつまった身振りにほかならない。実際、彼らがはじめから垂直の磁力に身をゆだねてしまっていたとしたら、漱石的「作品」などはありうべくもなかったろう。優柔不断は、人を生の条件の核心にまで導くきわめてあやうい均衡なのであり、危険にもっとも近いこの均衡から書くことが必然として導きだされることになるのだが、それは当面の問題ではない。ここでは、漱石的な垂直の世界をいますこし仔細にながめてみる必要がある。

## 無時間の転落

落ちること、落下のイメージの漱石的な意義については、これまでしばしば言及がなされており、その多くは、下意識の不安とか不吉なる記憶の浮上といった精神分析的な視点を支柱としている。なるほどそこには、作者漱石の実存的な怖れといったものが比喩的に語られているといった気配がないわけではないし、夢の世界との深いつながりも隠されていそうには思える。だが、かりに漱石が何かを怖れていたとしたら、それは陰惨な過去でも得体の知れぬ内面といったものでもなかろう。彼が本能的におびえつつも無意識に接近してしまう危険とは、現在として生きられるのっぺら棒な時間であろう。そこでは自分が自分ではありえなくなるだろう無方向の時間。過去と未来とが時間に属するのであるとすれば、もはや時間とは呼びがたい時間。生の核心にうがたれた死の、顔のない顔。漱石はその顔でない顔を見ることを怖れているのである。夏目漱石をとりあえず「作家」と呼ぶとするなら、それは彼が、時間でない時間、顔ではない死の顔のもっとも近くまで足を踏み入れた存在だからであり、彼がたまたま幾つかの小説を書き残したからではいささかもない。しかも漱石は、その危険への無意識の接近ぶりを、水が組織する遭遇として言語化し、そればかりか、その遭遇を廃棄する磁力の働きを、みずから現在としては生きないまでも、水の女たちの誘き寄せる垂直の世界として浮きあがらせてさえいる。時間から時間を奪うもの、それは存在を垂直に貫く現在の運動にほかならない。だから、落ちること、落下のイメージは水との深いかかわりのもとで考察される必要があるのだ。

たとえば鏡が池に落ちる深山椿の描写をめぐって、それが「不安と恐怖」に還元しえない何かを秘めている事実を指摘する越智治雄氏は、作者がくどいほど強調しているものが「時間の静止した状態、永遠の相」にほかならぬと書く。永遠の一語の使用にはいささか拘泥したくも思うが、花の落下が無時間的な世界を現出せしめるという読みは鋭い。時間は静止した、というより時間は自分自身の記憶を喪失したというべきであろう。「又落ちる。ぽたりぽたりと落ちる」という椿の花は、いつまでも落ち続けることによって、永遠とよばれる時を実現するのではなく、不断の現在から逃れえないからこそすさまじい眺めを構成するのだ。だから椿の垂直の運動は、現在を過去と未来とから絶ち切り、もはや時間とは呼べないのっぺら棒な顔に仕立てあげ、人目を惹きつけながらも怖れさせるのである。おそらく、「作品」と呼ばれるものが怖しいのも、それが永遠だからではなく、刻々更新される不断の現在として記憶を奪われているからであろう。だが、いまはそれを語るときではない。落ちること、落ちるイメージをいましばらく追ってみよう。

いうまでもあるまいが、漱石におけるすべての落下が、生の核心にうがたれた死の顔のない顔へと人を導きはしない。たとえば『坊っちゃん』の冒頭で語られている小学校の二階から飛び降りる挿話には、「親譲りの無鉄砲」の性格を強調する機能以上のものはこめられていないと思われる。また、『道草』に描かれている島田家での養子生活の記憶には落下のイメージが充ちているが、はじめてつれて行かれた芝居小屋の二階の勾欄の向うに稲荷鮨の弁当を落してしまったり、廊下から小便をしながら眠ってしまって転げ落ちたというできごとなども、とりわけ深い挿話論的な意義があるとは思われない。おそらく、里子に出された幼い漱石自身によって生きられた逸話なのであろう。だが、『坊っちゃん』や『道草』に語られている少年の日の無意識の悪戯を仔細に読んでみると、そこに描かれる落下のイメージがいかにも意義深い一つの統一性をかたちづくっているのが明らかになる。確かに、学校の二階から飛びおりるというのは無鉄砲な行動であろう。下女の清から「真っ直でよい御気性だ」と賞められる「おれ」の挿話が、冒頭から幾つも落下のイメージとして語られていることは、しかし、たんにその性格描写につきるものではあるまい。「命より大事な栗だ」という栗の木が庭のはしの菜園に立っていて「実の熟する時分は起き抜けに脊戸を出て落ちた奴を拾ってきて、学校で食う」という指摘には、すでに落下の主題への言及がみられるが、その栗を盗みにくる隣の勘太郎に対して与えられる制裁はその落下のイメージをさらに鮮明な輪郭のもとに浮上させている。栗泥棒の少年の頭がもみあっているうちに「おれ」の袖の中に入ってしまうので、「垣根へ押しつけて置いて、足搦をかけて向へ倒してやった」という。すると勘太郎は、みごとに落ちるのだ。

山城屋の地面は菜園より六尺がた低い。勘太郎は四つ目垣を半分崩して、自分の領分へ真逆様に落ちて、ぐうと云った。(『坊っちゃん』・第二巻二四二頁)

この何でもない悪戯も、漱石的な垂直の世界の磁力を環境として生きはじめているものにとっては、とても無関心に読みとばすことはできない。隣の庭が六尺がた低いという地形的な特質が、偶然であるとは思えないのだ。『道草』の芝居小屋のできごとにしても事情は変らない。彼は高い所にいたという指摘も、決して無償のものとは思えないのだ。

　彼は高い所にゐた。其所で弁当を食つた。さうして油揚の胴を干瓢で結へた稲荷鮨の恰好に似たものを、上から下へ落した。彼は勾欄につらまつて何度も下を覗いて見た。然し誰もそれを取つて呉れるものはなかつた。伴《つれ》の大人はみんな正面に気を取られてゐた。(『道草』・第六巻三九九頁)

正面に気を取られていたという大人たちの水平の視線に逆って、ひとり瞳を垂直に注いでいるという幼い健三は、すでにそれだけで充分すぎるほど漱石的であろう。しかも遂に自分のもとに戻ってはこない落下物が食べものであったという点で、この挿話は『坊っちやん』の栗とも深く響応しているとみられよう。いっぽう、用便中に廊下から転げ落ちる挿話にしても、「不幸にして彼の落ちた縁側は高かった」という指摘は、「大通りから河岸の方へ滑り込んでいる地面の中途に当るので、普通の倍程あった」という特殊な地形の説明とともに偶然とは思えない符合ぶりを示している。『坊っちゃん』の「おれ」も『道草』の健三も少年時代に垂直の世界を発見しているのだ。廊下から転げ落ちた挿話を、作者は人物の横着で我儘な性格の象徴として語っているのだが、ここで見落しえないのは、なぜか土地や建物が奇妙な起伏や上下の差をかたちづくっている舞台装置の中で、二人がともに転落という垂直な運動を体験しているという点だ。「おれ」は喧嘩相手を突き落し、健三は自ら落ちるのだが、二人はともに空間を縦に貫いたのちに、意識を失うほどの激しい落下ぶりを演じている。「真逆様に落ちて、ぐうと云った」隣の勘太郎もまた、「小便の上に転げ落ち」て「その後を知らなかった」という健三のように、一瞬にしても時間を喪失したに違いないのだ。この失なわれた意識が、存在を過去と未来の間に横たわる時間を絶ち切り、生の核心にうがたれた死の顔のない顔と向いあわせたであろうことは、すぐさま想像がつく。ことによると、誰もその行くえに関心を払おうとしない稲荷鮨のように、顔のない顔が支配する領域へと姿を消してしまったままであったのかも知れない。

廊下で用を足しながら眠りに引きずりこまれて地面に落ちたこと。それがかりに作者自身によって生きられた具体的な体験に基く挿話であったにしても、そこに漱石的世界の特質を露呈している点は誰の目にも明らかであろう。健三は、睡魔に襲われ、自分が体外に排出する水滴のつらなりが描く軌跡を正確になぞりながら、記憶の及ぶ圏外でその垂直の運動に一体化しているのだ。だから、『坊つちやん』と『道草』に姿を見せている少年時の記憶は、決して昔の出来ごと思い出ではなく、きわめて生なましい漱石的な現在と重なりあった経験だと理解しなければならない。実際、「おれ」の「無鉄砲」も健三の「我儘」と「横着」も、落下の垂直な運動を介して水と無媒介的に交わることになる。「おれ」が惹きよせられるのは田圃の井戸であるが、それは、「太い孟宗の節を抜いて、深く埋めた中から水が湧き出て、そこいらの稲に水がかかる仕掛であった」。地表に溢れる水、それはどこかしら『明暗』の洗面所を思わせる光景ではないか。だが、少年「おれ」の感性は、噴出する水を見ながら遭遇の予感におののいたりはせず、より積極的に水に働きかける。彼は、「石や棒ちぎれをぎゅうぎゅう井戸の中へ挿し込んで、水が出なくなったのを見届けて、うちへ帰って」しまうのだ。「勿体ない」と思わず「手を出して栓を締め」ようとして逡巡し、水の汪溢に意識をたちまぎらせてゆく津田の行動をまるで無駄な迂回だと嘲笑するかのように、少年の振舞いは徹底している。しかもその振舞いが、垂直に作用する磁力と何のためらいもなく戯れるものである点は注目に値いしよう。自分自身の家とともに落下し、濡れた地面に衝突して意識を失う少年健三のように、子供たちは大人なら目をそむけそうな過激さで垂直の視界を自分のものにしている。健三もまた、濁った池の底に緋鯉の影を認めれば、たちどころに釣竿を捏造してその影の動きを覗う。「誰も宅にいない時を見計って、不細工な布袋竹の先へ一枚糸を着けて、餌と共に池の中に投げ込」むのだ。それに対する水底の反応もまことに素早く、彼は、「すぐ糸を引く気味の悪いものに脅かさ」れる。「水の底に引っ張り込まなければ已まないその強い力が二の腕まで伝った時、彼は恐ろしくなって、すぐ竿を放り出した」。垂直に人を引き込むこの水底の力の発見は、それによって少年健三が漱石的存在となる重要な契機を構成する。「翌日静かに水面に浮いている一尺余りの緋鯉を見出し」、少年は「独り怖がった」。

　水の表面の魚の死骸は、確かにそれだけで不気味な光景であるとはいえ、あるいはことによると自分の肉体がそこに浮いていることもありえたのだという想像が、少年を不気味さで包んだのである。それこそ、垂直の世界にふさわしい不気味さではないか。縦に存在を貫く磁力を少年はほとんど現在として生きながら、すんでのところで磁場への埋没を放棄したのである。彼は、その先に、顔のない死の顔が浮かびあがり、記憶を持続の世界から無時間の領域へ越境させてしまうのだろうことを、本能的に察知したのであろう。多くの漱石的「存在」とは、この少年健三の成人した姿にほかならない。彼らは、水に惹かれながらも、縦に働く磁力に全身をゆだねることだけはためらっている。漱石的「作品」とは、そのためらいの形象化にほかならない。つまり、もはや時間とは呼べないのっぺら棒な現在をいかに体験するか。あたうる限りその現在に接近しながら、なお現在に支配されきっていない自分を何が正当化しうるかをめぐる試みとして、それは読まれなければならない。その意味で、漱石的「作品」は他者の遭遇をさまざまに変奏しているかにみえて、究極においては他者を徹底して欠いている。とはいえ、それはなにも、作者漱石が「自己本位」を生活信条として「社会」から超然としていたからではない。「社会」と交渉を持ち人間たちとの諸々の葛藤を耐えるぐらいのことは漱石でもやっているし、社会的不正を攻撃したりもしていないではなかろう。また、漱石が、「自然」を人間の上位に置いてそこへと向けて「私」を脱却したいと願っていたが故に、他者を欠いているわけでもない。そうではなくて、他者なるものが、生そのものにとっては徹底した虚構の概念にほかならぬが故に、漱石的「作品」は他者を廃棄せしめる磁場に自分を位置づけようとするのである。遭遇と呼ばれるものがそうであるように、他者もまた、抒情が捏造する生の回避の口実にすぎない。なるほど漱石的「作品」のいたるところで演じられているように、人と人とは遭遇するし、その出合いが摩擦や軋轢を生みはしよう。それが苦々しくも苛立たしい体験ともなれば甘美な記憶ともなりはしよう。しかし、そこで交わる他人たちとは、過去と現在と未来とを律義に連続させた抽象空間にしか住まっておらず、遭遇者を、その生の条件の核心にまで導きながら死の契機の前に宙吊りにするような事態には到らないのだ。だから彼らは、過去と未来を程よい距離のもとに一望しうる水平の磁場で平衡を保ちながら、次々に遭遇を繰り返している。そして、そんな出合いが可能であるのも、垂直に働く縦の運動に貫かれることを曖昧に回避しているからなのだ。幾つもの日々の出合いの中でとりわけ忘れがたい遭遇を特権化すること。「文学」がながらくこうした遭遇の特権化と戯れながら青春と折合いをつけ、失なわれた青春への抒情的な視覚を保護しつづけてきたことが、「作品」の神話的虚構化に貢献してきた事実に、人はもっと驚かねばならない。

かりに遭遇なるものがあるとしたら、それはいわゆる遭遇なるものとはいささかも似ておらず、記憶のうちであれこれ距離と重さを計量しながら一つの遭遇を特権化することを人に許すというそんな記憶を廃棄する狂暴なものでなければなるまい。真の遭遇は、比較と距離の測定とを無効にするはずのものなのだ。そして、漱石的「作品」が刺激的であるとするなら、それは、そこに読まれるあまたの遭遇を介して、遭遇の条件そのものが崩壊する瞬間の、現在の核心にうがたれた顔のない死の顔に対峙せんとする幾つかの必死の試みが、実践されているからである。しかもその実践は、きまって試みそのものを廃棄するものとして「作品」の説話的持続を鋭利に断ち切るのだ。たとえば『草枕』とは、いささか凡庸な文明論者の画家が、招きながらも逃げ去る神秘な女と遭遇し、その困難な迂回や逸脱の歩みのはてに、遂に那美さんをさぐりあて、同時に美的理想の境地を確保するまでの歩みではない。確かに『草枕』は、顔のみ欠いていた画家の理想的な絵画が、那美さんの顔に浮ぶ「憐れ」の表情に触れた瞬間に完成したごとく終っており、「余が胸中の画面はこの咄嗟の際に成就したのである」と結ばれてはいる。だが、それを、那美さんの「憐れ」と「余が胸中の画面」との遭遇と読んではならない。「憐れ」が女の顔に属し、「画面」が画工の「胸中」に属するものではなく、那美さん自身がそれに対しては徹底して無力でしかない「憐れ」が、画家自身がそれに対して徹底して無力でしかない「画面」と、どこでもない時空で不可視の遭遇を演じたのである。その二人の無力な存在は、垂直に貫く縦の磁力に不意撃ちされ、画家でありモデルであった記憶から解放されるのだ。過去とも、未来とも切断された現在としての解放。漱石が「咄嗟の際」と呼んでいるその瞬間を、意志を殺し私を離れたものの無心の勝利と勘違いするのはやめにしよう。無心たろうとすることは、抹殺すべき自己を温存するもののみに可能な生を回避する仕草の一つにすぎないのだ。どこでもない時空に生起する「作品」の垂直な運動は、私を離れんとする「私」も私を離れよと招く「他者」をも、ともに虚構として廃棄する力学にほかならない。「他者」であることを禁じられた女と、「私」であることを禁じられた男とは、まばゆく二人を貫いた絵を再現する手だてもないまま、とり逃した現在に犯されてたちつくす外はないであろう。まるで、「底は浅い。流れはゆるやかである」という「川幅はあまり広くない」流れの表層を、「面白い程やすらかに流れる」舟の運動に二人して身をまかせたことが決定的であったといわんばかりに、みずから垂直の運動を実現しえなかった無力を慰めあって、現在からゆるやかに遠ざかるのだ。

# 第十章　『三四郎』を読む

## 「森の女」＝「水の女」

『三四郎』のいかにも起伏にとぼしい物語を支えてきた説話的持続が、例の名高い「迷羊、迷羊」という声にならないつぶやきで閉ざされようとするとき、音としては響かぬそのつぶやきがあたりに幾つもの比喩的イメージを煽りたてそうになる一瞬さきに、美術展に出品されて評判をよんだ美禰子の肖像画をめぐって、「森の女という題が悪い」という否定的言辞が主人公の口から洩れている事実は誰もが記憶していよう。森の女という題が、悪い。それが、声として人の耳に聞きとげられる三四郎の唯一の反応であり、「迷羊、迷羊」はその内部に閉じこめられたまま音としては響かない。だが、奇妙なことに、人は内面で反芻される音にならないつぶやきに異様な興味を示し、そこに聖書学的な意味から明治末期の知識人が置かれた社会的位置への比喩を読みとらずにはいられない。そして、題が悪いという三四郎にはめずらしい明確な断定、それも否定的な見解の表明にはあまり関心を示そうとはしない。またしても、外面よりは内面が、そして顕在的なものよりは潜在的なものが選ばれてしまうのだ。読むものは、せめてあの軽薄な与次郎にならって、「じゃ、何とすれば好いんだ」と問うてみる必要がありはしまいか。もちろん「作品」は、物語の時間的継起の上でその問いかけへの答えを用意してはおらず、三四郎も「迷羊、迷羊」とつぶやくばかりで答えを言語化する作業をおこたっている。したがって『三四郎』が、一つの返答を曖昧に宙に吊って終っているかに見えるのも無理からぬ話だ。そこに一つの余韻が漂ってきもしよう。だが、この曖昧な余韻が重要なのでないことはいうまでもない。では、何が重要なのか。

たしかに人は与次郎と同じ軽薄さでなぜと問い、その問いが空虚な疑問符として宙に漂うさまを見ながらそこにいかにも漱石的な終りを認めることもできよう。『それから』から『門』へと語りつがれてゆく漱石的な物語は、いったん曖昧な終りかたをする必然があったはずだと人は納得する。だが、ここで説話的持続が断ち切られているとしたら、それは、主人公によって返答が宙に吊られているからではいささかもない。「作品」があらかじめあたりにちりばめていた無数の答えによって、問いかけそのものを崩壊させてしまっているが故に、三四郎の断定が宙を迷ってしまうのだ。『三四郎』は、「迷羊、迷羊」のつぶやきによって終るのではなく、なぜの一語を廃棄する「作品」自身の言葉の力学によって終るのだ。しかも三四郎には似つかわしくない否定的な断言を宙に迷わせる言葉の力学は、奥まったものかげ、人目には触れぬわずかな隙き間に身を隠した何ものかによって統御されているのではなく、「作品」のいたるところにあからさまに露呈されたあらかじめ準備された返答が、たがいに織りあげる表層の戯れとしてあることを、人は、いまや理解しはじめている。「森の女」がどうして美禰子の肖像にふさわしからぬ題名であるか、それはあまりに明白な現実であって、三四郎の否定的断定などをいささかも必要とはしない「作品」の力学にほかならない。いうまでもなく、それは「水」の一語があたりに波及させる表層的な、つまりはいささかも深層的ではない力学であり、その言葉の磁力を三四郎がたったいま理解したというわけだ。だからその否定的な断言は、いわば遅ればせの覚醒というか、誰もが知っていながらそれだけは言わずにおいた真実にほかならず、いわずもがなの一言だったのである。それを主人公が臆面もなく口にしてしまったからには、「作品」を支える説話的持続はもはや断ち切られるほかはあるまい。

なぜ「森の女」ではいけないのか。三四郎はその現実をふと思い出したのではない。彼に甦ったのは記憶ではなく、自分があらかじめ記憶を喪失していたという意識である。何ものがものめずらしい東京の街で美禰子に出逢ったとき、三四郎は、それが「水の女」である現実をあらかじめ忘れてしまっていたのだ。大学構内の池のほとりで偶然目にした瞬間から、彼女はきまって「池の女」として想起され、空想されもしていたというのに、それを「水の女」として記憶するみちを彼はあらかじめ断たれてしまっていた。そして題名の

「森の女」が徹底して欠いている湿った風土に不意撃ちされて、彼は自分の記憶喪失をはじめて意識するに至ったという次第だ。自分自身の胸中に頼りなげに揺れている絵画と、画家の目が捉えた美禰子の肖像との修正しがたい偏差に苛立つ自分を発見し、それをあの否定的な断言によって思わず言語化してしまったのである。「森の女」と「水の女」。決して重なりあうことのないこの二つの肖像画。それは教養小説的な青春の風土を超えた一つの決定的な発見である。にもかかわらず、あたりの人たちは彼が苛立つ距離の意識などありもしない虚構だといいたげに、「森の女」を題としてうけいれている。そしてそれが唯一の可能性だと素直に納得して、それをめぐって批評だの感想だのを語りあっている。どうして彼らは、「森」と「水」とをとり違えて平気でいられるのだろう。美禰子の表情の背後に、湿った大気の拡がりを感じとりはしないのだろう。おそらく彼らは、自分と同じ記憶喪失に捉えられているのであろうか。それとも、自分一人がその湿りけに敏感なのであろうか。そのことを確かめようとして、三四郎は改めて『三四郎』を読みなおそうとする。「森の女という題が悪い」という否定的な断言は、いわば「作品」を逆にたどりなおそうとするものの、時間遡行開始の合図にほかならない。だが、いうまでもなく「作中人物」は「作品」を読むことはできない。可能なことは、そこで説話的持続を断ち切るぐらいがせいぜいだろう。そしてあらかじめ奪われていた記憶への旅とはいわば「作品」がわれわれ読むものに託した一つの虚構をかたちづくることになろう。三四郎になりかわって

『三四郎』を読むものは、だから、その虚構こそを書き綴らねばならない。それがもはや『三四郎』とは呼ばれず、「水の女」と題されたどこにもない書物として綴られねばならぬ必然を、人は改めて口にするまでもあるまい。

## 湯舟と水蜜桃

熊本から東京へと旅する三四郎は、まだ何ものとも知れぬものとの遭遇の予兆として、二つの異質な「水」と戯れている。第一の水は、曖昧に同宿してしまう女とともに入浴する名古屋の宿の湯舟である。二人は雨に降りこめられたわけではないが、嫂に対する『行人』の二郎に似た三四郎の優柔不断な対応ぶりから連れの男女として一枚しか蒲団の敷かれていない部屋に案内されてしまう。いささか不潔な風呂場に逃れた三四郎が「こいつは厄介だとじゃぶじゃぶ遣っている」ところへ入ってくる女が、いきなり帯を解き出してしまうというところは、那美さんに不意撃ちされた『草枕』の画工を思わせる。もっとも湯烟りの中に浮きあがる女の白い裸身を風流と断じて賞味する余裕のない二十三歳の青年は「忽ち湯槽を飛び出」すほかはないのだが、すでにこの挿話のうちに遭遇の儀式が演じられていることはいうまでもあるまい。翌朝「あなたは余っ程度胸のない方ですね」といわれて虚をつかれた思いのする三四郎は、かたわらの蒲団に身を横たえる嫂が「大抵の男は意気地なしね、いざとなると」と口にするのを聞いて「この時始て女というものをまだ研究していない事に気が付いた」という二郎と同じうろたえぶりを示している。もちろん、ここで重要なのは、誰もが見落す気遣いもない『草枕』や『行人』と、『三四郎』との類似点の指摘にあるわけではない。それぞれの作品で異質の説話的機能を帯びている幾つもの類似が、「水」の主題と深く関わりながら、たんに入浴と呼ばれる日常的な習慣を、作中人物がそれと意識する暇もないままに、より濃密な湿りけの風土へと導いている点が重要なのである。

女と別れたその瞬間、事実、三四郎は第二の水にたちまち惹きつけられる。それは、列車の中で唯ひとり三四郎の存在に関心を示した髭の男にすすめられる水蜜桃にほかならない。第一の水はすでにあるただならぬ気配を漂わせてはいたが、第二の水は、みたところはごく平凡な、危険とはほど遠い果実であるかにみえる。「髭のある人は好きと見えて、無暗に食べた」という水蜜桃を、三四郎も二つほど食べる。この、湯舟から果物へと発展する水との戯れは、あたかも『明暗』の津田が山の温泉宿でたどった軌跡をそのままたどっているかのようだ。あるいはまた、すすめられる果物を食べながら「大分親密になって色々な話を始めた」という髭の男と三四郎との関係は、『坑夫』の冒頭で蠅だらけの揚饅頭を喰いながら親交を結んだ青年とどてらの男とのそれに似ていなくもない。だが、ここで興味を惹かれるのも、そうした状況の類縁性ではなく、髭の男が、一見御しやすい水と思われた水蜜桃が、途方もない危険をはらんだ果実である事実を、「桃の幹に砒石を注射して」、「その実へも毒が回るものだろうか、どうだろうかと云う試験をした」レオナルドの挿話を引きながら青年に語りきかせているという点だ。「危険い。気を付けないと危険い」のである。この危険は、しばしば形而上学的に、あるいは文明論的に解釈されているものだが、ここではあくまで、氾濫する危険もなく人の渇きを癒す果物の中に含まれた毒として記憶にとどめておきたいと思う。やがて三四郎は、病に伏っている折に、「水の女」がさしむける蜜柑の「香に迸しる甘い露を、したたかに飲」むことになるだろう。しかもその汁を飲みほしながら、「渇いた人」は、「水の女」の縁談がまとまったことを知らされるのだ。だから『三四郎』にあっても、甘い露にたわみきった果肉を体内に摂取するという仕草は、遭遇と別離とをともに統御する説話的機能を帯びているのである。名古屋で途中下車して乗りつがれる三四郎の汽車の旅は、『行人』の大阪と東京を結ぶ夜行列車のように雨の湿りけをかいくぐることはなくても、充分に水を含んでいるのだ。たなびく雨雲もなく、窓から降り込んでくる水滴がなくとも、あたりの光景はすでに湯舟と水蜜桃によって濡れそぼる気配を示している。東京へ学問をしに行くと信じて故郷を離れる三四郎は、自分が「水」に誘われ、やがては水辺へと誘いだされ、そこで決定的な遭遇を演じようとしていることに無自覚である。彼は、湯舟の女と水蜜桃の男とによって「水」の甘美な誘惑に身をまかせてしまっていないながら、その湿った記憶をあらかじめ奪われているかのように、すでに演じはじめている遭遇の儀式をそれと意識することもない。要するに、水に敏感であることが何なのかを知らないのだ。湯舟での水の招きには逃亡によって応じ、水蜜桃の男の水の危険をさとす言葉も、「東京へ着きさえすれば、この位の男は到る処に居るものと信じて」聞きながしてしまう。だが、これまで漱石的「作品」の相貌に親しんできたものにとって、この三四郎の無関心はとても人ごとと思えない。名古屋駅のプラット・フォームで別れた女は、三四郎が汽車の窓から首を出したとき、「とくの昔に何処かへ行ってしまった」というのだが、いったいそれは本当なのであろうか。

## 湯舟と池

いうまでもなく、東京での大学生活を始める三四郎は、「青木堂で茶を呑んでは煙草を吸い、煙草を吸っては茶を呑んで、凝と正面を見ていた」水蜜桃の男と再会し、やがてその人がらに惹かれてゆくといったような意味では湯舟の女と再見しはしない。たしかに彼女は「余っ程度胸のない方ですね」の一語によって「二十三年の弱点が一度に露見した様な心持」へと青年を衝き落したまま姿を消してしまいはする。だが、誰もが知っているとおり、この心持は、池のほとりで出逢った女と視線をかわしあった一瞬に、「何とも云えぬ或物」として改めて三四郎を惑わせることになる。「その或物は汽車の女に『あなたは度胸のない方ですね』と云われた時の感じと何処か似通っている。三四郎は恐ろしくなった」。この恐しさが湯舟の女を前にした戸惑いと通じあっていることはいうまでもない。

「女と云うものは、ああ落付て平気でいられるものだろうか」と、車中の三四郎は前夜の体験を反芻している。「無教育なのだろうか、大胆なのだろうか。それとも無邪気なのだろうか。要するに行ける所迄行って見なかったから、見当が付かない。思い切ってもう少し行って見ると可かった。けれども恐ろしい」。

三四郎は、なぜ、そして何を恐れているのであろうか。その答えは、一見、いかにも簡単なものに思われる。人生経験のとぼしいうぶな二十三歳の青年が、異性という未知の領域へと招かれながら、その門口で踏み込まずに立ち尽すときの、自分自身の無知を恐れていると人は答えもしよう。こちらを誘うかにみえて、いざ近づいて行ってみるとその相貌を無限に変容させながらこちらの無知を嘲笑する捉えがたい対象としての異性。三四郎はその変容ぶりを恐れているのだ。おそらく、その答えは、日常的な体験の次元で正しいものであろうし、作者漱石もそれ以上の意図をそこに含ませようとはしていないかにみえる。だが、三四郎になりかわって『三四郎』を読んでいるわれわれとしては、その恐れを、「水の女」の物語の中に位置づけてやらねばならない。そしてその試みは、決して恣意的な読み方ではないのだ。というのも、野々宮君の薄暗い実験室から明るい地上に戻った三四郎は、まるでそうすることが自分にもっともふさわしい場所だと本能的に知っていたかのように、池の傍へ来てしゃがんだからである。『草枕』で画工たる「余」が鏡が池のほとりへと誘きだされたように、彼は、無意識のうちに漱石における特権的な遭遇の場へ身を落ちつけたわけだ。三四郎は、画工と同様に池の水面に目を落とし、そこで縦に走る視線の運動を経験する。

三四郎が凝として池の面を見詰めてゐると、大きな木が、幾本となく水の底に映って、其又底に青い空が見える。（『三四郎』・第四巻二九頁）

ここには、空と水面と水底とを垂直に貫くあの漱石的な世界ができあがっている。その光景に見入りながら、かつてなく孤独で、寂寞を覚える三四郎は、また同時に、東京の街を活気づけている現実世界へと思考をめぐらせ、とりとめもない時空に漂いだそうとする。その瞬間、不意にその頰が赤味を帯びる。「汽車で乗り合わした女の事を思い出したからである」。この三四郎の突然の赤面は、名古屋の宿の薄暗い浴場と東京の大学の木立に囲まれた池とがたがいに通底しあっているさまを雄弁に証拠だてている。湯舟と池とが同じ水で結ばれているということ。それこそ、『草枕』の画工が鏡が池で体験した真実ではなかったか。そこには、きまって女が姿をみせる。事実、女が三四郎を不意撃ちするのは、彼が水ぎわにかがんで顔を赤らめた瞬間なのである。しかも、『三四郎』の池が位置する地形的な特徴が、何の前ぶれもなく青年の瞳をなぶるように出現する女の姿を、投身を演技する那美さんに似て高みに据えている点に注目しよう。

不図眼を上げると、左手の岡の上に女が二人立つてゐる。女のすぐ下が池で、池の向ふ側が高い崖の木立で、其後が派手な赤煉瓦のゴシック風の建築である。(『三四郎』・第四巻二九頁)

ここには、鏡が池の人影を排した神秘な雰囲気は漂ってはおらず、目に触れるのは二人の女だ。だがそのうちの一人は、足袋の白さを印象づける衣裳の派手な色調と、団扇をかざして夕陽を避ける仕草の優雅さとによって、一見して看護婦と知れるいま一人ときわだった対照をつくりだしている。三四郎は、ただ「奇麗な色彩」だと思い、その色彩に惹きつけられる。女は、青年の視線に追われるまま坂を下り、石橋を渡り、「水際を伝って此方へ来る」。女は小さな白い花を鼻にあてがい、伏眼がちに歩をはこびながら、それが演出にかなったやり方だといいたげに三四郎の目と鼻のさきで立ちどまって、頭上の樹を振り仰いでつれの看護婦と言葉をかわす。二人の視線が交わるのは、仰向いた顔が「日の目の洩らない程厚い葉を茂らし」た椎の木を離れる瞬間である。「其拍子に三四郎を一目見た。三四郎は慥に女の黒眼の動く刹那を意識した」と漱石は念を入れる。「この一刹那」の一語が鏡が池のほとりに画工を立ちすくませたように、この黒眼に触れて三四郎はほとんど自分を失っている。「其時色彩の感じは悉く消えて、何とも云えぬ或物に出逢った」。

この或物が、池の女と湯舟の女とを一つに結ぶ恐ろしさであることは、すでに述べた通りだ。

だが、『三四郎』における水辺の遭遇の儀式は、まだその小道具を完全に消化しきってはいない。「若い方が今迄嗅いで居た白い花を三四郎の前へ落して行った」という一行が伝える花の落下運動、それが鏡が池で画工の手から滑り落ちた絵筆の描く軌跡と一体化することによって、垂直の世界が完成されている点を見逃してはならないのだ。この花が宙を横ぎる縦の動きによって、東京の大学の庭を彩るごく他愛もない水の拡がりが、そのかたわらにとり残された存在を、肌にまつわりつく湿った粒子のたちこめるただならぬ環境へと変容させることに成功する。以後、池のほとりにかがみ込み、水面を視線でなでるというごく日常的な仕草が、三四郎には決定的な意味を持つことになるだろう。すでに大学から下宿へと戻る途中で、彼は「池の縁で逢った女」の記憶から逃れえない自分を発見する。野々宮君の家で入院中の妹の話を聞かされれば、「池の周囲で逢った女」のイメージが浮き上ってくるし、「頗る危険の」夢の中に出現しさえする。しかも、想像の世界にとどまらず、「池の女」は思いもかけぬ所で三四郎を不意撃ちする。野々宮の妹を病院に訪ねた帰りの廊下で、あるいは広田先生の引越しさきの庭で、女はまるで三四郎の遭遇を操作する術を心得ているとでもいいたげに、どこからともなく姿をみせて青年を当惑させる。「長い廊下の果《はずれ》が四角に切れて、ぱっと明るく、表の緑が映る上り口に、池の女が立っている」かと思えば、「庭木戸がすうと明い」て、「思も寄らぬ池の女が庭の中にあらわれ」たりもするといった按配なのだ。そのつど、何の心の用意もない三四郎に、女はごく丁寧な口調でものをたずねる。「一寸伺いますが……」、「失礼で御座いますが……」といずれも中止符で宙に吊られるその問いかけは、しかし男の返答によって自分の無知を充めようとするより、男も自分も知っていることがらをたがいに確かめあおうとするための口実であるかに響く。あるいは、口にしていることがらとはまるで別の何かを求めようとするものの、装われた鄭重さのようでもある。いずれにせよ、それは招く仕草をそれとさとらせまいとする高度な誘いであることに間違いない。しかし、それに応ずる術を知らない三四郎は、聞かれたとおりのことがらを律義に答えるばかりだ。『三四郎』の物語は、この律義な返答によって青年が遭遇を回避しつづける身振によって進展する。つまり女はいたるところに水を配置し、その近くへと男を誘いだしながら、男は水の遍在性を信ずることができない。池の水が氾濫するとは思ってもみない三四郎は、女を「池の女」として記憶の絵画に閉じこめようとするかのように、美禰子が彼を不意撃ちするたびに、その姿を画布の四辺型の上に想像する。「透明な空気の画布の中に暗く描かれた女の影」と書かれているのは病院の廊下での遭遇の場面だし、広田家の庭さきでは、会釈する女の顔を「悉くヴォラプチュアスな表情に富ん」だグルーズの画と比較せずにはいられないのだ。いうまでもなく、『三四郎』は『草枕』とともに絵画に重要な役割を演じさせようとする小説だ。だが、ここで注目したいのは、絵画の主題そのものではない。美禰子を、「池の女」として記憶の絵画に閉じこめずにはいられない三四郎が、まるでそうすることで、危険であるはずの水を容器に注ぎ、統御しつくすとはいわぬまでも、氾濫の恐れを一時的に回避しているかにみえる点が興味深いのだ。だが、漱石にあって容器におさまった水すらが危険なものである点はすでにみた通りだ。事実、女は「池の女」と青年が呼ぶ絵画からゆるやかに離脱し、徐々にあたり一面の光景を湿らせてゆくだろう。そして、その湿りけに敏感なのは、水蜜桃を食べながら何度も「危険い」とつぶやいた広田先生を別にすれば三四郎ひとりでありながら、彼は湿りけなるものの記憶をあらかじめ奪われている。だから『三四郎』はその記憶がいかに回復されるか、というよりあらかじめ失なわれていた記憶が主人公にどのような回避の身振りを演じさせたかをめぐる記憶として読まねばならない。あるいは、湿りけの何たるかを知らぬ存在が、なお湿りけと深く戯れてしまう残酷な物語としてもよい。だが、『草枕』の舞台が設定された山間の温泉まちならいざしらず、東京と呼ばれる都会を湿らせるのは、そう簡単な話ではない。したがって、美禰子は那美さんのそれにもまして周到な演技を演じねばならないだろう。

## 命令と挑発

「池の女」の演技はたしかに周到なものだ。彼女は、鄭重な質問者からたちどころに馴々しい命令者へと変身する。引越しの手伝いを頼まれて荷物の到着を手持ちぶさたに待つ三四郎と美禰子が、たがいにすでに瞳を交わしあった仲であることを確認しあうのだが、じゃあ掃除でも始めましょうかということになっても、女は廊下から腰を挙げる気配もみせない。三四郎がひとり近所を馳けまわって箒やバケツを借りてくると、掃除がひととおりかたづき、「三四郎が馬尻《ばけつ》の水を取り換に台所へ行った」ところで、女は二階へ姿を消す。彼が女の馴々しい命令者の声を耳にするのはその瞬間である。「一寸来て下さい」。暗い階段の中途でじっと動かない美禰子の方に不審げに近づいてゆく三四郎がバケツを提げたままだという点に注目しよう。彼女は、上の部屋の暗さを恐れ、雨戸を開けろと命令しているかのようだ。女の傍を擦りぬけて上って行っても、三四郎には桟の具合がわからない。美禰子も上ってくるが、暗さにまぎれて二人の位置がわからない。

「此方です」

三四郎はだまつて、美禰子の方へ近寄つた。もう少しで美禰子の手に自分の手が触れる所で、馬尻《ばけつ》に蹴爪づいた。大きな音がする。漸くの事で戸を一枚明けると、強い日がまともに射し込んだ。眩しい位である。二人は顔を見合せて思はず笑ひ出した。(『三四郎』・第四巻九五—六頁)

おそらく、この二人しての笑い声の中に、いかなる牧歌的な響きも聞きとってはなるまい。ここで何より重要なのは、ほとんど触れあいそうな至近距離にまで接近しあった二人の間に置かれているバケツの位置である。彼らは、容器に入った水をはさんで、向かいあっているのだ。だから、バケツの存在は決して無償のものではない。三四郎がそれに蹴つまずいた瞬間の大きな音は、警告であり、同時にまた勧誘でもあるのだ。というのも、これを契機として、二人の距離はさらに接近することが可能となるからである。事実、与次郎とともに荷物が到着し、書物を書斎に並べはじめるとき、三四郎は美禰子の髪の香水を胸いっぱい吸いこむほどに、かがみこむのだ。そしてその仕草を彼に強いるのも、女の馴々しい命令である。「一寸御覧なさい」彼女が差し示す画帖の頁には、奇しくも人魚の絵が描かれている。

> 画はマーメイドの図である。裸体の女の腰から下が魚になつて、魚の胴が、ぐるりと腰を廻つて、向ふ側に尾だけ出てゐる。女は長い髪を櫛で梳きながら、梳き余つたのを手に受けながら、此方を向いてゐる。背景は広い海である。(『三四郎』・第四巻一〇二頁)

「人魚《マーメイド》」の一語が「頭を擦り付けた二人」の口から同時に洩れたことはいうまでもない。暗い二階のバケツという所帯じみた光景から、海を背景にした人魚のたぶん浪漫的と呼ぶのであろう絵画に至るまで、二人の遭遇がより濃密なものとなっていることは疑いをいれない。ほとんど美禰子の手に触れそうになった三四郎は、いま、その頭にほとんど自分の顔を擦りつけている。この馴れなれしさがいずれも女の命令に従うことで可能となっている事実、そしてその命令が、男を水のそばへと呼びよせ、しかも二人の存在がそこで親しげに触れあおうとしている事実は、注目に値いする。というのも、これと同じ状況が、菊人形見物の挿話で、さらに大がかりに反復され、しかもこんどは、美禰子がからだごと三四郎の腕の中に倒れこんでしまうからだ。

すべては「広田先生のうちまで入らっしゃい」という女の命令口調の端書に端を発している。男がその言葉に素直に従うのはいうまでもない。バケツをさげて階段を上ったように、頭を擦りあわせて人魚の絵を見たように、三四郎は広田家に馳けつける。だが、「空さえ存外窮屈に見える」ほどに小屋がたてこみまた人混みも激しいので、美禰子は不快をうったえ三四郎を誘って早々と会場を抜け出してしまう。二人は「何処か静かな所」を求めて歩きだすと、そこには、もう小川が流れているではないか。彼らは小さな河の流れに足をかざすかたちで僅かに残った草の上に腰をおろす。いま離れて来た広田先生や野々宮君をめぐって、美禰子の口から「迷羊」の一語が洩れるのはその瞬間である。三四郎は、秋になって水かさの落ちた流れのほとりで、「迷える子」に不意撃ちされたというわけだ。だが、別れて来た連中の心配と美禰子の気分の悪さのみに拘泥して、その不意撃ちがはらみ持つ警告と勧誘とにまたしても応ずることができない。「じゃ、もう帰りましょう」。二人は立ちあがって歩きはじめる。すると彼らの足もとには、小さな水たまりが拡がっているのだ。その泥濘には「四尺許りの所、上が凹んで水がぴたぴたに溜っている」。まず向う側にとんだ三四郎は、振返って「御捕まりなさい」と手をさしのべる。

「いえ大丈夫」と女は笑つてゐる。手を出してゐる間は、調子を取る丈で渡らない。三四郎は手を引込めた。すると美禰子は石の上にある右の足に、身体の重みを託して、左の足でひらりと此方側へ渡つた。あまりに下駄を汚すまいと念を入れ過ぎた為め、力が余つて、腰が浮いた。のめりさうに胸が前へ出る。其勢で美禰子の両手が三四郎の両腕の上へ落ちた。

「迷へる子《ストレイシープ》」と美禰子が口の内で云つた。三四郎は其呼吸を感ずる事が出来た。(『三四郎』・第四巻一三七頁)

この泥濘がバケツや人魚の画帖と同じ機能を果していることは誰の目にも明らかだろう。容器に閉じこめられた掃除用の水であれ、人魚と海を描いた絵の漂わす濡れた雰囲気であれ、水かさの落ちた秋の小川と道路の水溜りであれ、そんな湿った光景の中に身を置いたときに、三四郎は美禰子の存在が不思議な軽さとなって間近に迫るのを感じることができる。だが、馴れなれしい命令者の演技は、「迷える子」とつぶやく女の口から洩れる吐息が三四郎の肌を快く撫でる瞬間に終りとなる。「池の女」の命令が惹き起すべき反応が、遂に三四郎の表情に読みとりえないからである。

そのとき「池の女」は変身する。馴れなれしい命令者から、こんどは得体の知れぬ挑発者の演技を演ずることになるのだ。その舞台となるのは大学の運動会である。三四郎は会場を立ち去りげな美禰子とよし子のあとを追って、競技は大して面白くもないからという言訳を口にしながら丘の方に進んでゆく。その先には、三四郎が「池の女」と出逢った樹々に包まれた池があり、それを見おろす崖がある。ただ、会場を離れるでもなく、競技を見つめるでもない女ふたりと男ひとりは、手持ちぶさたに立ちつくすばかりだ。その気づまりな沈黙を破るのが、「池の女」美禰子の挑発的な問いである。その挑発が、垂直の世界を現出せしめる縦の運動への契機をはらんでいる点に注目しよう。

「此上には何か面白いものが有って？」

此上には石があって、崖がある許りである。面白いものがあり様筈がない。

「何にもないです」

「さう」と疑を残した様に云った。

「一寸《ちよいと》上がって見ませうか」とよし子が、快く云ふ。（『三四郎』・第四巻一六五頁）

二人がよし子のあとについて登ってゆくとき、人は、『明暗』が遂に描きえずに終った滝壺への散歩を思って不安にならざるをえない。事実、水への垂直な落下への誘いが、そこで「池の女」によって口にされるのだ。

「絶壁ね」と大袈裟な言葉を使つた。「サッフオーでも飛び込みさうな所ぢやありませんか」

美禰子と三四郎は声を出して笑つた。其癖三四郎はサッフオーがどんな所から飛び込んだか能く分らなかつた。

「あなたも飛び込んで御覧なさい」と美禰子が云ふ。

「私？　飛び込みませうか。でも余《あん》まり水が汚ないわね」と云ひながら、処方へ帰って来た。（『三四郎』・第四巻二六五頁）

飛び込む、いや飛び込まないという垂直の運動がいきなり事態を漱石的な風土の核心へと導くこの会話は、しかし、三四郎の存在を無視して二人の女によって軽やかな冗談としてとり交わされている。だが、この冗談めいたやりとりは、「池の女」にとっては決してたんなる冗談ではないし、また彼女が三四郎を無視しているわけのものでもない。そればかりか、美禰子の投身への誘いは、むしろ三四郎その人に向けられた挑発なのだ。それは、この場面が、冒頭の池の傍での状況をそっくり再現している点からみても明らかである。そこでの美禰子は、ことさらうずくまっている三四郎の目と鼻のさきに立ちどまり、かたわらの看護婦に樹木の名前をたずねていた。その質問は、いうまでもなく三四郎の介入を誘っていたものである。実際、よし子が別の用事で二人をその場に遺して立ち去ってしまってから、三四郎は美禰子から同じ質問をうけている。かつて暑い夏の日に、自分が三四郎の視線を意識して立ちどまった暗い木蔭のあたりを指さして、美禰子はその木を知っているかとたずねる。そして、正しい答えが口にされるのを聞き、笑いながら「よく覚えていらっしゃる事」と記憶の正確さをたたえるかのようだ。だが「二人のいる所は高い、池の中に突き出している」というからには、三四郎はもっと別の答えをすべきだったのではないか。あるいは、答えを口にすることがためらわれるほど、危険な世界が自分を捉えていることを意識すべきではなかったか。秋の日に池の水が「鏡の様に濁っ」ているというのだから、そこから崖下を見おろせば、自分の顔を真下の水面に認めることができるはずだ。のぞきこむ自分の顔と水面の自分の影とを結べば、そこに完璧な垂直の世界ができあがっている。あとはただ、その垂直な不可視の線に従って縦の運動に身をまかせればよい。「池の女」の冗談めいた会話は、そうした運動へと誘っていたのではないか。だから、これまでに漱石的「作品」の湿った風土に馴れ親しみ、「水」の変貌と戯れてきたものにとって、これほど緊迫した場面はまたとあるまいと思われるのだ。だが三四郎は、美禰子の演技にあってのおそらくはもっとも真剣な挑発に、ほとんど反応を示さない。あるいは示しうるだけの自覚がない。「彼処ですね。あなたがあの看護婦と一所に団扇を持って立っていたのは」といったおよそ場違いな言葉で、現在をやりすごしてしまうほかはない。つまり美禰子の身近かな存在は、いま髪の快い香りも吐息の甘美な愛撫も知って、またしても「池の女」の絵画に閉じこめられてしまうのだ。この垂直の現在がむなしくついえさってしまってから、「此上には何か面白いものがありますか」とたずねたときの女の態度を思いだす三四郎は、遅ればせに顔を赤らめながら「あの時は気が付かなかったが、今解釈して見ると、故意に自分を愚弄した言葉かも知れない」などと考えたりするが、そのとき愚弄されていたのは、実は美禰子の方ではなかったか。あらゆる舞台装置が水との垂直な遭遇を可能にしていながら、しかもその遭遇は周到に準備されたものであるのに、三四郎の理解の遅さはどうであろう。彼には、故意に人を愚弄しうるだけの才覚すらそなわってはおらず、ただあっけらかんとした無意識ぶりを露呈しながら、それと知らずに相手を愚弄しているのだ。

実際、この崖の上での挑発が貧しい言葉しか引きだせなかったとき以来、彼女は演技者として水の戯れを組織することを放棄する。彼女の表情にどこかしらストイックなものが漂いはじめるのはそのためである。現在に背を向け、自分の存在をあえて画布の絵具に塗りこめようとするかの諦念が、そのふるまいを、徐々に希薄なものにしてゆくのも同じ理由による。つまり「池の女」は、そのときゆるやかに訣別の儀式を準備しはじめているのだ。

## 表層と訣別

水辺への手招きを自分に禁じてしまった美禰子は、もはや質問とも、命令とも、挑発とも縁のない寡黙な女へと変貌する。『三四郎』で何が感動的であるといって、この美禰子の変容ぶりほど感動的なものはまたとない。その後、三四郎が美禰子にめぐりあう機会があるとしたら、それはもはや彼女の招く仕草に惹かれてではなく、余儀なく逢いに行かざるを得ない事情が彼を駆りたてることになるからである。厳密にいうなら、三四郎はまたしても間接的に美禰子の呼びだしを受けたことになるのだが、もはや二人を結びつけるのは不意の遭遇ではなく、三四郎が意図的に彼女の家を訪問するのであり、そこには戸惑いも赤面も見られはしない。そしてその意図的な訪問も、やはり「水」なしには成就しないだろう。この場合の「水」とは、冷たく濡れた粒子の濃密な拡がり、つまり雨である。微細な水滴として光景全体を湿らせる雨。いまや三四郎は、その湿った世界を意識的にかいくぐろうとするのである。つまり風土が、夏の池から秋の雨へと季節を移し、「池の女」がかざしていた団扇があたりにそぐわない時期にさしかかっているのだ。

全篇が十三の章からなる『三四郎』にあって、雨が降るのは「八」の冒頭、すなわち物語がどうやら半分を過ぎたあたりからであり、それまでの天候はひたすら晴れあがっている。その明るい雰囲気を一変させるのは、「雨の中を突然遣って来」た与次郎である。この軽薄な男が妙に銷沈しているとしたら、それは「秋雨に濡れた冷たい空気に吹かれ過ぎた」ためではなく、彼が大事な金を使い込んでしまったからだ。三四郎はそれに相当する金額をたてかえて急場を救ってやるが、この雨の日の与次郎の訪問が、三四郎を美禰子のもとに出向かせる直接の契機になっている点に注目しよう。数日後に、借金を返済しえない与次郎は、三四郎にその金を美禰子が融通するという奇妙な約束をとりつける。三四郎にとって、それは悪い話ではなかろう。彼は大学の授業の休講を利用して、はじめて美禰子の家を訪問し、「妙齢の女の在否を尋ねた事はまだない」自分を発見する。西洋間の応接室に案内されると、「何処からか、風が持って来て捨てて行った様に」、ヴァイオリンの弦が響いてすっと消えてゆく。まとまった曲の一部ではなく、「ただ鳴らした丈」としか思えない音がふたたび響くとき、それを、「不意に天から二三粒落ちて来た、出鱈目な雹の様」だと彼は思う。この雹の一語は、決して無償の修辞学ではない。というのは、やがて降りはじめるだろう雨を、予告していることになるからだ。そして、その出鱈目な雹の印象の余韻にその視力が「半ば感覚を失った」ような気がする瞬間に、美禰子が出現するさまは、まるで頭の中の雹のイメージに導かれて姿を見せたとしか思えない。

それに続く二人のやりとりと、結局は金を借りずに家を去ろうとするまでの経緯はいちいちたどることもあるまいが、そうするうちにも、美禰子がしきりに天候の変化を気にしていることは見過しえないだろう。「曇りましたね。寒いでしょう、戸外《そと》は」。「降りそうもありませんね」。そんな女の言葉に、三四郎は曖昧にうけ答えするのみだが、「降らなければ、私一寸出て来ようかしら」という台詞は、まるでその後の雨を確信しているかに響く。ともかくも、その一語に呪縛されたかのように、二人が長い午後を過すことになる点はいかにも興味深い。彼らは、まるで雨を待つためのように連れだって歩く。それから起ることがらは、美禰子がそれまでの自分を、いま一度復習しなおしているかのようだ。「一所に入らっしゃい」の一語で彼女が銀行預金の引出しを三四郎に頼むとき、そこには再び命令が顔をのぞかせているかにみえるし、展覧会でヴェニスの絵の前に彼を引きずって行くとき、人魚の絵を頭を擦りあわせて見た光景がより意義深く再現されているようにも思える。

是は三四郎にも解つた。何だかヹニスらしい。画舫《ゴンドラ》にでも乗つて見たい心持がする。三四郎は高等学校に居る時分画舫といふ字を覚えた。それからこの字が好になつた。画舫といふと、女と一所に乗らなければ済まない様な気がする。黙つて蒼い水と、水の左右の高い家と、倒《さか》さに映る家の影と、影の中にちら〳〵する赤い片《きれ》とを眺めてゐた。

（『三四郎』・第四巻二〇九頁）

この水の都の光景が、鏡が池の光景と「池の女」が出現したときのそれとを通底せしめる縦の視線の運動へと人を誘うものである点はいうまでもあるまい。だが、三四郎は、水との垂直の遭遇を避け、水面に横に身を浮べてみたい、それもできれば女とともに舟に揺られたいという夢想と戯れながら、危険をやり過そうとする。だが、はじめて水との安全な関係をとり結ぼうとする積極的な姿勢を示す三四郎は、それがすでに始まっている訣別の儀式の一過程であることに気がつかない。美禰子が意図的に再現する過去の手招きは、だから現実の模写にすぎないのだ。彼女は、すでに現在を自分のうちで圧し殺している。いわば、絵画の中に自分を埋め込みはじめているのだ。

展覧会の会場を出ると、外には雨が烟っている。精養軒へと誘う三四郎の言葉に耳をかさない美禰子は、「今降り出したばかり」の「烈しくはない」雨に濡れながら、森の樹の下を指さしている。

少し待てば歇みさうである。二人は大きな杉の下に這《は》いつた。雨を防ぐには都合の好くない樹である。けれども二人とも動かない。濡れても立つてゐる。二人共寒くなつた。

（『三四郎』・第四巻二一六頁）

美禰子が三四郎と過した午後は、まるで二人して雨に濡れる瞬間を待ちながら費されたかのようだ。彼は、女の「瞳の中に言葉よりも深き訴《うったえ》を認め」、その好意をうけいれることにする。

> 雨は段々濃くなつた。雫の落ちない場所は僅かしかない。二人は段々一つ所へ塊まつて来た。肩と肩と擦れ合ふ位にして立ち竦んでゐた。（『三四郎』・第四巻二一六頁）

雨に濡れて立ち竦む二人。彼らは『それから』の代助と三千代のように、あるいは『行人』の嫂と二郎のように雨の湿りけに保護されて世間から孤立しているが、濡れた雫をしたたらせる樹の茂みの屋根しか持ってはいない。二人は段々濃くなる雨にほとんど垂直に犯され、動きを奪われたまま時をやり過している。「さっきの御金を御遣いなさい」というつぶやきが美禰子の口から洩れるのは、その瞬間である。「借りましょう。要るだけ」と応ずる三四郎に「みんな、御遣いなさい」と女はたたみかける。そしてその命令口調の台詞によってこの雨の一景は終りとなるのだが、ここでの美禰子の好意は、たんに金を用立てしたことにあるのではない。雨こそが、彼女の送った最大の贈りものなのである。そこで美禰子は、彼女自身の本性をほとんどあからさまに露呈し、それを相手にゆだねている。ここでの金銭のように、あるいは『虞美人草』の藤尾の金時計のように手渡されることのない贈与としての雨。水平に位置を変えつつ流通するのではなく、垂直に存在に降りかかり、その肌を湿らせてゆく水滴。雨を贈ること、それは送るものと受けるものとを同時に捉える時間の廃棄、空間の崩壊にほかならない。雨は、もはやかいくぐるべき湿った厚みを持ってはおらず、距離も未来もない一点に閉じこめた二人を縦に貫いている。それは遭遇であると同時に訣別、始まりであると同時に終りでもある体験であろう。事実、この体験を最後として絵の中の人となる美禰子は、不意撃ちによって三四郎をおびやかす危険な現在としてあることをやめているだろう。次に二人が逢う機会が画家のアトリエであることがそのことを明瞭に語っている。「静なものに封じ込められた美禰子は全く動かない」のである。三四郎の目には、画家の絵筆が女を「写している」とは思えない。「不可思議に奥行のある画から、精出して、その奥行だけを落して、普通の画に美禰子を描き直している」のだ。この印象の正しさに注目しよう。女は、奥へ背後へと逃れて身を隠すのではなく、表層に厚みもなく浮上することで三四郎と別れをつげる。彼女は、遠ざかるのではなく、絵画として距離を廃棄し、表面という別のものになるのだ。もちろん、沈黙のうちにカンヴァスを彩ってゆく絵筆は、奥行きのある美禰子と距離を廃した美禰子を即座に一体化させはしない。だが、三四郎の中では、その二つの肖像がもはや一つに融合しはじめていて、その後に言葉をかわすことがあっても、その相手が第一の美禰子か第二のそれなのか、もはや識別しえなくなっているのだ。

## 雨と尼寺

二人して雨に濡れることの説話的な意義の重要さは、もはや誰の目にも明らかだろう。それは、物語の上では、最も親密な訣別の儀式として機能している。美禰子は、そのときもはや索めることの不可能な女として、別のものへと変容したのである。その変容は、みずからの「水の女」としての資質を顕示するためではなく、「水の女」の敗北を意味している。彼女は、三四郎があらかじめ失っている記憶を意識させるに至らず、いわば失敗者として演技を放棄せざるをえないのだ。おそらく、美禰子は漱石的「作品」にあっての最も感動的な犠牲者であり、招く仕草を他の「水の女」に仮託して身を引いてゆく。その最後の贈りものが雨なのだ。「池の女」ではない、自分は「水の女」なのだという声にならないその声は、湿った微細な粒子が三四郎の存在を湿らせながら徐々に濃密な雨となってゆくとき、完成された絵画にふさわしい唯一の、だが遂に言語化されえない題名として、彼の言動を操作する負の核心といったものになるだろう。「森の女と云う題が悪い」と口にしながらあとは口ごもるほかはない三四郎の失語意識で「作品」が途切れるのは、そのためである。

だが、それこそ美禰子の肖像にふさわしい題名が言葉として響くことなく「作品」が閉ざされようとしている事実に三四郎はまだ気づいてはいない。彼女が「水の女」であることをやめようと決意したその瞬間、彼はあたりを濡らす雨が訣別の符牒として降っていることにほとんど無自覚である。そして、その存在をますますのっぺら棒な表層へと露呈させようとしている時、三四郎はもの影を、背後を、距離を介して美禰子を索めようとする。彼が美禰子の変容を一つの現実としてうけとめるには、いま一度、雨という訣別の儀式に身をさらさねばならぬようだ。そして、実際、雨が三四郎のまわりに降りかかってくる。それは、「比較的寒い時に開かれた」演芸会の日の夜のことだ。この演芸会の挿話は、展覧会のそれがそうであったように、実際に天候が崩れるかなり以前から雨が予告されている。「雨になるかも知れない」と、同行をことわる広田先生はいう。会場の入口で先生と別れる三四郎は、見知らぬ男と同席している美禰子の「一挙一動を演芸以上の興味を以て」遠くからうかがいながら、その姿が人影に隠れるときはハムレットの舞台に視線を送っている。彼は美禰子に言葉をかけることなく、暗い夜の中にさ迷い出る。そこで彼は雨にうたれ、風に吹かれて下宿へと急ぐのだ。

　夜半から降り出した。三四郎は床の中で、雨の音を聞きながら、尼寺へ行けと云ふ一句を柱にして、其周囲にぐる／＼低徊した。（『三四郎』・第四巻二九三頁）

三四郎に尼寺の一言を際限なく反芻させるのは、まるで夜どおし降った雨であるかのようだ。しかしここでも、その尼寺が、「森の女」と題された肖像画にほかならぬことを、彼はまだ気づいてはいない。彼女は河の流れの表面に身を横たえるオフェリアのように絵画の表面に身を埋めこみ、もう戻ってはこないだろう。そして、誰の耳にも言葉としては響かぬ「尼寺へ行け」の一語を口にしたのがほかならぬ三四郎であり、しかもその声でない声を美禰子が聞きとどけてしまったことにも、彼はひたすら無自覚なままだ。ただ、演芸会の夜の雨が何か重大なものであったことだけはたしかである。三四郎は風邪にやられて寝込んでしまうからだ。水が、冷たい粒子となってその存在を冒し、動きを奪ってしまったのである。美禰子から贈られた蜜柑を渇えた赤子のように飲みほすのはその病の床でであるが、よし子に託するこの果実の贈りものが、「水の女」の最後の言葉であることはいうまでもない。これは、『こゝろ』の「先生の遺書」にも似た、そしておそらくは饒舌を廃しているだけにさらに感動的な別れの言葉である。そしてたぶん、そそりたつ崖から身を投げたか、あるいは少くともそれに似た死を夢想したはずの先生よりも、絵画の表面に身を塗りこめる美禰子の選んだ自己抹殺の方が、何層倍かの困難を伴っていようし、また遥かに深く人の心を撃つのだ。

　展覧会に出品された美禰子の肖像を前にして、それが「池の女」の完璧な再現としてありながら、水面が視界から遠ざけられた結果、「森の女」と題されているのを目にするとき、三四郎ははじめて自分が無意識に犯したかずかずの罪に思いいたり、それを黙ってうけいれながら絵画となった女の犠牲の大きさに改めて言葉を失ってしまう。かりに漱石文学に罪の意識がつきまとい、また自己抹殺への志向が語られうるとするなら、それは『三四郎』をおいてはないだろう。そこには、おそらく『こゝろ』の先生の自殺以上に倫理的な罪の意識が、『虞美人草』の藤尾の演技とは比較にならない真剣さで演じられる変容の戯れを介してあたりに漂っているだろう。藤尾の華麗さが隠し持つ退屈な単調さが、ここでは逆により起伏にとぼしく運動を欠いた平板さの中で生のリズムを刻んでいるのだ。淡い恋心とその喪失の物語としても充分読むことのできる『三四郎』は、しかし無意識の殺人者の物語でもある。触れえない彼方へと逃れ去った異性と、とり残された青年の物語ではなく、みずからの残酷をそれと自覚しないままに女に犠牲をしいる殺人者の物語なのだ。はたしてそれを作者たる漱石自身が意図していたかどうかは明らかでない。だが、そのことを教えてくれるのが、ほかならぬ「水」の戯れなのである。

# 終章　漱石的「作品」

## 文学的贖罪の儀式

文学にあって犯された罪は、いかにして贖うことができるか。犯された罪をめぐる文学ではなく、文学にあって犯された罪、あるいは文学として犯された罪は、どんなふうに贖えばよいというのか。親しい遭遇を希求しつつ迫ってくる世界のもっとも神経過敏な一点の招きに応ずる術もなく、それを「作品」と呼ばれる言葉の磁場の表層にとじこめ、しかもその幽閉に積極的に加担してしまった自分にどこまでも無自覚であり続けたものは、その意識されざる罪の責任をどんなふうにひきうけることができるのか。漱石的「作品」とは、文学的な地平で演じられるこうした贖罪の儀式のうちでも、とりわけ生なましい実践にほかならない。もっとも贖罪の儀式といっても、そこには犯された罪の重大さを徐々に意識してゆく精神の、倫理的な悔恨を装う抒情への埋没が色濃く影を落していたりはしない。「罪」と「死」とがひそかに響応しあう挽歌など奏でられてはいないし、自己抹殺の悲劇とやらが人目を避けつつ演じられているわけでもない。その儀式にあっては、すべての身振りが大っぴらに演じられる。他者の視線を恐れることも欺くこともなく、ひたすら可視的な仕草を構成することになるのだ。実際、文学にあって人目に触れぬ言葉というものは存在しない。文学的な贖罪の儀式は、だから言葉の戯れにこそふさわしいあられもなさで、おのれをくまなく瞳にさらしつつ進行するものなのだ。これほど心理と呼ばれる思考の制度から遠く離れたものもまたとあるまい。儀式はあくまで表層的なものでなければならぬ。

　文学的な贖罪の儀式に必要不可欠なもの、それは、したがって、内奥にうずき続ける快癒せぬ傷の痛みに操作される象徴的な身振りといったものではない。比喩を介してしか顕在化されることのない内面の構図など、それがどれほど当人にとって切実なものであろうと、文学を脅やかすには至らない程よい小波瀾しか惹起することがないだろう。『こゝろ』を心理小説として読んだ場合の驚くべき退屈さは、そのことによって説明しうるだろう。『こゝろ』で徐々に明らかにされてゆく内面の傷など、文学を退屈な日常の多少とも手のこんだ反映だぐらいにしか信じられぬ怠惰な感性しか刺激することはあるまい。文学的な贖罪とは、人が贖罪の一語で想像するもろもろの思考だの身振りだのの文学的な形象化などではなく、媒介を通過することもなくまたみずからも媒介たることをこばむ、徹底して表層的な運動として実践されるものだ。『こゝろ』が文学を戸惑わせる衝撃として迫ってくるのは、それをあくまで運動の小説として読んだ場合に限られている。そしてその運動とは、第一章の「横たわる漱石」で述べたように、横たわることにほかならない。横たわるという運動によって、この二流の心理小説はにわかに漱石的「作品」にふさわしい相貌を獲得することになるのだ。

では、文学的な贖罪に必要とされる表層的な身振りとはどんなものか。それは、模倣と反復である。これもすでに冒頭で触れたことだが、『こゝろ』は先生が水の上に横たわる仕草を「私」が模倣することで始まっていた。そして、かりに先生の内部に罪の意識が抑えがたく揺れ続けていたにしても、この小説は、何にもまして横たわる運動の幾重もの反復として語られているのだ。遺骸として横たわる先生の友人に、「私」の父、明治天皇、そして乃木将軍、ここには驚くべき模倣の反復が描かれているのだ。そして、折りかさなるようなリズムで実現される模倣の執拗さにおいて、『こゝろ』ははじめて感動的な小説となる。感動的な、というのは文学にあってはいささか不気味なという意味に解すべきものだ。殉死といった主題は日常と地続きの地平で感動的であったりなかったりもしようが、文学にあってはそれじたいとして感動的でもなければ不気味でもない。

「森の女」の前に立ちつくす無意識の殺人者たる三四郎に可能な文学的贖罪もまた、模倣と反復として演じられなければならない。「水の女」として出現した女が生きたであろう「森の女」への変容の過程を、三四郎は克明にたどりなおしてみなければならないだろう。そのたどるべき変容の過程は、また、水の表面に横たわってみせた先生を「先生の遺書」に閉じこめてしまった「私」の前にも拡がりだしているものだろう。遭遇を求めて身近に迫りくる貴重な存在が示す接近の運動をうけとめることができず、それを絵画の表面、あるいは言葉の表層に閉じ込めてしまったことの罪は、その幽閉にみずから加担したとはとても信じがたい自分を、絵画の、そして言葉の表層に推移する影の戯れになぞらえることによってしか、償いえないものである。

だがそれなら、夏目漱石は、「森の女」を模倣し、「先生の遺書」を反復しようとする三四郎や「私」の物語をなぜ書こうとはしないのか。もちろん、『それから』や『道草』の中には、それぞれの前作たる『三四郎』や『こゝろ』に提起されたいくつかの主題が、深化され発展されているはずだという見解もなりたつだろう。だがそこで贖罪の儀式として、模倣し反復するという漱石的「存在」の物語を、夏目漱石は書き綴ってなどいないのだ。漱石的「作品」は、贖罪の儀式を描くことなしに宙に吊られたままである。それは、なぜなのか。いまや、この疑念を明らかにすべく漱石的「作品」の相貌をあらためて触知するときがきている。

## 「作家」の捏造

夏目漱石と呼ばれる過去の小説家が書き残した長篇や中篇あるいは短篇小説を読み進め

るにあたり、横たわることに着目しつつそこにくり拡げられる言葉の戯れに親しんできたものは、読むことが徐々に描きあげていった漱石的「作品」のイメージが夏目漱石とあまりに似ていない事実に改めて驚かずにはいられない。漱石という名前を背負った人影に、漱石的「作品」はあまりに似ていないからである。だが、これはさして驚くべきことがらではないかもしれぬ。というのも、徹頭徹尾言葉でしか書かれていない一篇の小説が、それを書いた当の小説家を模倣したり反復したりすることなど、ありはしないからである。模倣も反復も、それは人間にのみ許された特権にほかならず、言葉に認めうる資質であろうはずがない。われわれが心の底から驚かされるのは、だから、漱石的「作品」が夏目漱石といささかも似ることがないという事実なのではない。そうではなく、漱石的「作品」を忠実に模倣し反復する人間が現存し、しかも、それがほかならぬ夏目漱石その人だという点がわれわれを驚かせるのだ。夏目漱石とは、漱石的「作品」を模倣し反復しつくした人間にのみふさわしい名前である。そしてその名前は、驚くべき模倣と反復の資質ゆえに、はじめて「作家」の同意語となるのだ。「作家」とは、「作品」に酷似しえた人間のみに捧げられる名称である。あらゆる小説家が「作家」でないのはそうした理由による。想像力とか独創性とかの欠如が小説家から「作家」たる資格を奪うのではない。才能がないから、あらゆる小説家が「作家」と呼ばれえないのでもない。「作品」をもっともよく模倣し反復しえた小説家が「作家」たりうるのである。その意味では、あらゆる読者もまた

「作品」の「作家」たる資格を小説家と共有している。ところで夏目漱石として知られる小説家は、漱石的「作品」に自分をなぞらえることのできたほとんど例外的な存在であり、それ故にこそ「作家」と呼ばるるにふさわしい人間なのだ。この際、たまたま彼が夏目漱石の名で幾篇かの小説を書いていたという事実は、ほとんど無視するにたる些細な条件にすぎない。だから、文学的な贖罪の物語が漱石にとって書かれなかったのは当然というべきだろう。物語は、彼が「作品」を模倣し反復する過程で消費されつくしてしまったのだ。その意味で、夏目漱石は、漱石的「作品」の特権的な読み手だというべきかもしれない。「作品」に似ることができるのは、小説家ではなく読者だからである。それ故、漱石的「作品」が夏目漱石に似ていないのは、いささかも驚くべきことがらではない。「則天去私」だの「自己本位」だのがほどよく漱石に似ていたというような意味でなら、漱石的「作品」は漱石にほとんど似ていないとすらいえるだろう。だが逆に、夏目漱石は漱石的「作品」に恥しいまでに酷似しているのだ。その類似ぶりは後に詳細に明らかにされるだろうが、いまはただ、この類似を具体的な事件として生産するために、文学的な贖罪が実践されたのだとのみ記しておこう。

漱石的「作品」を克明に模倣することで「作家」たろうとする夏目漱石。この「作家」生誕の物語、というよりむしろ「作家」としての捏造を語る物語は、比喩でも抽象でもなく、具体的な言葉として漱石自身によって、誰もが読み誤る気遣いのない簡潔な筆致で書き残されている。それは、「忘るべからざる八月二十四日」に起ったいわゆる「修善寺の大患」を記述した『思ひ出す事など』にほかならない。小説家の現実の体験史の上で明治四十三年に位置づけられる「修善寺の大患」が漱石に二箇月に及ぶ横臥の姿勢を強いたとき、『三四郎』はすでに書かれており、『こゝろ』はまだ書かれていないといった編年史的な事実はさして重要でない。というのも、漱石的「作品」とは、非＝時間的な言葉の戯れであるからだ。あるいはそれは不断の現在としてあるからだとしてもよいが、とにかく漱石的「作品」がこの事件を境としていささかもその表情を変えてはいないという事実は、これまで述べてきたことがらからして明らかであろう。この「大患」が小説家漱石に何らかの深刻な影響を及ぼし、その影響がその後に書かれた小説に反映しているはずだという視点は、文学的な贖罪と贖罪の文学とを平気で混同しうる無邪気な連中に残しておくことにしよう。とにかくここで真に驚くべきことがらは、「大患」を記述する物語としての『思ひ出す事など』が、ほとんど破廉恥なまでに漱石的「作品」に似ているという事実であろう。「平凡で低調な個人の病中に於ける述懐と叙事に過ぎない」という『思ひ出す事など』には、これまで漱石的「作品」の意義深い細部を構成するものとして語られてきたもろもろの主題が、無秩序ながら、秩序を欠いたもののみが持つ絶対的な存在感でちりばめられているのである。「わが病気の経過と、病気の経過に伴れて起る内面の生活とを、不秩序ながら断片的にも叙して置きたい」と思いたったとき、漱石は、ほとんど無意識のうちに漱石的「作品」を模倣してしまったとしか考えられぬほど、『思ひ出す事など』の漱石は漱石的「作品」に似ているのだ。その事実を、これまで述べてきたことがらと、『思ひ出す事など』の言葉とを対比させながら確かめてみよう。

## 忘るべからざる事件

『思ひ出す事など』が「横たわる漱石」の物語であることは、誰の目にも明らかだろう。ここでの漱石は、あまたの漱石的「存在」がそうしたように仰臥の姿勢をまもったまま、その不動の姿勢が煽りたてる運動に身をまかせている。「修善寺に居る間は仰向に寝たままよく俳句を作っては、それを日記の中に記《つ》けた」という一行は、仰臥と言葉の発生との関係を語っているという意味で、『草枕』の画工たる「余」をそのまま髣髴させるし、「初めはただ漠然と空を見て寝ていた」という文章は、「ことに病気になって仰向に寝てからは、絶えず美くしい雲と空が胸に描かれた」という文章と補いあって、『虞美人草』の冒頭と親しく結びあわされるだろう。また、「余は寝ていた。黙って寝ていただけである。すると医者が来た。社員が来た。妻が来た。仕舞には看護婦が二人来た。そうして悉く余の意志を働かさないうちに、ひとりでに来た」という部分を読むと、横たわることがその枕元に貴重なる人びとを招き寄せるという、漱石的「作品」の横臥と遭遇という主題を漱石自身が解読しているかのごとき印象を持たずにはいられない。こうした横臥の姿勢は、とうぜん三四郎が病床で体験した渇きをも反復することになる。「余は夜半に屢ば看護婦から平野水を洋盃《こっぷ》に注いで貰って、それを難有《ありがた》そうに飲んだ」からである。その他、逐一列挙するにも及ぶまいと思うが、第一章の「横たわる漱石」でわれわれが読んだ漱石的「作品」の相貌が、漱石自身によって詳細にたどりなおされるといった印象はあまりに強烈だ。『こゝろ』の最後で重なりあういくつかの横たわる遺骸までが、漱石が「死生の境に彷徨していた頃」に、それとほとんど時を同じくして死の床に横たわっていた医師長与称吉と哲学者ウィリアム・ジェームスへの言及によって、周到に反復されていさえするのだ。

第二章「鏡と反復」で考察の対象とした主題もまた、ここで万遍なく反復されている。漱石が鏡の主題に言及するのは全篇が三十三からなる『思ひ出す事など』の三十一番目の断章でかなり終りに近いが、そこでは、病状がやや快方に向かい、「吾存在を確めたいと云う願から、取り敢えず鏡を取ってわが顔を照らして見た」ときの、「病裡の鏡に臨んだ刹那の感情」が語られている。だが、そこで漱石が鏡の表面に捉えたものは、吾存在そのものというより、何ものかに類似した自分自身にすぎない。彼は、むしろ自分いがいのものをそこにさぐりあて、それと類似した自分の顔に驚くのだ。「すると何年か前に世を去った兄の面影が、卒然として冷かな鏡の裏を掠めて去った」からである。それは、「どう見ても兄の記念であった」。つまり漱石は、「鏡と反復」の漱石的「存在」がそうであったように、鏡の表層に推移する影の戯れに自分をなぞらえているのである。そうした現象は、他者の言葉に自分を一体化させてゆくという漱石的な占いの主題を『思ひ出す事など』に導入せざるをえない。それは彼が、若い頃に下宿をしていた寺の住職が、算木や筮竹を操りながら身の上判断めいた内職に精を出していたときの記憶を語る場面に姿を見せているものだ。「易断に重きを置かない余は、固よりこの道に於て和尚と無縁の姿で」ありながら、あるとき、ふとしたきっかけから、「冗談半分」に自身の未来を和尚に語らせたときの状況が、横たわる漱石の病床によみがえってくるのである。漱石が「西へ西へと行く相」があること、親の死目に逢えないことなどはいずれも的中している。あと、「顋《あご》の下へ髯を生やして」上下の釣合をとり、身を落ちつけて土地を買い家を建てよという予言だけが実現されずに残っていた。その最後の条件、つまり顔の頬から下を髯でおおって安定させよという言葉が、病床で徐々に実現されはじめたという挿話を、漱石はやや滑稽な調子で語っているのである。もちろん、これは作者自身の若い頃の思い出を現在にからませて語ったまでのことで、その意味でなら、漱石が漱石的「作品」を模倣するというより、体験が虚構としての小説にいかに反映するかを分析するのに恰好な細部というべきかもしれない。この和尚の言葉が、その後はるかに時間が経過してから文学的な言葉と化して、たとえば『彼岸過迄』の「文銭占ない」の婆さんの曖昧な予言に反映していると解釈すべきだとする人がいるかもしれない。

だが、ここで重要なのは、住職の述べた言葉の内容そのものではなく、「横たわる漱石」を模倣しつつ書き始められた『思ひ出す事など』の言葉のつらなりが、「占ない」の主題そのものを一つの断章に仕立てあげて、全篇の一部として位置づけているという点である。問題は、小説家漱石が、易断の主題を挿入することで模倣を完璧なものとし、「作家」たろうとする反復への意志の確認にあるのだ。この髯をめぐる和尚の予言は、『思ひ出す事など』にとっては、全篇を効果的に彩どる説話的な細部というより、ほとんど無益な迂回とさえ思える過剰なる挿話をかたちづくっているのだが、肝腎なのは、その過剰なるものに是非とも言及せずにはいられない漱石的必然なのである。

こうした視点に立った場合、第三章の「報告者漱石」で扱った代行=媒介の主題が『思ひ出す事など』の中軸に据えらるべき必然を人はすぐさま理解するだろう。「忘るべからざる二十四日の出来事を書こうと思って、原稿紙に向いかけると、何だか急に気が進まなくなったので又記憶を逆まに向け直して、後戻りをした」と「九」を書きはじめる漱石は、その気が進まなくなった理由を明らかにしてはいない。だが、漱石的「作品」をここまで読み進めてきたものにとって、その理由はあまりに明瞭であろう。漱石は、語るべきことがらをめぐっていかなる記憶も持ちあわせてはいないのだ。彼は、事件に立ち会ってはいないのである。というより事件は彼自身によって生きられ、しかもその事件とは、意識を失なって横たわり、ほとんど死を模倣するというものだったのだ。死そのものを模倣する自分自身すらを、意識することがなかったのだから、話者たる夏目漱石は語るべきものを何ひとつ持ってはいない。彼に可能なのは、「あの時三十分ばかりは死んでいらしったのです」という妻が観察しえたことがらを、報告することばかりである。「眠から醒めたという自覚さえなかった」漱石にとって、「ただ胸苦しくなって枕の上の頭を右に傾けようとした次の瞬間に、赤い血を金盥の底に認めただけである」。「その間に入り込んだ三十分の死」については、彼は他者の言葉を媒介者として伝えうるのみなのだ。横たわることで枕元に招き寄せた幾人もの人たちだけが、その事件を語る資格を持っており、『思ひ出す事など』の筆者は、彼らからその資格を譲渡された代理的な話者であるにすぎない。だから『思ひ出す事など』の中心に位置する「三十分の死」を語る漱石は、文字通り漱石的な報告者というべき存在に還元されてしまっているのだ。漱石はその事実が妻の日記の中に記されているのを目にして、「妻を枕辺に呼んで、当時の模様を委しく聞く事が出来た」というのだから、真の報告者はむしろ妻であり、漱石自身は報告の代行者というべきかもしれない。いずれにせよ、漱石的「作品」を支える媒介劇の構造を模倣することなしには、「修善寺の大患」は語りえないものなのである。

## 三十分の死

いうまでもなく、「三十分の死」の前後に拡がる時間をめぐってなら、漱石はおぼろげな記憶を語ることができる。ところで、重い病の床に横たわることによって、漱石はある独特な空間を生きることになる。そしてその空間の表情は、第四章の「近さの誘惑」と第五章の「劈痕と遠さ」で扱った遠＝近の二極構造を忠実に反復しているのだ。

まず、旅館の一室で横臥の姿勢を強いられた結果、修善寺の街はその視覚性を極度に低下させざるをえない。「室の廂と、向うの三階の屋根の間に」見える青空を除いて、横たわる病人の見るべきものはほとんどない。そして修善寺の宿で二箇月の余も横たわったことの記憶が、翌年になってこの文章を書き綴っている漱石の中で、ごく自然に聴覚的な刺激と結びついているのは、きわめて意義深い事実だと思う。その聴覚的な刺激とは、修善寺の寺で鐘の代りに叩く太鼓の音である。「それを始めて聞いたのは何時の頃であったか全く忘れてしまった。ただ今でも余が鼓膜の上に、想像の太鼓がどん――どんと時々響く事がある。すると余は必ず去年の病気を憶い出す」。もちろん、ヴァイオリンや琴の音を前触れとして登場する異性の姿はここにはない。しかし、「見雲天上抱琴心」の一行を含む漢詩の説明として、「室内に琴を置く必要もないから」と叙景詩でないことを強調する漱石にとって、琴がまったく不在でなかったことはたしかなようだ。いずれにせよ、「秋の江に打ち込む杭の響かな」という句や、うとうとと睡りに滑り落ちようとすると「鯉の跳ねる音で忽ち眼が覚めた」という一行が想像させるのは、横たわりつつあるものにとっての響きの重要さである。そして病状が悪化して両方の手首を二人の医者に握られているとき、世界はただ耳から入ってくる音の刺激に還元されてしまう。「眼を閉じている余を中に挟んで」ことの重大さを語りあう二人の医師のドイツ語の会話のみが、漱石を生につなぎとめているといえるほどなのだ。

こうした視覚的機能の低下は、いま一方で風景を香りによって想像するという嗅覚的刺激の特権化と同時的である。修善寺の街が太鼓の響きと一体化しているとするなら、そのまわりに拡がる自然の光景は、花や木の香りと一体化しているといえるだろう。「山を分けて谷一面の百合を飽くまで眺めよう」と思いながら、その望みをはたす以前に病床に伏さねばならなかったのだから、自然は、横たわる漱石にとって、いまここにはない。その存在しない光景と横たわる漱石とを無媒介的に結びあわせるものが嗅覚的な刺激なのである。「想像はその時限りなく咲き続く白い花を碁石の様に点々と見た。それを小暗く包もうとする緑の奥には、重い香が沈んで、風に揺られる折々を待つ程に、葉は息苦しく重なり合った。——この間宿の客が山から取って来て瓶に挿した一輪の白さと大きさと香から推して、余は有るまじき広々とした画を頭の中に描いた」という記述は、視覚的想像が香りに導かれている事情を如実に語っているといえるだろう。

距離を無効にしつつ存在を直接的に包む感覚的世界の対極に、越えがたい遠さが拡がりだす。それはいうまでもなく、修善寺を東京から距てている距離である。「三十分の死」は、だから漱石的「作品」の空間構造を無視して起ったのではない。漱石は、周到に遠い所を選んで身を横たえたのだ。「漸くの事で又病院まで帰って来た」という冒頭の一行は『思ひ出す事など』が『道草』の書き出しをあらかじめ模倣しているかのごとき印象を与える。この物語もまた、遠い所から帰ってくることで始まっているのだ。そして修善寺は、まず、家をおし流したという洪水をめぐって「昔の物語めいた、嘘か真か分らないこと」を語って聞かせる「殺風景な」下女の身近な存在によって「浮世から遠くへ離隔して、どんな便りも噂の外には這入ってこられない山里」へと変化し、しかもその象徴的な遠さの意識は、やがて東日本一帯を水びたしにする長雨によってきわめて現実的な遠さの意識へと移行することになるのだが、この水と孤立という主題は後にさらに詳しく分析することにしよう。さしあたっては、遠さという漱石的な主題が「修善寺の大患」を語るにあたりどれほど重要なものかを確認すればそれで充分である。修善寺の宿に横たわることと。そしてほとんど死と境を接して動かずにいること。それは文字通りの遠さの体験ではないか。「余はただ仰向けに寝て、纔《わずか》な呼吸を敢てしながら、怖い世間を遠くに見た。病気が床の周囲を屛風の様に取り巻いて、寒い心を暖かにした」。

運動の可能性を奪われたまま横たわるものにとって、世界の表情は明るさと暗さという光線の変化に還元されてしまう。「忘るべからざる八月二十四日」に漱石が修善寺で体験した「三十分の死」が、光線の薄れはじめる「暮方」に起ったできごとであるという点を筆者はことごとに強調する。実は、横たわる漱石は時間を奪われた存在なので、一日の時刻の推移を微妙な光線の変化によってしか捉えられなくなっているのだ。たとえばある医師の到着を「午過」と記憶している漱石は、その記憶が明るさからの推量にすぎないとしてこう書いている。「その山の中を照す日を、床を離れる事の出来ない、又室を出る事の叶わない余は、朝から晩まで殆んど仰ぎ見た試しがないのだから、こう云うのも実は廂の先に余る空の端だけを目当に想像した刻限である」。この文章から、横たわる存在にとって明暗の変化が世界とのいかに貴重な接点であるかがわかるだろう。そしてこの明るさと暗さの問題は、第六章の「明暗の翳り」で検討したものにほかならぬのだ。だから「三十分の死」を回想する漱石が「暮方に」、「夕暮間近く」と、明るさの薄れる時間帯を強調しているのは漱石的「作品」を模倣する上ですこぶる重要なことがらといってよいだろう。「その暮方の光景から、日のない真夜中を通して、明る日の天明に至る」時間のできごととして、それは語られているのである。そしてみずからの「三十分の死」を記憶することのない漱石は、「障子から射し込む朝日の光に」すべてが好転したとさえ思ったのだ。

この光りの増減による明るさと暗さとの交替は、『思ひ出す事など』のいたるところに、横たわる漱石が生きた時間感覚として書きつけられている。暗さは、寝つかれぬ夜の長さの記憶に結びつく。池の鯉が跳ねる音で目を覚ますと、「室の中は夕暮よりも猶暗い光で照されていた」。そしてその暗さは、電燈を掩う黒布の黒さによって、「弔旗」や「喪章」を連想させる。「黒い布の目から洩れる薄暗い光の下に、真白な着物を着た女」が二人、黙ってまわっている。その女たちが「わが肉体の先を越して、ひそひそと、しかも規則正しく、わが心のままに動くのは恐ろしいものであった」と漱石は書いている。もちろんその白い女の影は、瀕死の病人につきそう看護婦にほかならぬのだが、こちらの意識をあらかじめ読んでいるかに振舞うことの気味の悪さが、「黒い布で包んだ電気燈の珠と、その黒い布の織目から洩れてくる」薄暗い光の中の光景として記憶されている点が重要である。この黒さに包まれた薄暗い光りは、横たわったまま身動きを奪われたものが耐える、無時間的な時間なのである。

この薄暗さの対極に、「室の廂と、向うの三階の屋根の間に」のぞく青空が位置する。「その空が秋の露に洗われつつ次第に高くなる時節であった。余は黙ってこの空を見詰めるのを日課の様にした」と書く漱石にとって、青空は明るさを遥かに凌駕した透明さの域に達している。黒布に掩われた電球が浮きあがらせる夜の病室の薄暗さは、その透明性からもっとも遠い混濁ぶりによって視界を曇らせる。ところが日課として眺める空には、視界を曇らせるものはなに一つない。「何事もない、又何物もないこの大空は、その静かな影を傾むけて悉く余の心に映じた。そうして余の心にも何事もなかった、又何物もなかった。透明な二つのものがぴたりと合った。合って自分に残るのは、縹緲とでも形容して可い気分であった」。

この縹緲たる心境をとことんきわめきったときに体得しうる「恍惚として幽かな趣」

を、漱石は「ドストイェフスキーの歓喜」と比較しているのだが、ここでわれわれの連想が伸びてゆくのは、「僕は戸外が好い」という『三四郎』の広田先生の夢想する「透明な空気の様な、純粋で単簡な芝居」であるような気がする。つまりそれは、漱石的「存在」が希求してやまぬあの絶対的な明るさなのだ。この絶対的な明るさは、「寝たまま東京へ戻」る漱石を乗せた担架を包み込む暗さと補いあうものかもしれない。「黄昏の雨を防ぐ為に釣台には桐油を掛けた」という手作りの担架に揺られながら、「余は坑の底に寝かされた様な心持で、時々暗い中で眼を開いた」というのだが、「眼には何物も映らなかった」この坑の底という比喩が縹緲たる透明さと響応しつつ、漱石的な明暗の主題を反復していることはいうまでもなかろう。

## 第二の葬式

だが、こうしたことがらにもまして漱石的「作品」を模倣する漱石のイメージをきわだたせるものは、『思ひ出す事など』の核心部分を湿らせている水の遍在性である。第七章の「雨と遭遇の予兆」から始まる四つの章で触れた漱石的な水のさまざまな局面が、ここにことごとく反復されているからである。もちろん、水は全篇をことごとく湿らせ、視界を濡らしているわけではない。だが、「帰る日は立つ修善寺も雨、着く東京も雨であった」という「一」の冒頭に近い一行が、あるさし迫った気配で雨の演ずべき重要な役割を予告している。そして実際、問題の「三十分の死」が語られる「十三」に先だつ三章には、もっぱら雨ばかりが降り続いているからである。「雨が頻りに降った」という言葉で始まる「十」は、「雨は益《ますます》降り続いた。余の病気は次第に悪い方へ傾いて行った」という叙述に認められるように、あたかも雨が病気を招きよせているかにすべてが進行するのだ。そして「長い雨が漸く歇」むのは「十二」の終り近くである。長雨があがり東京との交通が回復して、妻や知人が修善寺に到着すると、折から花火大会が催されたりしてふと物語が息をつくかの印象を受ける。だがそれが錯覚でしかなかった点は、「そうして忘るべからざる二十四日の来るのを無意識に待っていた」という一行がその章をしめくくっているからだ。雨は、だから文字通り病気との遭遇を準備するものとして降り続いていたのである。そして晴れた秋晴れの後に修善寺出発の日に降る雨は、訣別の儀式として視界を湿らせている。漱石的「作品」にあってそうであったように、現実の雨もまた遭遇と訣別の儀式に不可欠な要素なのである。

長雨は、伊豆の山中で家を押し流す洪水を引き起し、首都を水浸しにして崖崩れの危険をあたりにみなぎらせる。東京から遅れてとどく郵便や新聞も「墨が煮染む程びしょびしょに濡れていた」。そして交通の便が絶たれてしまう。こうした事態は、第八章の「濡れた風景」で分析した漱石的な状況とほぼ同質のものである。雨が漱石的「存在」を孤立せしめたように、漱石自身を外界から隔離してしまっているのだ。かろうじて通じた妻からの長距離電話も「殆んど風と話をする如くに纏まらない雑音がぼうぼうと鼓膜に響くのみで」かろうじて家族の安全を確かめえたのみである。彼が知りえなかった妹の梅子と森田草平の消息は、その後に手にした妻からの長文の手紙を待たなければならなかった。

家を流し崖を崩す凄まじい雨と水の中に都のものは幾万となく恐るべき叫び声を揚げた。同じ雨と同じ水の中に余と関係の深い二人は身を以て免れた。さうして余は毫も二人の災難を知らずに、遠い温泉の村に雲と煙と、雨の糸を眺め暮してゐた。さうして二人の安全であるといふ報知が着いたときは、余の病が次第々々に危険の方へ進んで行つた時であつた。（『思ひ出す事など』・第八巻三〇四頁）

漱石は雨の中に孤立している。だがそのとき、彼は漱石的「存在」のように、親しい女性を身近に感じとってはいない。彼が遭遇し、それとともに雨の中に孤立するものは、一人の異性ではなく自分自身の病気である。そしてその病気とは、いうまでもなく「三十分の死」にほかならない。漱石は、風景を縦に貫く雨の糸とともに、記憶の欠落によって譲りえない自分自身のかたわらに身を横たえようとしていたのである。

では、第九章の「縦の構図」で分析した垂直の運動を漱石は生きなかったであろうか。たしかに、彼のまわりには、鏡が池の岩の上からひらりと舞い降りてみせる那美さんのような女性は出現しない。だが漱石は、雨に濡れつつ上下運動を演じてみせる。それは「余を運搬する目的を以て」拵らえあげられた奇妙な担架に揺られ、修善寺から東京へと戻る日のことである。それを漱石は「釣台」と呼び、その「白い布で包んだ寝台とも寝棺とも片の付かないものの上に横になった」ときの心境を「第二の葬式」と回想している。この「第二の葬式」は、いくつもの上下運動を通過しなければならない。まず、「舁かれて室を出るときは平であったが、階子段を降りる際には、台が傾いて、急に輿から落ちそうになった」。また東京につくと、「この釣台に乗ったまま病院の二階へ舁き上げられ」る。この雨の日の帰京をめぐって、漱石が担架による横移動をほとんど語ってはおらず、ただ、出発と到着の瞬間の縦軸の上下移動ばかりを記憶しているのはきわめて興味深い。あたかも上ったり下ったりするだけで、東京に戻ったかのような印象を与えるからである。真の埋葬にとってそうであるように、「第二の葬式」に必要なのは横の運動ではなく、あくまで縦の運動なのだ。「坑の底に寝かされた様な心持」をいだいたのも、至極とうぜんというべきだろう。この雨に濡れた風景を貫く上下運動こそ、「三十分の死」を体験したものにふさわしい葬儀なのである。

おそらくこの「第二の葬式」は、文学的な贖罪の儀式の至上形態ともいうべきものだろう。文学によって文学として犯された罪を贖うべく、みずから「作品」を模倣し反復する過程で体験する身振りのうちで、この「生きながら葬われる」葬式の身振りほど「作家」

にふさわしいものはあるまい。この葬儀を演ずることによって、「作家」は、ちょうど修善寺の透明な空と横臥の姿勢でそれを眺める漱石自身の透明さとがたがいの透明さを反映しあったように、「作品」とぴたりと一致しながら姿を消し、文学的な贖罪を完成するのだ。それは、「作家」が「作品」を読みおえたことのしるしでもある。だから「作家」とは、「作品」を読むことによって「作品」とともにみずからを消滅させる存在にほかならぬのだ。そしてこの消滅こそが、文学における遭遇の至上形態なのである。希薄な表層と表層とがたがいの希薄さを反映しつつ透明さの域に達すること。漱石的「作品」とは、こうした文学的な遭遇の特権的な体験なのである。

## 希薄と濃密

『思ひ出す事など』を構成する言葉たちの表情は、これまで読み進めたとおり、漱石的「作品」としてわれわれが描きあげたものの言葉の戯れとあまりに似ている。まるで漱石的「作品」を模倣するために、漱石があえて「三十分の死」を演じ、「第二の葬式」で埋葬されたいと願ってでもいたかのようにすべては進行するのだ。この模倣への意志の執拗さには、誰もが改めて驚かずにはいられない。そこには、同じ身振りと同じ運動と、同じ距離と、同じ方向と、同じ香りと、同じ響きとがたがいに共鳴しあっているので、ほとんど見わけがたい等質の環境が形成されてしまっている。この驚くべき類似に着目するものにとって、「修善寺の大患」とはたんに小説家漱石の健康にかかわる医学的なできごとというより、それじたいが文学的な事件のようにみえる。この医学的なできごとが文学的な屈折をへて小説化されたというより、文学がこうした事件を漱石の身に招きよせていたとしか見えないのだ。「作品」を模倣せんとする「作家」がくぐりぬけるべき必然的な試練、あるいは書くことにともなう責務のきわめて具体的な実践とでもすべきだろうか。とにかく漱石は、自分自身を読むというきわめて危険な身振りを演じながら文学という希薄なる表層に限りなく接近しているのだ。

　だが、痛ましいのは、多くの人がこの必死の儀式をその象徴的な側面でしか捉えようとせず、それをきわめて生なましい運動として体験しようとはしない点にある。読むとは、この希薄なる表層におのれの影をなげかけ、それを能うかぎり透明なものとすることであるはずなのに、人は、文学的な体験をありとあらゆる濃密さで飾りたてずにはいられない。だが濃密さとは、他なるものの介入を排除することでのみ維持される反動的な、しかもその反動性を曖昧に他者と共有しもするきわめて無邪気な執拗さにほかならない。それは、漱石を温存しかつ自分自身をも温存しながら、なおその温存ぶりを切実な個人的体験だと錯覚せずにはいられない点で無邪気なものだが、しかしその錯覚を万遍なくあたりに行きわたらせて常識化するという執拗さを帯びている。文学とはこの無邪気な執拗に逆う試みとしてありながら、今日、多くの場所で、その無自覚なる蔓延ぶりに加担してしまうのだ。濃密な影と影とがとり交わす対話など、所詮は変容に背を向け、自分と世界とがひたすら自分と世界であり続けようと願うものの醜悪な延命策にすぎぬはずでありながら、いま、この濃密な対話ばかりが文学の前景を蔽いつくしている。象徴とは、あらゆる濃密さが引きずっている無邪気な執拗さを曖昧に忘れようとするために、文学が捏造する濃密さ自身の多少とも希薄さを装った顔にほかならない。

だがそれにしても、文学が困難ないとなみであるとしたら、それは言葉が、いかなる瞬間においても象徴だの寓意だのであることをこばみ、ひたすら具体的な表層性としてその戯れを不断に煽りたてているからではないか。文学が多少とも刺激的ないとなみとしてあるのも、そうした理由によってであろう。だからこそ、漱石をそしらぬ顔でやりすごし、その頼りなげな後姿に不意撃ちをかけねばならないのだ。記憶という濃密さ、意識という濃密さから解放され、希薄で表層的な何の変哲もない人影のまま漱石を漂わせておくこと。そしてその人影を不意撃ちする。その不意撃ちが自分自身にも向けられたものであることは、いまやいうまでもない。匿名という名の希薄な透明さ、その透明な空間へと拡散しつつ記憶を失うことこそが読むことにほかならない。その意味で、読むこともまた「第二の葬式」というべきものだ。その儀式を模倣し反復すること。そうした身振りの中にこそ、たぐいまれな変容への資質が形成されるはずである。「文学」とは、意味の磁場ではなく、変容の実践でなければならない。人は、自分でなくなるために「文学」を読むのだ。自分の顔、自分の記憶への郷愁をたち、誰でもなくなるために思いきり自分自身を希薄化させ、言葉とともにあたりに拡散させねばならない。コミュニケーションとは、この希薄な拡散を生きる細片化された存在が、ひたすらな表層として媒介なしに世界と同調し、誰にも似ることのない運動を実現することにほかならない。そのことを教えてくれるのが、漱石的「作品」なのである。

# 単行本あとがき

ここに『夏目漱石論』として提示された書物が思い描く唯一の夢は、その言葉たちが、夏目漱石として知られる小説家と、この書物の著者と人が断定するだろう存在にだけは似たくないという夢である。もちろん、その夢が実現されえたか否かをこの書物は知りえない。それを知っているのは「文学」ばかりである。またこの書物は、「文学」にも似たくはないと思ってもいようから、その夢はどこまでも宙に吊られたままである。

幸福を希望しながらも相対的な不幸を生きるしかないこの書物は、雑誌『國文學』、『現代詩手帖』、『ユリイカ』等に断続的に発表された文章をもとにしてできあがっているが、一部は、ここを最初の発表の舞台ともしている。それが『夏目漱石論』として一冊におさめられることを、はたして彼らが望んでいたかどうかを知るものはいない。

にもかかわらず著者は、それぞれの雑誌に発表される際、著者の発語を円滑ならしめた學燈社の牧野十寸穂、思潮社の山村武善、現在は青土社にはいない小野好恵の諸氏、ならびに書物の体裁をとるにあたって同種の労をとられた青土社の三浦雅士ほかの諸氏に、この書物の言葉が著者に対していだいているのとは異質の思いを捧げようと思う。そして著者は、その思いの表白が「文学」に似てしまわないことだけをいのっている。

蓮實重彦

一九七八年九月

# 「自著」を前にした脅えと戸惑い

著者から読者へ
蓮實重彦

書誌学的な必要に迫られ、ある特定の書物の特定のページに目を通すということは何度かありましたが、かつて出版された自分自身の書物を始めから終わりまで読みなおすという経験は、これまで一度もしたことがありません。『夏目漱石論』の場合もまったく同様であり、今回、講談社文芸文庫におさめられるにあたって、引用の部分の正確さを期するという目的で担当の編集者とかなりの数の細部を検討しなおすことはいたしましたが、全編に改めて目を通すことはしておりません。出版された瞬間にそれは自分の手を決定的に離れてしまっていながらも、それが決定的に他者の言葉として迫ってくるとは実感できぬという「自著」なるもののいかにも曖昧なステイタスが、始末におえぬものだからです。

そこでかつての自分と出会うのが不気味だから、というのがその理由かもしれません。あるいは、いまでは失われてしまった言葉の勢いともいうべきものに触れることで、時の流れの残酷さと向かい合いたくはなかったからでしょうか。いずれにせよ、『夏目漱石論』という三十数年前の書物は、わたくしにとって、わたくし自身の「現在」とはほとんど無縁のものと見なされております。その言葉の「現在」と著者の「現在」とが、ふとしたきっかけでのっぴきならぬ葛藤を演じることがあっても不思議ではない。しかし、その葛藤に自分から責任をとることだけはしないつもりだ。それが、この書物に向けられたわたくしの正直な気持ちです。

この『夏目漱石論』がどのようにして書物のかたちをとったのか、詳しいことはまったく覚えておりません。ただ、漱石を論じることに深いこだわりをいだいていたのでないことだけは確かです。たかが夏目漱石程度の作家なら、誰が好きなように論じて一向にかまうまい。当時はまだ紙幣の肖像に選ばれてもいなかったこの「国民作家」への、若さからくる侮りのようなものがどこかに働いていたようにも思えます。あるいは、あれやこれやの漱石論にいい加減うんざりして、もうそろそろ漱石を論じることなどやめにすべきではないかという苛立ちもあったような気がします。ことによると、夏目漱石ときっぱりと縁を切るために書いたのが、『夏目漱石論』だったのかもしれません。

漠然とながら、二つのことを記憶しております。この書物の初版の編集の過程で、当時青土社に在籍しておられた三浦雅士さんに無理をいって、装幀を自分の手でやらせていただいたことです。もう一つ覚えているのは、第一章にあたる「横たわる漱石」がある雑誌に発表されたとき、それが、書き手の思惑を超えて、思いのほか多くの読者の目に触れていたという事実です。当時のわたくしの書いたものの中では、むしろ「評判」がよかったといっても誇張ではないと思います。しかし、「横たわる漱石」に書かれていることなど、多少とも漱石を読んでいれば誰にでも書ける思いきり凡庸な指摘でしかない。そう確信していたので、この「評判の良さ」には、正直なところ深い戸惑いを覚えました。その戸惑いが、わたくしに一冊の漱石論を書かせてしまったのでしょうか。

とはいえ、この『夏目漱石論』は、その後のわたくしの著作を形式的に決定しております。「形式的に」というのは、全編の構成という点で、ということを意味しております。目次を見ていただければ明らかですが、これは序章と終章とにはさまれた全十章からなる論考であります。その章立ては、「章」という語彙こそIからXまでのローマ数字に置きかえられていますが、二〇〇三年に「増補決定版」が刊行された『監督 小津安二郎』や二〇〇七年に刊行された『「赤」の誘惑――フィクション論序説』、さらには二〇一三年刊行予定の『「ボヴァリー夫人」論』にまでそっくり受けつがれているものです。その意味で、『夏目漱石論』の構成は、一冊の書物を構想する批評家としてのわたくしの思考の一貫性の証左でもあれば、単調さの証左ともいえる基本形態を素描していたのかもしれません。

福武文庫におさめられていながらしばらく絶版状態におかれていたこの書物が講談社文

芸文庫の一冊として復刊されるにあたって、その「解説」は批評家でも研究者でもなく、できれば作家の方に書いていただきたかった。それも、女性にお願いできればこんな嬉しいことはない。その贅沢な思いを快くかなえて下さった松浦理英子さんには、言葉にはつくしがたい思いをささげさせていただきます。また、わたくし自身の決して短くはない年譜の作成を担当された前田晃一さんにも、深く御礼申しあげる次第です。さらには、雑誌『群像』の編集長時代にあれこれお世話になった松沢賢二さんにこの文庫版の編集を担当していただけたことは、思いもかけぬ大きな喜びでした。ここに、つきぬ感謝の心を表明させていただきます。

二〇一二年八月一日

著者

# 蓮實重彦を初めて読んで驚く人のためのガイダンス

解説

松浦理英子

私事を交えながら書き進めるのをお許しいただきたい。本書『夏目漱石論』が青土社から刊行されたのは一九七八年のこと。私の小説家としてのデビューも一九七八年である。二十歳での早過ぎたデビューを悔やむ理由はいくつかあるが、そのうちの一つを端的にことばにすると、「蓮實重彦を読んでから小説家になればよかった」ということになる。せめて『夏目漱石論』『反＝日本語論』『表層批評宣言』『「私小説」を読む』『大江健三郎論』といった著作が出揃う一九八〇年あたりまでは修業期とすべきだった。そうしていたところで小説家としてもっといいスタートを切り今より格段にすぐれた小説家になれていたかどうかは疑わしいのだけれども。

一九七八年はまた柄谷行人の『マルクスその可能性の中心』の出版年でもあり、一九八〇年前後から一九九〇年代にかけての、文学の世界で批評が非常によく読まれた時代の始まりの年だったといえるだろう。その批評の時代、文学や現代思想に興味を抱く若者はこぞって蓮實重彥と柄谷行人、小説家であれば中上健次を読んでいた。中上健次の名前が出たのを好機として書き添えれば、あれほどの批評の隆盛は、豊かな学識の上に築かれた全く新しいスタイルの批評の魅力によるのはもちろんだけれども、中上健次という文学にどっぷりと身を浸しつつ文学を考え詰める小説家が新しい批評を必要とし召喚したから起こったのだという印象を私は持っている。

私も蓮實重彥、柄谷行人、中上健次の文章や発言に触れることを楽しみにしていた一人である。学識乏しい凡才だから理解の及ばない部分も多かったが、少なくとも、私が未熟者なりに直感的に覚えていた文学のある部分への疑念や不快感を摘み取らずに育てることができたのは、右の三人の先達が示していた、巷に流布する文学のイメージなどはいくら疑ってもかまわないという態度に、大いに力づけられたおかげだといえる。

とりわけ蓮實重彥を読むことは、天から地に向かって降るものだとばかり思っていた雨が突然右から左に向かって降ったかのような驚きの連続で、いつも面喰いつつもわくわくさせられていた。当時親しかった友人に勉強好きの大学院生がいて、その友人としばしば「この間蓮實さんが『BRUTUS』の映画評コラムに書いていたことがわからない」とか「『中央公論』の連載にこんなことが書いてあったけど、どう理解すればいいんだろう」というふうな、議論というよりぼやき合いをしたものだ。蓮實重彥は私の文学的青春を振り返る時に欠かすことのできない名前の一つである。

さて、刊行から今年で三十四年たつわけだが、今の若い人は本書『夏目漱石論』をどう読むだろうか。おそらく現在、本書は各大学の文学部日本文学科で基本文献とされていることだろうが、そのような古典となってもなお、標準的な二十歳そこそこの若者にとっては驚くべき本なのではないかと思う。いや大学生に限らず、三十代であろうが四十代であろうが初めて蓮實重彥の著作に接する人々の反応も同様のはずで、そのさまを想像するとかつての自分の驚きとときめきが甦って愉快にもなれば、今ついに蓮實重彥を初体験する人が羨ましくなったりもするのである。

読者の戸惑いを見越してか、本書には本論に入る前に、ゲームでいえば取扱説明書（そのゲームの操作方法や世界観を概説したマニュアル）に当たる「序章　読むことと不意撃ち」が置かれていて、以後繁殖することばがどのような性質を帯びることになるか懇切丁寧に説かれている。しかし、よりよく蓮實重彥に驚くためにここでこっそりお勧めしたいのは、序章を後回しにしてまず「第一章　横たわる漱石」に眼を通すことである。「漱石の小説のほとんどは、きまって、横臥の姿勢をまもる人物のまわりに物語を構築するという一貫した構造におさまっている」と結ばれる冒頭の第一のセンテンスから素朴な読者ははっとする。著者にそういう意図はなく淡々と記述しただけなのかも知れないが、読む者にはこれから始まる批評の方法についての宣言の役目を果たしているともとれるこの一文が、響き渡るファンファーレか乗り込んだ船の出航を告げる汽笛のように迫る。記述の内容に自信を持って頷けるほど漱石の小説の横たわる場面を憶えていないことにうろたえたり、横臥という地味な体勢から始めていったいどれほどのことを聞かせてもらえるのだろうと不安を覚えたりしても立ち止まる暇はなく、私たちはすでに航海が始まっていること、蓮實重彦によってどこかに連れ出されていることに気づかざるを得ない。

読み進めるにつれて、次のようなことが確かめられるだろう。これは現代国語の試験問題のように、作者の意図を推し測り思想や主張を読み取ろうとする批評ではない。作家の伝記的事実を調べ丹念に作品と照らし合わせた批評でもない。目利きが骨董品を鑑定するかのような、ものものしく断定的な批評でもない。ことばの裏の意味や象徴するものを探して別の意味を押しつけたり作品の外の何かに還元したりする批評でもない。徹底的に、禁欲的なまでに、眼の前にある具体的なことばだけを扱い、その動きやそれらのことばがかたちづくるものを観察・玩味する批評である。そして、無類に面白い——。

作家の思想を何よりも尊重したい読者だったら、「漱石的『作品』」を「『横たわること』をめぐり、そうした姿勢をまもる人間に何が可能かを直截に問う生なましい試み」とし、「その試みにおいて、漱石文学は、漱石の『思想』などを遥かに超えている」と断じた箇所に抵抗を感じるだろうし、テキストの背後に隠れている意味を見つけるのが深い読み方だと考えている読者だったら、『三四郎』の病床に伏した三四郎が見舞いの蜜柑の甘い露を味わう場面を引き「『飲むこと』にまつわる精神分析的な解釈などを得意げにふりまわすのはやめにしよう」という箇所に、ばつの悪い思いをするだろう。これは壮大な冗談なのではないか、うまく騙されているのではないか、と疑いを拭いきれない読者もあるだろう。

そうした抵抗する読者、疑り深い読者をも説得するのは、随所に顕われる著者の繊細な感覚、繊細な読み方ではないだろうか。たとえば、「仰向けに横たわる仕草は、外界を遮断して孤独のうちに自己を幽閉する隔離の身振りではなく、漱石的存在が演じてみせる最も雄弁な、しかもその饒舌を贋の沈黙と不動性とでたくみに隠蔽した、狡猾とさえ呼べる世界との和合の試みだというべきかもしれない」というくだり。これはテキストの背後に隠れている意味を見出したものではなく、あくまでも眼に見えることばの働きぶりから感じ取られたものであることに注意したい。このような箇所に何度か触れるうちに、読者は「深い読み方」ではなく繊細な読み方こそが作品を豊かに味わうことに繋がると感得し、ここで実践されている批評を心おきなく楽しもうという気になるのではないか。

しかし、その繊細さに打たれ、「漱石的『存在』」の横臥のまわりに惹き起こされる数々の出来事を少しずつ視点を変えながら多様に語る話術の見事さに感嘆し、論旨に納得しても、こういう批評ではどうにも物足りないと言う人はいると思われる。それは何事かを解明することこそが批評であり思考であると信じている人であり、第一章の最後に仮想されている「それにしても、なぜ、仰向けに寝ることが問題なのかと改めて問う人」だろう。なぜ蹲って膝をかかえるのではだめなのか、「漱石的『存在』」がなぜ仰向けに寝るのかという根本的な疑問が解決されていないのではないか、というわけである。

それに対して著者は漱石の短篇「一夜」の末尾をユーモラスな手つきで引用して答えているのだけれども、ここは『草枕』に出て来る小説の読み方に関する議論中の科白「船でも岡でも、かいてある通りでいいんです。なぜと聞き出すと探偵になってしまうです」を引いてもいいかも知れない。小説を読むのは謎を見つけて「なぜ」と問うことではない。蓮實重彥は決して探偵にはならないのである。

このようにして私たちは蓮實重彥的批評の世界にさまざまな驚きとともに導き入れられて行く。

出合い頭の驚きが治まっても本書にはまだまだ動揺の種が残されているのだが、それは読む人各自で体験していただくとして、最後に『夏目漱石論』のような批評をどのように形容すればいいのか考えてみたい。漱石を俎板に横たえて解剖したり顕微鏡で覗いたり裏返してみたり怪しげな衣装を着せてみたりする批評ではないのは先に確認した通りである。漱石を加工変形することなく新鮮な相貌を浮かび上がらせていることに、映画的な

〈編集〉を連想すべきだろうか。それとも漱石と蓮實重彥の対等の立場での〈合奏〉と呼ぶべきだろうか。あるいは蓮實重彥的なことばを使って、蓮實重彥による夏目漱石の「反復」と？

「反復」ということばを出してしまったら、さらに前進して、これは蓮實重彥が漱石とともに書いた『夏目漱石論』という小説であると言ってしまいたい誘惑に駆られる。当然、物語に依存した月並みな小説ではない。理屈や理論に依存した退屈な小説でもない。「漱石的『作品』」の幾多の細部が一つの生きものとして繫がり合おうと蠢いているのを活写し、連作短篇小説として編み上げたような趣きの一巻である。私たちは『夏目漱石論』の話術の見事さをまたも思い出す。

# 年譜

蓮實重彦

**一九三六年**（昭和一一年）
四月二九日、父重康、母田鶴子の長男として東京（母方の祖父の家麻布区六本木町一番地）に生まれる。東京帝室博物館勤務の父は折から奈良に出張中、宿で「タロウ、ウマル」の電報を受け取ったという。かつての天長節。大日本帝国の特権的な祝日が、名前は変わっても今日まで祝日としてうけつがれていることの不条理を、毎年一度思い知らされる。以後、両親から弟妹を与えられることなく「ひとりっ子」として成長する。両親は青山一丁目に住み、息子をつれて絵画館周辺の神宮外苑を散歩することを日課とする。特高警察がしばしば笑顔で縁側に姿を見せたというが、その家の記憶はまったくない。最も古く最も鮮明な幼時の記憶は、祖父の家の庭での花見の光景を撮った9・5ミリのパテ・ベビーによるホーム・ムービー試写の宵である。

**一九四〇年**（昭和一五年）四歳
私鉄帝都線（現在の井の頭線）沿線の東松原の新築の家（世田谷区羽根木町一六六二番地）に引越し、中原幼稚園に通う。

**一九四一年**（昭和一六年）五歳
四月、雙葉幼稚園に入園。袴姿と最新流行の洋装とが美しく調和し合った先生方の衣装を縫うように碧眼の尼僧の黒い僧衣が揺れ、その裾にまといつく幼い異性のクラスメイトのうちに、ひそかな執着の対象を無意識ながら選別し始める。名高い国文学者（あえて書物を著さぬことで知られる近代日本文学研究者）の令嬢であることを理解する混血の美少女の存在に、世界の思いもかけぬ拡がりを教えられる。他方、美しいクラスメイトの一人が家族とともに満州に移住する事件で、貴重な異性が不意に視界から姿を消すこともあるという現実を知らされる。同じ時期に起こった父の出征には、その不気味さを味わうことがなかった。新宿駅からいずこへとも知れずに去った父からの最初の絵葉書で、彦根という都市の存在を教えられる。母との二人暮らしとなり、麻布の祖父のもとに移り住む。

**一九四三年**（昭和一八年）　七歳

四月、学習院初等科に入学。静岡市の父方の祖父母の家を訪れ、特急燕号がホームに滑り込む瞬間の迫力にうたれる。ただ、特急列車では、理由もなく鷗号を好んでいた。

**一九四四年**（昭和一九年）　八歳

二学期から空襲が激しくなり、授業は中止、自宅待機となる。秋、祖父の出身地である長野県上伊那郡小野村に疎開し、同国民学校に通う。田園生活の不気味な明るさの中に時間の経過を忘れる。筑摩書房創立者の古田晁の出身地には杉捷夫夫妻はじめ筑摩系の執筆者の多くが疎開しており、原稿をかかえて東京と小野とを往復する中村光夫氏ともどこかですれ違っていたはずである。

**一九四五年**（昭和二〇年）　九歳

おそらく一月二七日、空襲警報が解除された直後の晴れ上がった空から一機の日本軍機が操縦機能を失ったまま、まるで不意の悪意から自分をめがけているかのように錐揉み状に舞い降りてきて、墜落したさまを見る。三月九日から十日、東京大空襲。家族とともに防空壕で過ごす。その後、六本木の祖父の家は焼失。八月、いわゆる「玉音放送」を疎開先の明るい戸外で聞く。その直後、気軽な冗談で事態をはぐらかす祖母や伯母たちの解放感にみちた反応にやや戸惑いながらも、太平洋上で自爆した遠縁の海軍大尉が口にしていた「まあ、負けますね」の一語が正しかったことを確認。秋、小野村を離れ、沼津市桃郷学習院遊泳所に設けられた仮校舎で三年次の授業に参加し、「教科書に墨を塗る」。

**一九四六年**（昭和二一年）一〇歳
四月、戦災を免れた世田谷の家に戻り、学習院初等科での四年次の授業を受け始める。八月、父の帰還。ジャワからシンガポールへと移った気象観測隊の隊長であったことを知る。野球の流行、放課後の試合ではキャッチャーのレギュラー・ポジションを取る。

**一九四七年**（昭和二二年）一一歳
母方の祖父が水原秋桜子に俳句の添削を受けていた関係で自身の俳句も添削を受ける。『少年倶楽部』に俳句を投稿し、入選。

**一九四九年**（昭和二四年）一三歳
四月、学習院中等科に進学。陸上競技部に入り、円盤投げ、砲丸投げ、ハイジャンプなどの種目を得意とし、新宿区では優勝するものの、東京都大会では円盤投げで五位にとどまる。ラグビー部にかりだされて秩父宮ラグビー場でスクラムを組む。演劇部に属し、真船豊の『寒鴨』、ロマン・ローラン『正義の人々』などに主演し、菊池寛『父帰る』、飯沢匡の『崑崙山の人々』などの上演にかかわる。同時に映画狂いも始まり、ルネ・クレール『沈黙は金』を恵比須本庄の最前列で三回たて続けに見て、顔面神経症にかかって顔の右半分が動かなくなり、二ヵ月病院通い。同窓の三島由紀夫の『仮面の告白』などを読み、その運動神経のなさを軽蔑する。同級生の父親がロジェ・マルタン・デュ・ガールの

『チボー家の人びと』の訳者山内義雄氏だった関係で、フランス文学にも興味を抱く。プルーストの翻訳が新潮社から出始めるが、こちらは何度読み始めても挫折する。河出書房の「新人文学選集」で戦後派作家を知る。

**一九五二年**（昭和二七年）一六歳

四月、学習院高等科に進学。三年に三谷礼二氏がおり、『学習院新聞』に掲載されたフリッツ・ラング論「『地獄への逆襲』について」に衝撃を受ける。陸上競技部、演劇部に加えて美術部に入り、講師の石川滋彦画伯の指導を受ける。この頃、戦後初のフランス映画祭。ジェラール・フィリップとエレベーターに乗りあわせる。同じエレベーターに、東和商事社長とその令嬢が乗っていて、胸もとに『陽気なドン・カミロ』の翻訳をかかえる令嬢（川喜多和子）の横顔に強く惹かれる。同じ頃、美術部の夏の合宿で、窓辺で長い髪をくしけずる大学の女性部員の姿にこの世のものならぬ美しさを覚える。二年次よりフランス語を第二外国語として選択、若々しい菅野昭正講師ほかから初級の手ほどきを受ける。徐々に専攻をフランス文学に絞り、大学は東大と勝手に決めながら、まともな受験勉強はせず、放課後は陸上競技の練習ののち帝都名画座などに通いつめる。ジョン・フォードをはじめとする贔屓の監督の新作ロードショウの初日には、早起きして行列の先頭に立ち、仲間と8ミリの西部劇『理由なき決闘』を撮ったりする。ニコラス・レイの『大砂塵』を絶賛してクラスメイトの顰蹙をかう。母の従弟の小野二郎から英語の個人レッスンを受ける。

**一九五五年**（昭和三〇年）一九歳

東大の入試に失敗し、映画を禁欲する。数学のみを予備校で鍛え直すが、夏休み頃には合格の自信を持ち、映画館通いを再開。父は京都大学文学部へ移り、母も東京を離れる。

**一九五六年**（昭和三一年）　二〇歳
四月、東京大学教養学部文科二類（現在の三類）に入学。文学部に進んだ者には古井由吉がいた。山田𣝣先生からコンパの席で「てめえら、フローベールの感情教育を知らねえだろう。感情教育ってのは終わらねえんだ」と威勢良く啖呵を切られ、その一言が将来を決定する。小説「エデュワール・デュ・コペェ氏の行動の記録」が銀杏並木賞第三席。

**一九五七年**（昭和三二年）　二一歳
クラスメイトのアルバイト先の雑誌『シャンソン』に映画批評を書き、銀座のイエナ書店で『カイエ・デュ・シネマ』誌の立ち読みを始める。東和映画の懸賞論文に応募、最終選考に残り、愚劣なデュヴィヴィエの映画を見せられた上で感想を求められ、これを酷評。審査員の川喜多かしこ女史を苦笑させる。学習院大学フランス会の原語上演ジャン・アヌーイ『アンチゴーヌ』にクレオン役で客演。

**一九五八年**（昭和三三年）　二二歳
四月、東京大学文学部に進学。モリエール『ル・ミザントロープ』を原語で上演。モーリス・パンゲの授業でバシュラールの魅力を教えられる。卒業論文は「ギュスターヴ・フロオベエルの初期作品の研究」。

**一九六〇年**（昭和三五年）　二四歳
四月、東京大学大学院人文科学研究科フランス語フランス文学研究科修士課程に進学。六月一五日、アルバイト先の玄関先で、女子学生が一人死にましたと聞き、それが樺美智子であると直観。とって返して溜池のあたりをうろつく。興奮の日々が続く。秋にゴダールの『勝手にしやがれ』を加藤晴久とニュー東宝で観てうちのめされる。ロラン・バルトの『ミシュレ論』とジヤン＝ピエール・リシャールの『フローベール論』などに刺激を受け、当時の東大仏文にはあるまじき「ヌーヴェル・クリティック派」（その名前はまだなかった）を気取る。清水徹訳のビュトールの『心変わり』が出版され、「ヌーヴェル・ヴァーグ」と「ヌーヴォー・ロマン」の興隆期。同級の天沢退二郎らと語らい、『東大新聞』に鬼蓮・映画批評同人の署名で映画評を寄稿。日仏合作映画『涙なきフランス人』のシナリオハンティングに来日したアラン・ロブ＝グリエ夫妻の通訳を務める（市川崑監督が予定されていたが、企画は実現せず）。修士論文「ギュスタアヴ・フロオベエル　その創意の構造と展開の諸様態」。指導教授は杉捷夫教授。本郷仏文における修士論文への最初のヌーヴェル・クリティックの投影。評判香しからず。博士課程への進学をほぼあきらめるも、井上究一郎助教授から「この論文は頭のなかだけのものだから、実際にフランスに行かれて、フランスの森を見て、海を見て、川を見て、いま一度考えなおしてごらんなさい、それであなたの方向が決まると思います」と励まされる。

**一九六二年**（昭和三七年）二六歳

四月、博士課程に進学。九月、フランス政府給費留学生としてフランスに渡る。フランス郵船ヴェトナム号、同室は稲生永。同船上で川田順造と知り合う。パリ大学文学人文学部博士課程に登録、ロベール・リカット教授の指導を仰ぐ。五月革命に際してソルボンヌを去った数少ない熱血漢。新たな研究方法にも深い理解を示し、豊かに開かれた感性で擁護する。論文の草稿をそのつど丁寧に読み、「よい」「悪い」に加え、様々な有意義な指摘を書き込まれて草稿は真っ赤になる。こちらの出来が悪いと烈火の如く怒られる。東洋人の一人の学生にこれほど真剣に怒りを表現される先生とめぐりあえたことに深い感動を覚える。リカット氏から受けた有形無形の影響は数知れない。午前中は授業、午後は研究、夜は映画という日課を確立し、論文の準備に没頭する。豊崎光一と知り合う。同年暮れ、折からドイツに滞在中の両親をボンに訪ねる。クリスマスの休暇はオーストリアでスキー。

**一九六三年**（昭和三八年）二七歳
春、ボン大学で日本美術史を講じていた父が母を伴ってパリを訪れる。夏、スカンジナビア三国、南仏に遊ぶ。小津安二郎を愛する女性シャンタルと知り合い親交を深める。『父ありき』の親子の釣りの場面の美しさについて語り合える女性は彼女しかいなかった。

**一九六四年**（昭和三九年）二八歳
イースターをローマ、フィレンツェで過ごし、イタリアの魅力に心を奪われる。夏、フランスの中央山岳地帯の友人宅に招かれ、あたりをキャンプしてまわる。秋、ウィーンからヴェネチアをまわる。冬、高校時代のクラスメイトたちとグリンデルヴァルトでスキー。この年から翌年にかけ、ゴダールとフォードの新作を除き映画を禁欲、論文の執筆に励む。

**一九六五年**（昭和四〇年）二九歳
山田宏一と親交を結ぶ。一二月、パリ大学に博士論文「『ボヴァリー夫人』を通してみたフローベールの心理的方法」を提出、審査に合格ののち直ちに帰国。

**一九六六年**（昭和四一年）三〇歳
三月、大学院博士課程を中退し、四月より東大文学部助手。四月、ゴダールが来日、通訳としてつきあう。その折、後にフランス映画社を設立する柴田駿と知り合う。五月、バルトが来日し、東大での講演を通訳する。一二月、マリー＝シャンタル・メルケベークと結婚。

**一九六七年**（昭和四二年）三一歳
筑摩書房『フローベール全集』の初期作品ならびに書簡の翻訳に没頭。全集の別巻『研究篇』に長文「フローベールと文学の変貌」を執筆。この頃、山田𣝣先生とともに鎌倉の中村光夫邸を訪れる。のちに、中村氏の『ボヴァリー夫人』の翻訳中、フローベール関係の情報をお届けするかたわら、氏の人柄に触れる機会を増してゆく。シネクラブ研究会を主宰する川喜多和子と知り合い、その上映資料などの翻訳を手伝う。一二月、長男重臣誕生。以後、両親のいずれもが「ひとりっ子」の「ひとりっ子」として成長する。

**一九六八年**（昭和四三年）　三二歳

四月、立教大学一般教育部専任講師としてフランス語を教える。学習院大学、東京造形大学などの非常勤講師。父、京都大学を定年退職し、東海大学に新たな職を得て、東京に戻る。それにともない中野区東中野に転居。雑誌『パイデイア』第二号「特集　映像とは何か」にアラン・レネ「私にとって映画とは何か」を翻訳。夏、シネクラブ研究会の鈴木清順全作品上映の企画が日活の拒否にあい、解雇事件に発展、抗議デモの先頭に立つ。暮れに、波多野哲朗、山根貞男らが映画季刊雑誌『シネマ69』の企画を持って訪れる。創刊号にアラン・レネ論「鏡を恐れるナルシス」を書き、同時にレネ宛の書簡インタヴューを仏訳。これにより映画批評執筆活動が始まる。『パイデイア』第九号のヌーヴェル・クリティック特集号にジャン゠ピエール・リシャール論「批評、あるいは仮死の祭典」。

**一九六九年**（昭和四四年）　三三歳

この年の始め、重症の気管支炎を患い、それを機に口髭と顎髭を伸ばす。立教大学は学園紛争を体験、紛糾した教授会で知らぬ間に煙草を吸っている自分を発見する。たまたま手に触れたロングホープを誰かから奪いとったものだが、それが不幸にも習慣化する。何度もくり返し行われた徹夜の団体交渉の折に学生諸君と交わしたやりとりの言葉や言い回しの数々は、直接的、間接的にその後の文章の文体や修辞に影響を落とす。紛争時における言語的実践がなければ、その後の批評活動はなかったと思われるほど、個人的には深いインパクトを紛争から受けとめている。

**一九七〇年**（昭和四五年）　三四歳
三月、クロード・シモンが来日。日仏学院での講演を「小説とエクリチュール」として『文藝』六月号に翻訳。四月、東京大学教養学部専任講師となる。この年より立教大学で映画表現論を開講。『海』に「映画・この不在なるものの輝き」を発表、物議をかもす。七月、コレージュ・ド・フランスでの国際フランス文学会総会でフローベールについて発表。一〇月、ミシェル・フーコー来日。日仏会館でマネについての講演を聴く。

**一九七一年**（昭和四六年）　三五歳
五月、羽根木に家を新築してもとの住所に戻る。一〇月、パリ第七大学に日本語講師として着任。ジル・ドゥルーズの『差異と反復』を読み、強く惹きつけられる。折から滞欧中の中村光夫氏とともにルーアンに行き、市立図書館でフローベールの原稿を読む。

**一九七二年**（昭和四七年）　三六歳
バルトやドゥルーズの参加したプルースト生誕百年をめぐる討論会の模様などを「限界体験と批評」として『海』に送る。フローベルの『三つの物語』と『十一月』の翻訳、仏文の『三つの物語』論を書き、ノルマンディーの海岸で「安岡章太郎論」を仕上げ、秋「ハワード・ホークス論」を執筆。

**一九七三年**（昭和四八年）　三七歳
前年の帰国間際にフーコーらにインタヴューし『海』に発表。一月、『マゾッホとサド』翻訳出版。『日本読書新聞』で文芸時評。

**一九七四年**（昭和四九年）　三八歳
四月、東京大学教養学部助教授となる。『言語生活』二月号に『反＝日本語論』のもとになる文章を発表。五月、『批評 あるいは仮死の祭典』刊。六月下旬、スリジー・ラ・サルのフローベール研究集会。シャンティイのフランス学士院図書館でマクシム・デュ・カンの原稿を読み始める。「横たわる漱石」（『國文學　解釈と教材の研究』一一月号）を発表し、『夏目漱石論』へと繋がる仕事を始める。

**一九七五年**（昭和五〇年）三九歳

七月、『エピステーメー』創刊準備号に「肖像画家の黒い欲望　ミシェル・フーコー『言葉と物』を読む」。一一月、『フーコーそして／あるいはドゥルーズ』を翻訳出版。まだ無名の浅田彰より誤訳を指摘された。

**一九七六年**（昭和五一年）四〇歳

一月、『日本読書新聞』で中村光夫氏にインタヴュー。「手の変貌　『ボヴァリー夫人』論のためのノート」（東京大学教養学部外国語科編『外国語科研究紀要』）。

**一九七七年**（昭和五二年）四一歳

一月、『日本読書新聞』で大岡昇平氏にインタヴュー。五月、『反＝日本語論』刊（翌年の読売文学賞、評論・伝記賞受賞）。夏、フランドルの海岸の避暑地で『陥没地帯』の着想をうる。一〇月、フーコーにインタヴュー「権力と知」を行い『海』に発表。

**一九七八年**（昭和五三年）四二歳

二月、『フーコー・ドゥルーズ・デリダ』刊。三月、山田宏一、山根貞男と「映画狂いイマージュのアナルシーあるいは制度的知への挑発」で『エピステーメー』を乗っ取る。四月、フーコー来日。「〈性〉と権力」のセミナーに参加。『海』で吉本隆明氏とフーコーの対談の通訳を務める。一〇月、ロブ＝グリエ来日、『現代思想』でインタヴュー。『夏目漱石論』刊。金井美恵子、久美子の『話の特集』誌の連載〈マッド・ティーパーティー〉のため金井宅に招かれ鼎談。一二月、江藤淳氏による『夏目漱石論』の書評が『教養学部報』（第二四六号）に掲載。『現代思想』で「マクシム・デュ・カン論」の連載開始。

**一九七九年**（昭和五四年）　四三歳
三月、柄谷行人と対談「マルクスと漱石」（『現代思想』三月号）。山田宏一との共訳でフランソワ・トリュフォーの『映画の夢　夢の批評』を出版（『わが人生　わが映画』も一二月に刊）。この年、『映画の神話学』、『映像の詩学』、『シネマの記憶装置』と映画関係の書物を立て続けに出版。七月、『エピステーメー』終刊号に『陥没地帯』を発表。一〇月、『「私小説」を読む』刊。一一月、『表層批評宣言』刊。

**一九八〇年**（昭和五五年）　四四歳
昭和一五年以来住み慣れた家を壊し、新築する。八月、『トリュフォーそして映画』刊。九月、『フランス文学講座　第六巻　批評』（大修館）に、「批評と文学研究（Ⅱ）創生神話を求めて」。一一月、パリのフローベール没後百年記念シンポジウムに出席。『大江健三郎論』刊。一二月、『事件の現場』刊。

**一九八一年**（昭和五六年）　四五歳
四月、『フランス語の余白に』刊。秋、日本映像学会の企画「メッツ氏を囲む会」で司会を務める。自宅にてクリスチャン・メッツと対談（『イメージフォーラム』一〇月号）。一二月、山田宏一との共訳『ヒッチコック／トリュフォー　映画術』刊。

**一九八二年**（昭和五七年）　四六歳
一月、『小説論＝批評論』刊。二月、中村光夫『憂しと見し世』（中公文庫）に「解説」。アテネ・フランセ文化センターでの映画祭のため来日したダニエル・シュミットにインタヴュー（翌年の『海』一月号）。

**一九八三年**（昭和五八年）　四七歳
三月、日本映画特集の講師としてパリに行き、『日曜日が待ち遠しい！』の早朝の試写をトリュフォーと撮影のネストール・アルメンドロスとともに観る。『映画　誘惑のエクリチュール』、『監督　小津安二郎』刊。四月、ヴィム・ヴェンダースと知り合い、筑摩書房の間宮幹彦と『東京画』の撮影を手伝う。五月、『杼』誌インタヴュー「蓮實的存在はどこへ消えるか」。七月、フィルムセンターのジョン・フォード監督特集で淀川長治氏と出会う。八月、ロカルノ国際映画祭の成瀬巳喜男特集に招待され、シンポジウムに参加。『楢山節考』の上映の際に舞台挨拶を依頼されて、「美しさの点で遥かに凌駕しているロベール・ブレッソンの『ラルジャン』に大賞を与えることを拒否した、あの恥ずべきカンヌ映画祭審査員に対するとどまるところを知らぬ憤り」を表明する。

**一九八四年**（昭和五九年）　四八歳

二月、リノ・ミチケとマルコ・ミュレールがペサロ映画祭の日本映画特集への協力依頼のため来宅。山田宏一とともに作品の選定を手伝う。五月、ロブ゠グリエが来日、『読売新聞』や『マリ・クレール』にインタヴュー。『マリ・クレール』七月号で草野進と対談「どうしたって、プロ野球は面白い　正しい野球の観かた教えます」。夏、ロカルノ国際映画祭滞在中にダニエル・シュミット、ジュリエット・ベルトらとルガノにダグラス・サークを訪ねる。一一月、『IN・POCKET』で村上龍、坂本龍一と鼎談。一二月、シュミットの『ラ・パロマ』がシネ・ヴィヴァン六本木で公開。武満徹氏との対談、厚田雄春氏とレナート・ベルタの対談で通訳。

**一九八五年**（昭和六〇年）　四九歳

一月、トリュフォーを追悼して山田宏一と対談（『ユリイカ』二月号）。『ミツバチのささやき』の公開を記念して来日したビクトル・エリセと親しくなる。二月、『物語批判序説』刊。三月、天沢退二郎が『〈地獄〉にて』で高見順賞を受賞し、贈呈式で「天沢退二郎は日本一の詩人であります」と祝辞を述べる。八月、『映画はいかにして死ぬか』

刊。九月、季刊映画雑誌『リュミエール』の編集責任者となる。『シネマの煽動装置』刊。
**一九八六年**（昭和六一年）五〇歳
三月、一二月の二回、デュ・カン論の資料集めにシャンティイの図書館に通う。『陥没地帯』刊。三月、キャンプ地で落合博満にインタヴュー「生き方、落合博満流。」（『エスクァイア日本版』第一号）。『マリ・クレール』六月号で淀川長治、山田宏一とのちに『映画千夜一夜』となる連載開始。一〇月、『凡庸さについてお話させていただきます』刊。一二月、パリのポンピドゥー・センター「日本前衛展」シンポジウムに柄谷行人、中上健次、浅田彰らと参加。パリ大学リヤール講堂で現代日本文学について講演、その主な内容が『小説から遠く離れて』に受けつがれる。
**一九八七年**（昭和六二年）五一歳
三月、大島渚氏にインタヴュー（『リュミエール』七号）。『海燕』三月号より『小説から遠く離れて』の連載開始。香港国際映画祭の「成瀬巳喜男特集」に招待され、侯孝賢と知り合う。八月、ロカルノ国際映画祭滞在中に、ロールのゴダール宅でインタヴュー（『リュミエール』九号）。九月、金井美恵子にインタヴュー（金井美恵子『文章教室』福武文庫）。
**一九八八年**（昭和六三年）五二歳
一月、デュ・カン論の最後の資料調査でパリへ。東大教養学部社会科学科で通称・中沢事件が起こる。四月、東京大学教養学部教授となる。東大教養学部で教官有志によるシンポジウムを開催。五月、東大五月祭で西部邁と対談。柄谷行人との共著『闘争のエチカ』刊。二九日、同書の刊行を記念し紀伊國屋ホールで講演会とシンポジウム。蓮實はフローベールの『感情教育』の主人公は鋏とするフィクション論「『鋏』について」を講演（シンポジウムの記録は『週刊読書人』七月一八日号)。六月、淀川長治、山田宏一との共著『映画千夜一夜』刊。一一月、『凡庸な芸術家の肖像　マクシム・デュ・カン論』(翌年の芸術選奨文部大臣賞) 刊。一二月、『リュミエール』一四号をもって終刊。

**一九八九年**(昭和六四年・平成元年)　五三歳
六月、厚田雄春氏へのインタヴューによる共著『小津安二郎物語』刊。七月、『季刊思潮』で「近代日本の批評」をめぐる共同討議が昭和編で開始。明治・大正編は『批評空間』。大正編では基調報告を行う。秋、テニスの最中に左足ふくらはぎに肉離れ、二週間動けなくなりスポーツに自信を失う。一〇月、ノーベル賞受賞者日本フォーラムにクロード・シモン、大江健三郎氏と参加し、報告と討論(『読売新聞』一一月七日〜一〇日付)。

**一九九〇年**(平成二年)　五四歳
『文藝』で文芸時評(のちの『絶対文芸時評宣言』)。一月、リヨンで吉田喜重氏演出のオペラ『マダム・バタフライ』を観る。マルコ・ミュレールがディレクターとなったロッテルダム国際映画祭に参加。対談集『饗宴』刊。六月、中古智氏へのインタヴューによる共著『成瀬巳喜男の設計』刊。七月、浅田彰と対談「空白の時代」(『エイティーズ』河出書房新社)。後藤明生氏と対談「小説のディスクール」(後藤明生『スケープゴート』日本文芸社、月報)。一一月、トリノ国際映画祭「日本の六〇年代」に参加。山根貞男、山田宏一とカタログの編集を手伝う。

**一九九一年**(平成三年)　五五歳
一月、湾岸戦争勃発の日にヨーロッパへ出発。山根貞男、上野昂志、鈴木清順氏とともにロッテルダム国際映画祭「日本のB級映画特集」に参加。マルコ・ミュレールより招待キュレーターとして招聘され、鈴木清順、森一生、川島雄三の英語版カタログを編集。八月、『光をめぐって』刊。九月、『帝国の陰謀』刊。『朝日新聞』日曜版で淀川長治、山田宏一と作品解説や作品選択の助言を行う連載企画「シネマ CINEMA キネマ」開始。第一回「Bunkamura ドゥ・マゴ文学賞」で審査員を務め、山田宏一の『トリュフォー ある映画的人生』に授賞。高橋康也氏、渡辺守章氏と雑誌『ルプレザンタシオン』の編集委員となる。一〇月、東京大学シンポジウム「ミシェル・フーコーの世紀」を開催責任者として主催。一一月、ソ連消滅の直前、「レンフィルム祭 映画の共和国へ」の作品選定のためサンクトペテルブルクに滞在。『映画に目が眩んで』刊。

**一九九二年**（平成四年）　五六歳

二月、『金井美恵子全短篇Ⅱ』（日本文芸社）月報で金井美恵子にインタヴュー。『現代詩文庫　松浦寿輝詩集』に「言葉の「権利」について」。北野武にインタヴュー「（『ルプレザンタシオン』三号）。女性中心の執筆者による特集「蓮實重彥　挑発する批評」（『國文學　解釈と教材の研究』七月号）で金井美恵子よりインタヴューを受ける。一〇月、マドリッドでビクトル・エリセにインタヴュー（『ルプレザンタシオン』四号。のちに英訳され、Linda C. Ehrlich ed., *The Cinema of Victor Erice: An Open Window*, Scarecrow Press, 2000 に収録）。湯布院で Anywhere に参加、「署名と空間」を講演。一二月七日、厚田雄春死去。告別式に参列。

**一九九三年**（平成五年）　五七歳

二月、東京大学教養学部長に就任。『批評空間』第Ⅰ期八号で「共同討議　夏目漱石をめぐって　その豊かさと貧しさ」。金井美恵子と対談「反動装置としての文学」（『文藝』春号）。六月七日、川喜多和子死去。築地本願寺で弔辞を読む。九月、『ハリウッド映画史講義　翳りの歴史のために』、『映画巡礼』刊。一〇月、渡辺守章と共編著『ミシェル・

フーコーの世紀』刊。渡部直己によるインタヴュー「差いのセクシュアリティ　松浦理英子、笙野頼子、多和田葉子、そして吉本ばなな」(『文藝』冬号)。

**一九九四年**(平成六年)　五八歳

『批評空間』第Ⅱ期一二号で「共同討議　中上健次をめぐって　双系性とエクリチュール」。ピエール・ブルデューのセミナー「文学場の生成と構造」(『文学』第五巻一号)。四月、山内昌之との共編『いま、なぜ民族か』、『魂の唯物論的な擁護のために』刊。『朝日新聞』四月二六日付より文芸時評開始。六月、山根貞男との共著『誰が映画を畏れているか』刊。『文藝』夏季号に小説「オペラ・オペラシオネル」発表。十月、ジュネーヴ映画祭に審査員として招かれ、ジュネーヴ大学で高等教育の将来像について講演。一一月、台湾大学日本総合研究センター、国家電影館、文化大学で講演(翌年、台湾で『一次與電影的悲劇性交往　蓮實重彦特集』として刊行)。

**一九九五年**(平成七年)　五九歳

柄谷行人と対談「文学と思想」(『群像』一月号)。三月、パリのオデオン座で開催された国際シンポジウム「映画の第二世紀に向けて」。四月、東京大学副学長に就任。河野多恵子氏と対談「小説と『横揺れ』」(『文藝』夏号)。エドワード・ヤンにインタヴュー(『ユリイカ』七月号)。八月、ロールのゴダール宅を訪れた後、ロカルノ国際映画祭で『映画史』をめぐるシンポジウムに参加。同映画祭には、ビデオ部門の審査員としても参加。冨田三起子、山根貞男と日本映画の調査のためロシアのゴスフィルモフォンドに行く。九月、東京国際映画祭「ニッポン・シネマ・クラシック」で成瀬巳喜男『噂の娘』を上映。世界各国の映画関係者が自分の好きな日本映画を一作挙げるアンケートを取りまとめ、山根貞男と『日本映画の貢献』として共編。一〇月、『映画に目が眩んで　口語篇』刊。一二月、編著『リュミエール元年　ガブリエル・ヴェールと映画の歴史』刊。

**一九九六年**（平成八年）　六〇歳

後藤明生＋久間十義との鼎談「日本近代文学は文学のバブルだった」（『海燕』一月号）。四月、「〈美〉について　谷崎潤一郎『疎開日記』から」（『知のモラル』東京大学出版会）。『批評空間』第Ⅱ期九号で「共同討議　ドゥルーズと哲学」。五月、『漱石研究　第六号』で小森陽一、石原千秋と鼎談「『こころ』のかたち」。九月、「映画監督北野武　国際シンポジウムとレトロスペクティブ」。東京国際映画祭「ニッポン・シネマ・クラシック」で成瀬巳喜男『旅役者』を上映。山内昌之と共編で『地中海終末論の誘惑』刊。一〇月、国際シンポジウム「マルチメディア社会と変容する文化　科学と芸術の対話に向けて」。一一月、パリ第八大学と東京大学共催の国際シンポジウム「ポストモダン後のモデルニテ」をアンリ・メショニック教授と監修。のちに共編の書物として刊行される。「ジャン・ルノワール、映画のすべて。」カタログに「ジャン・ルノワール論のために」を寄稿。一二月、シンポジウム「ジャン・ルノワール芸術の魅力と秘密」で講演し、司会を務める。この講演は『トラフィック』（Trafic）誌に掲載され、以後、この季刊批評誌への定期的な寄稿が始まる。エドワード・ヤンにインタヴュー（『ユリイカ』一二月号）。松浦寿輝と対談「文学空間の誘惑」（松浦寿輝編『21世紀学問のすすめ　五　文学のすすめ』筑摩書房）。

**一九九七年**（平成九年）　六一歳

二月、島田雅彦との対談「大江健三郎を求めて」（『國文學　解釈と教材の研究』二月号）。ジャン＝ピエール・リモザンの

『TOKYO EYES』の撮影にエキストラとして参加。ただし撮影シーンは編集でカット。『週刊ベースボール』誌三月二四日号で「野球、その一瞬の魅力」を語る。四月、東京大学第二六代総長に就任。映画評論家としての執筆活動を中断する。六月、村上龍との対談「残酷な視線を獲得するために」(『ユリイカ臨時増刊号　村上龍』)。一二月、第一回京都映画祭「国際シンポジウム・時代劇と世界映画」。京都映画文化賞の審査委員も務める。世田谷文学館の「美術監督中古智と成瀬映画の世界」展覧会で講演。パリ第八大学から名誉博士号を授与される。

**一九九八年**(平成一〇年)　六二歳

一月、「『読みやすさ』という虚構　丸山眞男『日本の思想』を読む」(河合隼雄+中沢新一共編『現代日本文化論　一　私とは何か』岩波書店)。四月、東京六大学野球開幕戦始球式で登板。五月、山内昌之と共著『われわれはどんな時代を生きているか』刊。八月、ロカルノ国際映画祭にコンペティション審査員として参加。九月六日、黒澤明死去。『朝日新聞』(九月七日付)に追悼文。翌日、第二回生成論批評国際会議出席のためパリへ、仏語版『監督 小津安二郎』に関するインタヴューを多数受ける。シネマテークで『東京の宿』特別上映に伴う対談形式の講演。山根貞男とカタログを編集したサンセバスチャン国際映画祭の成瀬巳喜男特集に招待される。『女人哀愁』の上映前に講演。成均館大学創設六〇〇周年記念フォーラムと記念式典出席のためソウルへ。一〇月、上海に出張。『知性のために　新しい思考とそのかたち』刊。一一月、渡辺守章と共同監修『ミシェル・フーコー　思考集成』刊行開始。フレデリック・ワイズマン映画祭カタログに「フレデリック・ワイズマン論　名前と相貌」。一一月一一日、淀川長治死去。各紙に追悼文を寄稿。一二月、東京大学総合研究博物館「デジタル小津安二郎展　キャメラマン厚田雄春の視」、シンポジウム「世界の小津安二郎」。

**一九九九年**（平成一一年）六三歳

一月、モスクワ全ロシア国立映画大学、小津安二郎を特集上映中の映画博物館を訪問。館長ナウム・クレマンと再会。同館で「小津安二郎と世界の映画史」を講演。二月、山内昌之との共著『20世紀との訣別　歴史を読む』刊。五月、パリ第八大学・ジュネーヴ大学・東京大学共催の国際シンポジウム「作品の時間　記憶と予兆」のためパリ滞在。開会の辞と、自身の発表「不可視性・希少性・効果性『ボヴァリー夫人』における権力の出現」を行う。その講演集は、のちにジャック・ネーフ編の書物として刊行される。ジュネーヴで欧州原子核研究機構（CERN）を訪問。八月二日、後藤明生死去。葬儀に出席し弔辞を述べる。九月、『齟齬の誘惑』刊。一〇月、「死者と夕暮れ　井上究一郎教授追憶」（『井上究一郎文集Ｉ』栞、筑摩書房）。台湾で東アジア研究型大学協会（AEARU）の文化ワークショップ。「〈終焉〉について　モダニズムの神経症」を講演。東京国際映画祭の「シネマ・プリズム」でロベール・ブレッソン特集。映画祭の公式カタログに「謎という言葉はブレッソンのためだけに存在する」を、特集のカタログ『ロベール・ブレッソンの映画』に「『白夜』神話と日常」を掲載。ブレッソンはこの年の一二月に死去する。一一月、『朝日新聞』にホークス映画祭について「必見　偉大なるハリウッド」。中国電影資料館の日本映画回顧展に日本映画代表団団長として開幕式に出席。北京大学訪問。

**二〇〇〇年**（平成一二年）六四歳

一月、シカゴ大学のフィルム・スタディーズ・センターにて講演「転倒＝交換＝反復ハワード・ホークスのコメディについて」。

国立フィルムセンターのシンポジウム「ハワード・ホークス再考!」。三月、『映画狂人日記』を皮切りに「映画狂人」シリーズが誕生。加藤幹郎、高橋義人によるインタヴュー「映画学と国立大学の未来」(『人環フォーラム』第八号)。四月、『文學界』でアンケート「作家たちの執筆現場　ワープロ・パソコンvs原稿用紙」に回答。「成瀬巳喜男　または二重の署名」(『表象のディスクール　四　イメージ　不可視なるものの強度』東京大学出版会)。五月、カンヌ国際映画祭で国際シンポジウム「映画の将来」。タルコフスキーと比較してデ・パルマを批判する者に反論。七月、パリで国際フランス研究学会に出席し「中村光夫と日本における仏文学と批評」を発表。九月、京都学生映画祭のシンポジウム「自主制作映画の可能性」で黒沢清と対談。『論座』で「国立大学99アンケート　独立行政法人化はプラスか、マイナスか」に回答。

一一月、パリ第八大学教授ジャック・ネーフを迎えて東大教養学部フランス語部会主催によるフロベール・シンポジウム(のちに工藤庸子との共編 *Flaubert : Tentations d'une ecriture*)。十二月、スタンフォード大学にて講演。題は「モーパッサンからダイエット・コークまで　ポストモダンはモダニズムと同様古くて新しい問題である」。聴衆の中にリチャード・ローティ教授の顔を発見して興奮。講演後に親交を結び、教授の惜しまれる死まで出版物の交換を続ける。

**二〇〇一年**(平成一三年)　六五歳

三月、山田宏一との対談集『傷だらけの映画史　ウーファからハリウッドまで』刊。三一日、東京大学総長を辞任。四月、アメリカ大学協会AAUの創立百周年を祝う国際シンポジウムに招待され、講演を行ない討論に参加する。生涯行くことはなかろうと思っていたワシントンDCのさびれ方にあれこれ思うことしきり。中心部を避け、ジョージタウン方面を散策し、小さな古本屋にフランス語の『監督 小津安二郎』を発見。紀伊國屋セミナー／東京大学出版会創立五〇周年記念講演会で養老孟司氏と講演・対談。五月、東京大学から名誉教授の称号が授与。「〝改革〟はゴダールのように〈東大総長メモワール〉」（『中央公論』五月号）。パリ第八大学・ジュネーヴ大学・東京大学共催の国際シンポジウム「限界なき作品」のためジュネーヴ滞在。そこでの発表「転倒・交換・反復 ハワード・ホークスの喜劇について」はベルナール・エイゼンシッツ責任編集の批評誌『シネマ』に掲載される。シンポジウムの講演集が雑誌『文学』（Littérature）に発表されるにあたっては、〝Coup d'État et opérette-bouffe〟を新たに寄稿。六月、せんだいメディアテークで講演「マクシム・デュ・カンとその時代」。八月、ヴェネチア国際映画祭「現在の映画」部門に審査委員長として参加。名誉金獅子賞のエリック・ロメールのシンポジウムで、「エリック・ロメールまたは偶然であることの必然」を発表。九月、松浦寿輝と対談「ミシェル・フーコーの怪物的思考」（『文學界』九月号）。一〇月、『週刊読書人』でのちに『「知」的放蕩論序説』となるインタヴューが開始。第Ⅲ期『批評空間』で「時評」を開始。一二月、南京大学名誉教授の称号が授与。同大学中日文化研究センターでポストモダニズムをめぐる講演。

**二〇〇二年**（平成一四年）　六六歳

二月、「中村光夫 賭けとその勝利 「大衆消費社会」の批評家」（『文學界』二月号）。「批評とその信用 初期小林秀雄の姿」（『批評の創造性〈21世紀文学の創造8〉』岩波書店）。三月、ジャンヌ・バリバールと対談（『ヴォーグ ニッポン』三月号）。四月、三百人劇場の「中村登の世界」で、岡田茉莉子氏と対談。万田邦敏と対談「闘いなくして、映画はない」（『UNloved』パンフレットに収録）。「ゴダールの「孤独」『映画史』における「決算」の身振りをめぐって」（『ユリイカ』五月号）。日仏学院でフロランス・ドゥレの講演に参加しインタヴューを行う。六月、渡部直己との対談「サッカー・プロレタリアート宣言！」（『ユリイカ』六月号）。日本英文学会「ヒッチコックあるいは視線の制度（アメリカ映画を総括する）」部門で「愛と「階段」アルフレッド・ヒッチコック『汚名』をめぐって」を発表、討議にも参加。青山ブックセンター本店で連続講義「蓮實重彦とことん語る」を開始。第一回は「大学」。以降「日本映画」（第二回）、「現代思想」（第三回）、「日本文学」（第四回）と続く。途中から「日本映画史」の番外編「蓮實映画史」が始まる（七四回シリーズとの予告あり、継続中）。八月、アジア工科大学から名誉博士号を授与。一〇月、シンポジウム「文学ルネッサンスをめざして　創作・批評・研究のフロンティア」。近畿大学国際人文科学研究所の東京コミュニティカレッジ総合文化講座で「近代を定義するものとしてのフィクション「詩と真実」の彼岸」を講義。映画美学校フィクション・コース初等科で映画表現論の講義。一一月、中田秀夫と『ラストシーン』初日に対談。せんだいメディアテークで「蓮實重彦　映画への不実なる誘い」の連続講演が開始、コーディネーターとして協力するウェブ・サイト「あなたに映画を愛しているとは言わせない」が開設。中京大学社会科学研究所で講演「「改革」から「変化」へ　二十世紀を批判的に肯定するために」。一二月、『別冊　インビテーション』に「高貴さと卑猥さの嘘のような均衡　『グレースと公爵』」（翌年同誌で映画時評を開始）。

二〇〇三年（平成一五年）　六七歳

一月、季刊誌『考える人』で「「赤」の誘惑「フィクション」をめぐる進行中の作業のためのノート」の連載開始。小柴昌俊氏のノーベル物理学賞受賞記念講演会にて挨拶。三月、シンポジウム「映画が二一世紀を迎えるために『ゴダールの映画史』以降」にモデレーターとして参加。四月、『ユリイカ　臨時増刊号　吉田喜重』で吉田喜重論を寄稿し岡田茉莉子にインタヴュー。六月、「濡れた男の陶酔」(井上究一郎『ガリマールの家』ちくま文庫、解説)。八月、侯孝賢の『珈琲時光』の撮影に参加。古書店の客として出演するも、編集でカット。光州国際映画祭の「ジョン・フォード」特集に招待され講演。一〇月、ニューヨーク映画祭で小津安二郎生誕百年特集。シンポジウム前日のニューヨーク・ヤンキース対ボストン・レッドソックス戦でのドン・ジマーの乱闘ぶりに興奮。一二日、コロンビア大学での「小津とモダニティ」のセッションで「小津の憤る女性たち」を発表。一一月、国際シンポジウム「バルト・共感覚の地平」で講演「バルトと虚構性」。セッション「バルトと光の部屋」では司会を務める。一二月、『ユリイカ　臨時増刊号　ロラン・バルト』でインタヴュー。British Film Institute より刊行の *Movie Mutations: The changing face of world cinephilia* に編者であるジョナサン・ローゼンバウムと共著で Two Auteurs のセクションを担当。一一日と一二日、有楽町朝日ホールで「小津安二郎生誕一〇〇年記念国際シンポジウム　Ozu 2003」が開催。山根貞男、吉田喜重とともに企画。翌日の一三日、マノエル・ド・オリヴェイラらと鎌倉・円覚寺の小津の墓に行く。一四日、せんだいメディアテークでノエル・シムソロ、ペドロ・コスタと「世界の中の日本映画」。仙台での昼食中に溝口健二の仏版DVD特典のためシムソロからインタヴューを受け、コスタが撮影。

**二〇〇四年**（平成一六年）六八歳

二月、せんだいメディアテークで「世界の中の日本映画　総括編」として黒沢清と対談。アテネ・フランセ文化センターでnobody主催のガス・ヴァン・サイト『サイコ』の上映イヴェントで中原昌也と対談。『ユリイカ』三月号で鈴木一誌よりインタヴュー「零度の論文作法　感動の瀰漫と文脈の貧困化に逆らって」。四月、『スポーツ批評宣言　あるいは運動の擁護』刊。五月、青山真治と対談「批評が消えゆく世界の中で　映画・運動・顔」（『季刊インターコミュニケーション』四九号）。七月、池袋・新文芸坐の特集「遊撃の美学」で中島貞夫氏と対談。大阪で「映画連続講座　日本映画を関西から」で講演、『晩春』を上映中の西九条のシネ・ヌーヴォで講演。八月、「思考と感性をめぐる断片的な考察」が『季刊インターコミュニケーション』五〇号より連載開始。九月、ポレポレ東中野「吉田喜重　変貌の倫理」で講演。開催中は、吉田喜重、岡田茉莉子と鼎談。同特集のパンフレットでは吉田喜重にインタヴュー。青山ブックセンターの営業再開時に無料配布されたリーフレットに「魚河岸と、青山ブックセンターと、ちょっとした「愛国心」」を寄稿。一一月、京都大学一一月祭で中原昌也と対談。中世の里なみおか映画祭公式カタログに「山田五十鈴讃」。*La ville au cinema. Encyclopedie* (Cahiers du cinema) の「京都」と「東京」の項目を執筆。

**二〇〇五年**（平成一七年）六九歳

『新潮』一月号に「「本質」と「宿命」　ジャック・デリダによる「文学の批評」」。一月一六日、日仏学院でゴダールの『アワーミュージック』の上映の際、ジャン＝ミシェル・フロドンと対談。一七日、芥川賞受賞の阿部和重と対談（『文學界』三月号）。二月、「身振りの雄弁　ジョン・フォードと「投げる」こと」（『文學界』二月号）、このフランス語ヴァージョンは『シネマ』誌に掲載される。三月、「『囚われる』ことの自由　ジョン・フォード論（2）」（『文學界』三月号）。せんだいメディアテークでペドロ・コスタと対談。四月、シンガポール歴史文化博物館で侯孝賢をめぐる国際シンポジウムで基調講演を依頼されるも参加できず準備された講演原稿 "The eloquence of the taciturn: an essay on Hou Hsiao-Hsien" は代読。のちに「寡黙なイマージュの雄弁さについて　侯孝賢試論」として『文學界』二〇〇六年三月号と、*Inter-Asia Cultural Studies*, vol.9 No.2, June 2008 に収録。『新潮』五月号で浅田彰と対談「ゴダールとストローブ=ユイレの新しさ」。ソウルで韓国文化芸術振興院、大山財団共催の第二回国際文学フォーラムで「『赤』の誘惑　フィクションをめぐるソウルでの考察」を発表。この時の模様を、六月一二日付『日本経済新聞』に「ソウルの三つの声」として寄稿。二五日、西江大学校映像大学院映像メディア学科で侯孝賢について講演、フィルム・フォーラムではフォードの『幌馬車』について講演。二六日、高麗大学校文科大学で「喜歌劇とクーデター」を講演（改稿し『文學界』八月号に掲載）。六月、『カイエ・デュ・シネマ』六〇〇号記念「北野武編集特別号」収録の北野武へのインタヴューが『文學界』六月号に掲載。金沢21世紀美術館で講演「映画の極意　フレデリック・ワイズマン／人間観察の極意」。山根貞男との共編『成瀬巳喜男の世界へ』刊。七月六日、クロード・シモン死去。「文学の矛盾苛烈に昇華　クロード・シモン氏を悼む」（『朝日新聞』七月二〇日付）。『魅せられて　作家論集』刊。池袋・新文芸坐「生誕一〇〇

年　名匠・成瀬巳喜男の世界」で山根貞男と対談。八月、大阪で「映画連続講座　日本映画を関西から」で講演。シネ・ヌーヴォの成瀬巳喜男監督生誕一〇〇年記念の特集上映で講演。九月、『ゴダール革命』刊。「ドイツ時代のラングとムルナウ」映画祭カタログに「懐刀の不運　表現主義者とリアリスト」を寄稿。一〇月、せんだいメディアテークでの成瀬巳喜男生誕一〇〇年記念の特集上映で山根貞男と対談。東大駒場キャンパスで短期交換留学推進制度（AIKOM）プログラム創設一〇周年記念講演。一一月、吉田喜重、岡田茉莉子と東京大学安田講堂で、東京大学ホームカミングデイ特別鼎談「日本映画の「現在・過去・未来」国際的な観点から」。一二月、名古屋シネマテークの『アワーミュージック』で講演。愛知芸術文化センターの吉田喜重『知の解放　知の冒険　知の祝祭　東京大学　学問の過去・現在・未来』で講演。

二〇〇六年（平成一八年）　七〇歳

一月、「アナーキーな先輩　三谷礼二について」、三谷礼二の『オペラとシネマの誘惑』（清流出版）ためのインタヴュー。ポレポレ東中野「吉田喜重　変貌の倫理 2006」で講演。三月、古井由吉と対談「終わらない世界へ」（『新潮』三月号）。青山真治とともに阿部和重＋中原昌也の連載対談「シネマの記憶喪失」にゲスト出演（『文學界』三月号）。ポレポレ東中野での吉田喜重『美の美』「マネ」の回で講演。「ダンス・イン・シネマ」のゴダール『言葉とユートピア』上映に際し講演。四月、シネマヴェーラ渋谷の「激情とロマン　加藤泰　映画華」で倍賞美津子氏、山根貞男と、また鈴木則文氏、山根貞男と鼎談。五月、nobody 二一号で、黒沢清とリチャード・フライシャー追悼対談。六月、中原昌也と対談（『読売新聞』六月七日付）。スリジー・ラ・サルでの『ボヴァリー夫人』刊行一五〇周年記念の国際シンポジウム「作家、フローベール」で「『ボヴァリー夫人』とフィクション」を発表。ポンピドゥー・センターでゴダールの「ユートピアへの旅　1946-2006」展を鑑賞。七月、吉田喜重『美の美』「セザンヌ」の回で講演。黒沢清と「BOW30映画祭」プログラムで対談（司会は柴田駿）。八月五日、シャンテ・シネでゴダール『映画史特別編　選ばれた瞬間』で講演。同日続けて、アテネ・フランセ文化センターで『黒沢清の映画術』（新潮社）刊行記念上映会 KIYOSHI KUROSAWA EARLY DAYS（8ミリ作品を中心に上映）の座談会。二四日、山根貞男とともに企画した「国際シンポジウム溝口健二　没後50年 Mizoguchi 2006」開催。蓮實は同月五日に死去したダニエル・シュミットへの追悼を述べる。「三二年ぶりのスリジー」（『日本経済新聞』八月二七日付）。九月三〇日、池袋・新文芸坐で『映画の呼吸　澤井信一郎の映画作法』を出版した澤井信一郎と対談。同日続けて、シネマヴェーラ渋谷「侯孝賢映画祭百年の恋歌」で講演。黒沢清にインタヴュー（『文學界』一〇月号）。アテネ・フランセ文化センター「ダニエル・シュミット監督追悼の夕べ」で講演。一二月、アテネ・フランセ文化センター「ジャック・ベッケル生誕百年記念国際シンポジウム」で講演。シンポジウムでは司会を務める。吉田喜重著・蓮實重彥編『吉田喜重　変貌の倫理』刊。『表象の奈落フィクションと思考の動体視力』刊。

**二〇〇七年**（平成一九年）　七一歳

一月九日、『日本経済新聞』スポーツ欄「スポートピア」で連載開始。二〇日、青山ブックセンター本店で吉田喜重と対談。二七日、シネマヴェーラ渋谷で山根貞男と対談。この日『やくざ囃子』の上映があり同作出演の岡田茉莉子が飛び入り参加。二月、マーティン・スコセッシ監修のアメリカのケーブルテレビのドキュメンタリー『ヴァル・リュートン／影の中の男』のために黒沢清にインタヴュー。「無声映画と都市表象　帽子の時代」（高橋世織編著『映画と写真は都市をどう描いたか』ウェッジ選書）。三月、『「赤」の誘惑　フィクション論序説』刊。五月、『国際シンポジウム溝口健二』と青山真治の『エンターテインメント！』（ともに朝日新聞社）の刊行を記念し、青山ブックセンター本店で、山根貞男、青山真治と公開鼎談。六月、池袋シネマ・ロサで『AA　音楽批評家　間章』上映で青山真治と対談。七月、堀場国際会議「ユビキタス・メディア　アジアからのパラダイム創成」で講演「「表象不可能性」とフィクション」。八月、全国コミュニティシネマ会議2007で講演。一〇月、山形国際ドキュメンタリー映画祭2007のインターナショナル・コンペティション部門審査委員長になる。同映画祭ではフランスでテレビ放映された蓮實出演、ジャン＝ピエール・リモザン監督のドキュメンタリー『北野武　神出鬼没』が「審査員作品」として公式上映。東京国際映画祭でエドワード・ヤン追悼講演。一一月、東京フィルメックスで万田邦敏と対談。ドキュメンタリー『ダニエル・シュミット　思考する猫』でインタヴューを受ける。ドキュメンタリー『吉田喜重　映画監督とは？』でインタヴューを受ける。一二月、東海大学湘南フィルムフェスティバルで鈴木清順、山根貞男と鼎談。「ある「なだらかなあられもなさ」について　松浦理英子『犬身』論」（『小説トリッパー』冬号）。

二〇〇八年（平成二〇年）　七二歳

二月、菊地成孔と対談（『エスクァイア日本版』二月号）。三月、「「例外」の例外的な擁護　小津安二郎『東京物語』論」（『文学』三―四月号）。四月、『早稲田文学』一号でインタヴュー「批評の断念／断念としての批評」と「タキシードの男　アラン・ロブ＝グリエ追悼」。七月、黒沢清と対談「黒いスピルバーグの映画史　アメリカ／映画の光と影」（『ユリイカ』七月号、『東京から　現代アメリカ映画談義』へと発展する最初の対談）。黒沢清、青山真治と『映画長話』として刊行される連載鼎談開始（『季刊　真夜中』第二号）。『映画崩壊前夜』刊。八月、アテネ・フランセ文化センターで「鈴木英夫映画祭2008」のシンポジウム。九月、セルジュ・トゥビアナと共同で作品選定などを監修をした「フランス映画の秘宝　シネマテーク・フランセーズのコレクションを中心に」開催。『映画論講義』刊。一〇月一日、「旧友」マルコ・ミュレールが国際交流基金賞を受賞し授賞式に駆けつける。この受賞にともなう滞在日程変更で当初予定されていた京都映画祭「京都・映画一〇〇年　マキノ映画誕生一〇〇年　徹底特集」に参加できなくなったミュレールが「挨拶」をする映像（撮影は小出豊）を山根貞男と制作し、シンポジウム当日の会場で上映。『エスクァイア日本版』一〇月号でフランシス・F・コッポラに電話インタヴュー。『週刊読書人』一〇月三日号で伊藤洋司よりインタヴュー。『UP』一〇月号で久保田智子よりインタヴュー。一一月、『ゴダール・マネ・フーコー　思考と感性とをめぐる断片的な考察』刊。青山真治と対談「吉田喜重の強さ」（『群像』一二月号）。紀伊國屋サザンセミナーで『映画論講義』刊行記念講演「蓮實重彦の映画論講義　特別編」。

**二〇〇九年**（平成二一年）七三歳

一月、『新潮』で「随想」、『群像』で「映画時評」の連載が同時に開始。「時限装置と無限連鎖　水村美苗『日本語が亡びるとき　英語の世紀の中で』を悲喜劇としないために」（『ユリイカ』二月号）。三月、「『反＝日本語論』の余白に」(『中央公論』三月号)。「寵児の凋落、寵児の帰還　サッシャ・ギトリ『あなたの目になりたい』をめぐって」(『ミルフイユ　01』せんだいメディアテーク)。五月、青山真治、阿部和重と鼎談「クリント・イーストウッド、あるいはTシャツに口紅」(『文學界』五月号)。堀潤之訳「孤独と音響的宇宙　クリント・イーストウッドの西部劇」(『ユリイカ』五月号、二〇〇〇年ヴェネチア映画祭カタログ所収)。七月、「「散文」は生まれたばかりのものである」山田𣝣訳『ボヴァリー夫人』(河出文庫)解説。一〇月、ポレポレ東中野の『女優　岡田茉莉子』刊行記念特集で講演、岡田茉莉子と対談。「プロ野球これでいいのか　球場で見る喜び取り戻せ」(『朝日新聞』一〇月一二日)。一一月、万田邦敏『再履修　とっても恥ずかしゼミナール』刊行記念イベントで講演。

二〇一〇年(平成二二年)　七四歳

一月、浅田彰と対談「「空白の時代」以後の二〇年」(『中央公論』一月号)。二月、せんだいメディアテーク「生誕一〇〇年記念　山中貞雄監督特集」で青山真治と対談。五月、黒沢清との共著『東京から　現代アメリカ映画談義　イーストウッド、スピルバーグ、タランティーノ』刊。阿部和重と対談(『群像』五月号)。「スポーツ報道にかかわる者の多くは、鈍感なまでの無信仰ぶりを恥じようともしない」(『調査情報』五―六月号)。六月、『東京から　現代アメリカ映画談義』刊行記念で千駄ヶ谷・Bibliothequeで黒沢清、渥美喜子と鼎談。七月、「二〇一〇年のフットボール　国を背負いサッカーに背く」(『朝日新聞』七月一四日付)。「神話的女優への愛のぞく批評　『ゴダール、わがアンナ・カリーナ時代』山田宏一著」(『日本経済新聞』七月二五日付)。八月、『随想　Essais critiques』刊。一〇月、フィルムセンター

「映画監督五十年　吉田喜重」で講演。一二月、せんだいメディアテーク開館一〇周年事業「ことばをこえて　映像の力」副読本に「映画をめぐる自由と拘束　この不条理への信仰」。「日本サッカーに外国人監督は必要か」（『ナンバー』七六八号）。

**二〇一一年**（平成二三年）　七五歳

三月、川上未映子と対談（『WB　Waseda Bungaku Free Paper』春号）。五月、「ベテランの人材活用術」（『ナンバー』七七八号）。六月、侯孝賢と対談（『群像』六月号）。『東京公園』をめぐって青山真治と対談（『群像』七月号）。七月、「二〇一一年のフットボール　美しいゴール　聡明さに興奮」（『朝日新聞』七月二六日付）。八月、黒沢清、青山真治との共著『映画長話』刊。九月、オーディトリウム渋谷で万田邦敏をゲストに迎え『映画長話』刊行記念座談会。十一月のある晩、庭の外灯が切れているのに気づき、暗さの中に脚立を持ち出し電球をつけかえる。降りようとして足を滑らせ空中を落下し、顔面を脚立にしたたか打ちつける。額がぱっくりと開き、大量の血が顔をつたう。救急車で病院に運ばれ七針ぬってもらう。当直の医師から「夜中の冒険は避けよ」とさとされ、改めて「老い」を実感する。

**二〇一二年**（平成二四年）　七六歳

一月、「エーゲ海に背を向けた巨匠　追悼・アンゲロプロス監督」（『読売新聞』一月三一日付）。三月、トロント国際映画祭シネマテーク（TIFF）発行の『ロベール・ブレッソン』増補改訂版に「緋色の襞に導かれてロベール・ブレッソンの『ラルジャン』」が翻訳収録。「会議が多すぎはしまいか」（『日本経済新聞』四月二九日付）。五月、吉本隆明追悼で『文學界』五月号に「「握力」の人」。「世界へ出ることに〝気負い〟を感じない世代」（『ナンバー』八〇三号）。早稲田文学新人賞選考委員（委員は蓮實のみ）として、黒田夏子の『ab さんご』に授賞。『映画時評 2009—2011』刊。六月二日、日本フランス語フランス文学会で講演「フローベールの『ボヴァリー夫人』フィクションのテクスト的現実について」。二三日、千駄ヶ谷・Bibliotheque で『映画時評 2009—2011』刊行記念講演「あれは果たして映画時評だったか？」。『広告』八月号でインタヴュー「学部の壁を壊しなさい」。

（著者編、作成協力・前田晃一）

# 著書目録

蓮實重彦

【単行本】

批評　あるいは仮死の祭典　昭49・5　せりか書房

反＝日本語論　昭52・5　筑摩書房

フーコー・ドゥルーズ・デリダ　昭53・2　朝日出版社

夏目漱石論　昭53・10　青土社（昭62・5　青土社より新装版）

映画の神話学　昭54・1　泰流社

映像の詩学　昭54・2　筑摩書房

シネマの記憶装置　昭54・5　フィルムアート社（平9・3にフィルムアート社より新装版）

「私小説」を読む　昭54・10　中央公論社（昭60・11　中央公論社より増補新装版）

表層批評宣言　昭54・11　筑摩書房

トリュフォーそして映画（山田宏一との共著）　昭55・8　話の特集

大江健三郎論　昭55・11　青土社

事件の現場　言葉は運動する（対談集）　昭55・12　朝日出版社

フランス語の余白に　昭56・4　朝日出版社

小説論＝批評論　昭57・1　青土社
（昭63・12　青土社より新装版）

フランス　エナジー対話（渡辺守章＋山口昌男＋蓮實重彦の共著）　昭57・7　エッソ石油広報部
（昭58・5に修正・加筆されて岩波書店より刊行）

映画　誘惑のエクリチュール　昭58・3　冬樹社

監督　小津安二郎　昭58・3　筑摩書房
（平15・10　筑摩書房より増補決定版）

物語批判序説　昭60・2　中央公論社
（平21・11　中央公論新社より新版）

マスカルチャー批評宣言Ⅰ　物語の時代　昭60・7　冬樹社

映画はいかにして死ぬか　横断的映画史の試み　蓮實重彦ゼミナール　昭60・8　フィルムアート社

シネマの煽動装置　昭60・9　話の特集
（平13・12　河出書房新社より『映画狂人シネマの煽動装置』として再刊）

オールド・ファッション　普通の会話　東京ステーションホテルにて（江藤淳との共著）　昭60・10　中央公論社

映画となると話はどこからでも始まる（淀川長治＋山田宏一との共著）　昭60・12　勁文社

映画小事典（共著）　昭60・12　エッソ石油広報部

陥没地帯　昭61・3　哲学書房
シネマの快楽（武満徹との共著）　昭61・10　リブロポート
凡庸さについてお話させていただきます　昭61・10　中央公論社
闘争のエチカ（柄谷行人との共著）　昭63・5　河出書房新社
映画千夜一夜（淀川長治＋山田宏一との共著）　昭63・6　中央公論社
映画からの解放　小津安二郎『麦秋』を見る　昭63・9　河合文化教育研究所
凡庸な芸術家の肖像　マクシム・デュ・カン論　昭63・11　青土社
小説から遠く離れて　平1・4　日本文芸社
小津安二郎物語（厚田雄春との共著）　平1・6　筑摩書房
饗宴Ｉ（対談集）　平2・3　日本文芸社
饗宴Ⅱ（対談集）　平2・5　日本文芸社
成瀬巳喜男の設計　美術監督は回想する（中古智との共著）　平2・6　筑摩書房
シネクラブ時代　アテネ・フランセ文化センター／トークセッション（淀川長治と共編）　平2・8　フィルムアート社
光をめぐって　映画インタヴュー集　平3・8　筑摩書房
帝国の陰謀　平3・9　日本文芸社
映画に目が眩んで　平3・11　中央公論社
映画巡礼　平5・9　マガジンハウス
ハリウッド映画史講義　翳りの歴史のために　平5・9　筑摩書房
ミシェル・フーコー　平5・10　筑摩書房

の世紀（渡辺守章との共編）
絶対文芸時評宣言　平6・2　河出書房新社
いま、なぜ民族か（山内昌之との共編）　平6・4　東京大学出版会
魂の唯物論的な擁護のために（対談集）　平6・4　日本文芸社
誰が映画を畏れているか（山根貞男との共著）　平6・6　講談社
オペラ・オペラシオネル　平6・12　河出書房新社
文明の衝突か、共存か（山内昌之との共編）　平7・4　東京大学出版会
映画に目が眩んで　口語篇　平7・10　中央公論社
リュミエール元年　ガブリエル・ヴェールと映画の歴史（編著）　平7・12　筑摩書房
地中海終末論の誘惑　平8・9　東京大学出版会
知性のために　新しい思考とそのかたち　平10・10　岩波書店
デジタル小津安二郎展　キャメラマン厚田雄春の視《め》（坂村健と共編）　平10・12　東京大学総合研究博物館
20世紀との訣別　歴史を読む（山内昌之との共著）　平11・2　岩波書店
齟齬の誘惑　平11・9　東京大学出版会
映画狂人日記　平12・3　河出書房新社
映画狂人、神出鬼没　平12・5　河出書房新社
帰ってきた映画狂人　平13・2　河出書房新社
映画狂人、語る。　平13・5　河出書房新社
映画狂人、小津の余白に　平13・8　河出書房新社

映画狂人シネマ事典　平13・10　河出書房新社
蓮實養老縦横無尽　学力低下・脳・依怙贔屓（養老孟司との共著）　平13・10　哲学書房
私が大学について知っている二、三の事柄　平13・12　東京大学出版会
映画狂人のあの人に会いたい　平14・8　河出書房新社
「知」的放蕩論序説（絓秀実＋渡部直己＋城殿智行＋守中高明＋菅谷憲興との共著）　平14・10　河出書房新社
映画狂人万事快調　平15・2　河出書房新社
大学の倫理（アンドレアス・ヘルドリヒ＋広渡清吾と共編）　平15・3　東京大学出版会
小津安二郎生誕一〇〇年記念国際シンポジウム　Ozu 2003 プログラムブック（山根貞男＋吉田喜重と共同監修）　平15・12　Ozu 2003 プログラムブック制作委員会
スポーツ批評宣言あるいは運動の擁護　平16・4　青土社
国際シンポジウム小津安二郎　生誕一〇〇年記念「Ozu2003」の記録（山根貞男＋吉田喜重と共編）　平16・6　朝日新聞社
映画への不実なる誘い　国籍・演出・歴史　平16・8　NTT出版
映画狂人最後に笑う　平16・9　河出書房新社
成瀬巳喜男の世界へ（山根貞男と共編）　平17・6　筑摩書房

魅せられて　作家論集　平17・7　河出書房新社
ゴダール革命　平17・9　筑摩書房
吉田喜重　変貌の倫理（吉田喜重著、蓮實重彦編）　平18・12　青土社
表象の奈落　フィクションと思考の動体視力　平18・12　青土社
「赤」の誘惑　フィクション論序説　平19・3　新潮社
国際シンポジウム溝口健二　没後50年「Mizoguchi 2006」の記録（山根貞男と共編）　平19・5　朝日新聞社
映画崩壊前夜　平20・7　青土社
映画論講義　平20・9　東京大学出版会
ゴダール・マネ・フーコー　思考と感性とをめぐる断片的な考察　平20・11　NTT出版
東京から　現代アメリカ映画談義　イーストウッド、スピルバーグ、タランティーノ（黒沢清との共著）　平22・5　青土社
随想　Essais critiques　平22・8　新潮社
映画長話（青山真治＋黒沢清との共著）　平23・8　リトルモア
映画時評　2009－2011　平24・5　講談社

＊

*Suzuki Seijun : de woestijn onder de kersebloesem*　平3　Film Festival Rotterdam Uniepers

／*Suzuki Seijun : the desert under the cherry blossoms*（ゲストキュレーターとしてカタログを編集、蘭英語並記）

*Kawashima Yūzō & Mori Issei : Japanse meesters van de B-film / Kawashima Yūzō & Mori Issei : Japanese kings of the Bs*（ゲストキュレーターとしてカタログを編集、蘭英語並記）　平3　Film Festival Rotterdam Uniepers

一次與電影的悲劇性　交往　蓮實重彥特集（許介鱗編）　平7　〈臺大學日本綜合研究中心叢刊〉國立臺湾大學日本綜合研究中心

*Yasujirô Ozu*（Ryôji Nakamura と René de Ceccatty および著者自身による仏訳）　平10　《Collection Auteurs》 Cahiers du cinéma

*Mikio Naruse*（山根貞男と共編）　平10　San Sebastián : Festival Internacional de Cine de San Sebastián ; Madrid : Filmoteca Española

*Flaubert : Tentations d'une écriture*（工藤庸子と共編）　平13　Faculté des Arts des Sciences de l'Université de Tokyo,

Section des Etudes Françaises

*La modernité après le post-moderne*（アンリ・メショニックと共編） 平14 Maisonneuve et Larose

*Postmodernism in Asia : Its Conditions and Problems* 平15 The University of Tokyo AEARU (Association of East Asian Research Universities)

【翻訳】

人生論書簡（フロオベール、世界人生論全集10） 昭38・1 筑摩書房

書簡Ⅰ（フローベール全集8） 昭42・1 筑摩書房

野を越え、磯を越えて（抄）トゥレーヌとブルターニュ（一八四七年）（フローベール全集8） 昭42・1 筑摩書房

書簡Ⅱ（フローベール全集9） 昭43・3 筑摩書房

フローベールにおけるフォルムの創造（ジャン＝ピエール・リシャール、フローベール全集別巻 フローベール研究） 昭43・6 筑摩書房

去年マリエンバートで・不滅の女（アラン・ロブ＝グリエ） 昭44・2 筑摩書房

書簡Ⅲ（フローベール全集10） 昭45・7 筑摩書房

ゴダール全集（全四巻、柴田駿と監訳）　昭45〜46　竹内書店
三つの物語／十一月（フロオベエル　新訳　世界文学全集17）　昭46・10　講談社
マゾッホとサド（ジル・ドゥルーズ）　昭48・1　晶文社
フーコーそして／あるいはドゥルーズ　昭50・11　小沢書店
映画の夢　夢の批評（フランソワ・トリュフォー、山田宏一と共訳）　昭54・3　たざわ書房
わが人生　わが映画（フランソワ・トリュフォー、山田宏一と共訳）　昭54・12　たざわ書房
映像の修辞学（ロラン・バルト、杉本紀子と共訳）　昭55・1　朝日出版社
映画術（アルフレッド・ヒッチコック＋フランソワ・トリュフォー、山田宏一と共訳）　昭56・12　晶文社
（平3・7に晶文社より『定本　映画術』改訂版）
家の馬鹿息子Ｉ　ギュスターヴ・フローベール論　一八二一年より一八五七年まで（ジャン＝ポール・サルトル、平井啓之・鈴木道彦・海老坂武と共訳）　昭57・3　人文書院
家の馬鹿息子Ⅱ　ギュスターヴ・フローベール論　一八二一年より一八五

七年まで（ジャン＝ポール・サルトル、平井啓之・鈴木道彦・海老坂武と共訳）

ミシェル・フーコー思考集成　全十巻（渡辺守章と共同監修）　平10・11〜14・3　筑摩書房

家の馬鹿息子Ⅲ　ギュスターヴ・フローベール論　一八二一年より一八五七年まで（ジャン＝ポール・サルトル、平井啓之・鈴木道彦・海老坂武と共訳）　平18・12　人文書院

【文庫・新書】

表層批評宣言　昭60・12　ちくま文庫

反＝日本語論（解＝シャンタル蓮實）　昭61・3　ちくま文庫

夏目漱石論（解＝安原顕）　昭63・5　福武文庫

オールド・ファッション　普通の会話　東京ステーションホテルにて（江藤淳との共著）（解＝絓秀実＋渡部直己による対談）　昭63・12　中公文庫

物語批判序説　平2・10　中公文庫

映画　誘惑のエクリチュール（解＝石原郁子）　平2・12　ちくま文庫

監督　小津安二郎　平4・6　ちくま学芸文庫

闘争のエチカ（柄谷行人との共著）（解＝大杉重男）　平6・2　河出文庫

小説から遠く離れて　平6・11　河出文庫

（解＝中沢新一）

陥没地帯（解＝武藤康史）　平7・2　河出文庫

フーコー・ドゥルーズ・デリダ（解＝松浦寿輝）　平7・5　河出文庫

凡庸な芸術家の肖像　上・下（解＝井村実名子）　平7・6　ちくま学芸文庫

文学批判序説　小説論＝批評論（解＝渡部直己）　平7・8　河出文庫

映画の神話学（解＝鈴木一誌）　平8・1　ちくま学芸文庫

われわれはどんな時代を生きているか（山内昌之との共著）　平10・5　講談社現代新書

映画千夜一夜（淀川長治・山田宏一との共著）　平12・1　中公文庫

傷だらけの映画史　ウーファからハリウッドまで（解＝中条省平）　平13・3　中公文庫

シネマの快楽（武満徹との共著）（解＝武満眞樹）　平13・5　河出文庫

映像の詩学　平14・8　ちくま学芸文庫

映像の修辞学（ロラン・バルト著、杉本紀子と共訳）　平17・9　ちくま学芸文庫

（作成・前田晃一）

本書は、一九八八年五月刊『夏目漱石論』（福武文庫）を底本とし、一九七八年一〇月刊『夏目漱石論』（青土社）を適宜参照しました。本文中明らかな誤記、誤植と思われる箇所は正しましたが、原則として底本に従い、多少ルビを加えました。また引用元を明記した引用部は原則として原文通り（旧字旧仮名）とし、それ以外の引用は新字新仮名に改めました。

夏目《なつめ》漱石《そうせき》論《ろん》
蓮實《はすみ》重彦《しげひこ》

二〇一二年 九 月一〇日第一刷発行
二〇二四年 一一月一二日第七刷発行

発行者——篠木和久
発行所——株式会社 講談社
東京都文京区音羽2・12・21 〒112-8001
電話 編集（03）5395・3513
販売（03）5395・5817
業務（03）5395・3615

デザイン——菊地信義
印刷——株式会社KPSプロダクツ
製本——株式会社国宝社
本文データ制作——講談社デジタル製作

定価はカバーに表示してあります。



講談社
文芸文庫

ISBN978-4-06-290175-8

| | | |
|---|---|---|
| 蓮實重彥 | 「私小説」を読む | 小野正嗣──解／著者────年 |
| 蓮實重彥 | 凡庸な芸術家の肖像 上 マクシム・デュ・カン論 | |
| 蓮實重彥 | 凡庸な芸術家の肖像 下 マクシム・デュ・カン論 | 工藤庸子──解 |
| 蓮實重彥 | 物語批判序説 | 磯﨑憲一郎-解 |
| 蓮實重彥 | フーコー・ドゥルーズ・デリダ | 郷原佳以──解 |
| 花田清輝 | 復興期の精神 | 池内 紀──解／日高昭二──年 |
| 埴谷雄高 | 死霊 I II III | 鶴見俊輔──解／立石 伯──年 |
| 埴谷雄高 | 埴谷雄高政治論集 埴谷雄高評論選書1 立石伯編 | |
| 埴谷雄高 | 酒と戦後派 人物随想集 | |
| 濱田庄司 | 無盡蔵 | 水尾比呂志-解／水尾比呂志-年 |
| 林 京子 | 祭りの場｜ギヤマン ビードロ | 川西政明──解／金井景子──案 |
| 林 京子 | 長い時間をかけた人間の経験 | 川西政明──解／金井景子──年 |
| 林 京子 | やすらかに今はねむり給え｜道 | 青来有一──解／金井景子──年 |
| 林 京子 | 谷間｜再びルイへ。 | 黒古一夫──解／金井景子──年 |
| 林 芙美子 | 晩菊｜水仙｜白鷺 | 中沢けい──解／熊坂敦子──案 |
| 林原耕三 | 漱石山房の人々 | 山崎光夫──解 |
| 原 民喜 | 原民喜戦後全小説 | 関川夏央──解／島田昭男──年 |
| 東山魁夷 | 泉に聴く | 桑原住雄──人／編集部──年 |
| 日夏耿之介 | ワイルド全詩（翻訳） | 井村君江──解／井村君江──年 |
| 日夏耿之介 | 唐山感情集 | 南條竹則──解 |
| 日野啓三 | ベトナム報道 | 著者────年 |
| 日野啓三 | 天窓のあるガレージ | 鈴村和成──解／著者────年 |
| 平出 隆 | 葉書でドナルド・エヴァンズに | 三松幸雄──解／著者────年 |
| 平沢計七 | 一人と千三百人｜二人の中尉 平沢計七先駆作品集 | 大和田 茂──解／大和田 茂──年 |
| 深沢七郎 | 笛吹川 | 町田 康──解／山本幸正──年 |
| 福田恆存 | 芥川龍之介と太宰治 | 浜崎洋介──解／齋藤秀昭──年 |
| 福永武彦 | 死の島 上・下 | 富岡幸一郎-解／曾根博義──年 |
| 藤枝静男 | 悲しいだけ｜欣求浄土 | 川西政明──解／保昌正夫──案 |
| 藤枝静男 | 田紳有楽｜空気頭 | 川西政明──解／勝又 浩──案 |
| 藤枝静男 | 藤枝静男随筆集 | 堀江敏幸──解／津久井 隆──年 |
| 藤枝静男 | 愛国者たち | 清水良典──解／津久井 隆──年 |
| 藤澤清造 | 狼の吐息｜愛憎一念 藤澤清造 負の小説集 西村賢太編・校訂 | 西村賢太──解／西村賢太──年 |
| 藤澤清造 | 根津権現前より 藤澤清造随筆集 西村賢太編 | 六角精児──解／西村賢太──年 |
| 藤田嗣治 | 腕一本｜巴里の横顔 藤田嗣治エッセイ選 近藤史人編 | 近藤史人──解／近藤史人──年 |

▶解=解説 案=作家案内 人=人と作品 年=年譜を示す。 2024年10月現在